Fredrika Tupp

Att dansa efter andras pipa

En deckare om deckarbranschen

Förlag: BoD – Books on Demand, Stockholm, Sverige

Tryck: BoD – Books on Demand, Norderstedt, Tyskland

ISBN: 978-91-7785-341-1

Kapitel 1

Det var så det började

Jag är en läsare, gillar verkligen att läsa böcker. Många av mina vänner och bekanta håller på med yoga och meditation. Ger dem mental stabilitet säger dom och tjatar på mig ibland att jag också borde börja. Men för mig är böcker min terapi. Lite förenklat skulle jag kunna säga att läsa är något rofullt, en njutning och därmed meditation, men livet där ute bland människor är oreda och förbistring. Jag och en bok ger mig inre frid och därmed kraft att hantera denna omvärld. Ett tag läste jag väldigt mycket krigshistoria och speciellt om Andra Världskriget och de böcker som kom ut i en strid ström efter att fler och fler arkiv öppnades för forskning. En sida av det hela som intresserade mig speciellt var hur man skulle kunna förstå hur en nazist fungerade. Hur kunde en människa bli så ond och utföra och tillåta sådana hemska illdåd mot mänskligheten som nazisterna gjorde? Jag lusläste tankar om Rudolf Hess som flög till Skottland redan 1941 för att försöka mäkla fred med britterna, men greps och placerades i krigsfångenskap. Under flera år utsattes han av britterna för psykologiska tester och långa förhör för att man ville komma åt den "nazistiska hjärnan". Liknande försök gjorde filosofen Hanna Arendt i sin bok *Den banala ondskan* som hon skrev utifrån att ha följt rättegången mot Adolf Eichmann 1961 i Jerusalem. Här lägger hon fram sina tankar om Eichmanns

5

resonemang kring sitt deltagande och sin roll inom nazismen under kriget. Ett tredje försök gjordes av Gitte Sereny 1995 i sin bok *Albert Speer: His Battle with Truth.*

Trots dessa djuplodande försök kände jag mig aldrig riktigt nöjd med resultatet och det var speciellt ett resonemang kring Speer som jag lade på minnet. Speer hade konsekvent i eftermälet av kriget hävdat att han inte visste vad som hänt beträffande morden på judarna, men att han successivt hade känt på sig att det hände något fruktansvärt. Då hade Sereny sagt att om ni kände på er, så måste ni ha vetat. Ni kan inte känna på er i ett vakuum, menade hon. Men Speer fortsatte att hävda att "att veta" byggde på påvisbar kunskap, medan "att ha på känn" kommer från antydningar, dunkelt prat då och då och mer eller mindre vaga signaler, något som formar en bild och en visshet först när man börjar misstänka ett mönster bakom detta. Speer menade att han inte hade haft tillräcklig anledning att göra det under kriget. Så även om han tog på sig ansvaret för nazisternas värsta illgärningar så menade han att han inte kunde ha stoppat dessa därför att han visste för lite. Det må vara hur det vill med den saken, dömd blev han, men till skillnad mot Hitler och flera ledande nazister klarade han livhanken. Straffet han fick var tjugo års fängelse. Å andra sidan kanske det hade varit enklare rent psykologiskt att välja, som flera andra nazistledare, självmordet som lösning. Då hade han inte under lång tid behövt dansa efter andras pipa.

Denna relation, konflikt, eller om vi så vill motsägelse, mellan vad vi skulle kunna kalla en slags intuition, alltså en aning om något och rationell kunskap, att veta, hängde kvar i mitt huvud när jag svängde över till att börja läsa deckare. Efter att ha läst en hel del av dessa böcker, skrivna av både svenska och utländska författare, blev jag ganska fundersam kring den här genren. Det var något mer eller mindre uttalat problematiskt med den. Inte bara att den domineras av män som skriver om män, utan att böckerna, kanske mer än inom andra skrivgenrer, är stöpta i samma form. Det är alltid något fall som ska lösas och där det finns ett givet samförstånd att gärningspersonerna är ohyggliga typer, seriemördare, pedofiler eller något liknande. Huvudpersonen, oftast en manlig kriminal-kommissarie, beskrivs som egoistisk, bufflig och inåtvänt, lever i sin egen värld så att säga utan att ge speciellt stor hänsyn till sin omgivning. Detta är något som vi läsare bör förstå och ursäkta eftersom deras bakgrund successivt vävs in i historien och gör deras sätt begripligt, ursäktligt skulle vi kunna säga, och att denna avoghet gentemot omvärlden och speciellt kvinnor i själva verket gör dem till de skickliga mordutredare de framställs som i böckerna. De här två sidorna hos kriminalare kan framställas så här:

"En vuxen man som var kompetent och förmedlade slutledningar och analyser med skärpa och trygghet. Samtidigt en liten pojke som var helt okunnig och inte hade en aning om hur människor kommunicerade."

7

Jämför nu med denna beskrivning:

"Han var inte kapabel till normal mänsklig vänskap,... kunde inte debattera intellektuellt och saknade verklig kapacitet till kärlek och ensam."

Ganska likartade karaktärsbeskrivningar, eller hur, men vem tror ni sistnämnda citat gäller? Jo, detta är ett försök att fånga Adolf Hitlers personlighet i inledningen till boken *Hitler's Charisma* av Laurence Rees. Nu menar jag naturligtvis inte att dessa kriminalare kan jämställas med sådana monster som ovan nämnda nazister. Däremot kan man med lite fantasi fundera på om exempelvis Goebbels och Himmler hade kunnat vara liknande "mansgrisar", ursäkta ordvalet, som dessa kriminalare om deras levnadsomständigheter hade varit mer normala och om det är denna manschauvinism som blev en viktig del i utvecklandet av de nazistiska monstren när "förhållandena var de rätta". Alltså helt enkelt en mer feministisk aspekt av krigsförbrytare som inte har lyfts fram speciellt tydligt i analysen av nazismen.

Hur som helst, deckarna blev därför för mig alltmer förutsägbara och i långa loppet tråkiga ju fler jag läste. Trots detta säljs de som vi alla märker i allt större upplagor och är därmed minst sagt populära. Jag hade gått och grunnat på detta ganska länge men stått och stampat och ville på något sätt komma vidare i dessa tankar. Då, en dag, hände något oförutsägbart och väldigt överraskande. När jag promenerade i vårsolen längs Norrmälarstrand på Kungs-

8

holmen i Stockholm, staden där jag bott större delen av mitt vuxna liv, gick jag förbi en bänk där det satt en äldre man, en person som jag tyckte det var något bekant över. Efter att ha gått ytterligare några steg förbi mannen slog det mig. Är inte det där Egil Grahn, den kände och ostyrige Stockholmskriminalaren. Visst, visst var det han, jag minns han speciellt eftersom han var så besatt av någon schlagerdrottnings låtar.

Jag är egentligen inte speciellt framfusig som person, men efter alla tankar kring det där med deckare hade det byggts upp en otålighet i mig av olika skäl den senaste tiden. Det hade liksom blivit en mental damm i min hjärna som höll på att svämma över. Så, tvärtemot min annars ganska blyga utstrålning, vände jag på klacken och gick fram till mannen.

"Hej och ursäkta, men är inte du Egil Grahn, den kända kriminal-

kommissarien?"

"Hm, hm, jo, men känd vet jag inte, men Grahn, det är jag det."

"Ursäkta att jag stör, men skulle jag kunna få prata en liten stund med dig?"

"Ja, det går väl för sig", sa Grahn. "Det är inte ofta så vackra damer stannar upp och visar en man i min ålder någon uppmärksamhet."

Att jag var vacker hade jag fått höra många gånger, böljande långt hår och en ganska yppig figur tilltalar de flesta män.

Italien/Venedig

Två år tidigare, på en klippa blickande ut över Adriatiska havet står Elisabeth Macintosh-Tupp helt förvirrad och förtvivlad. Hon har klivit ur bilen vid utsiktsplatsen för att samla sina tankar. Strax innan hade hon känt det som att hon inte riktigt kunde styra bilen, att bilen drog henne ut mot branterna längs den ringlande vägen och att hon när som helst skulle störta ned mot havets stormande vågor. Denna dag visade sig Adriatiska havet från sin mer vilda sida, förvisso inget regn men det blåste rejält. När hon står där med vinden i ansiktet och tårarna rinnande utmed kinderna tänker hon, hur kunde det bli så här, helt absurt, en resa som verkade så trygg och lovande har slutat i rena katastrofen. För två dagar sedan hade hennes man, Andrew Macintosh, mer känd som Tosh, från Skottland, hittats död vid Hotel Excelsior på den långsmala ön Lido utanför Venedig. Inte bara det att hon hade förlorat sin man, en man hon älskade så mycket, utan att hon också var en av de misstänkta för hans död, att de trodde hon var en mörderska. Helt absurt. Förvisso var hon ganska envis, men hade inget häftigt temperament och gillade inte våld. Både igår och idag hade de förhört henne, och till och med av kommissarie Carlo Balotelli, han som faktiskt var orsaken till att de var i Venedig. Balotelli hade bjudit ner Tosh, som också är polis, en vecka till staden för att diskutera ett par speciella mordutredningar med skotsk inblandning. Eftersom Venedig är romansernas stad tyckte Balotelli att Tosh också borde ta med sin

11

fru. Det skulle bli en hel del tid över för att det unga paret skulle hinna flanera omkring i de vindlande gränderna och kanalerna bland all gammal venetiansk historia. "Låt kärleken möta våren i Venedig", hade han sagt på telefon. Så mycket för den kärleken, hela mitt liv har slagits i spillror, och de som till och med hade börjat planera barn. "Fan, fan, faan! Varför händer detta mig?", sa hon förtvivlat till sig själv där uppe på klipporna.

Stockholm/Kungsholmen

"Vad rart av dig Grahn", sa jag och satte mig ned vid hans sida. Sedan försökte jag, så gott jag kunde, närma mig en av de centrala frågeställningarna jag hade i huvudet. Det mesta av mordutredningarna tycks ha stort fokus på logiskt tänkande, hur den ena saken, handlingen eller utsagan, hänger logiskt ihop med den andra, och genom att följa ett sådant logiskt spår leder det slutligen fram till fallets lösning.

"Ja", sa Grahn, "så är det och en av konsterna i branschen är att kunna hålla ihop och överblicka alla detaljer och de mönster de bildar. Det är därför vi ofta sätter upp foton och andra viktiga fakta kring de inblandade på en vägg och drar relevanta linjer mellan dessa, för att få en så klar överblick som möjligt helt enkelt."

Detta hade jag naturligtvis förstått, så det var inget nytt för mig. Min fråga gällde dock en annan sida av utredningarna. Frågan om något bortanför logiken, det vi till vardags kallar intuition. Detta uttrycks i princip då och då i varje deckare, men mest som ett komplement eller känslomässigt hugskott. Det kan låta så här:

"En tanke hade slagit rot i Knutas undermedvetna...han kände att han befann sig i navet som detta fall rörde sig kring."

"Han var inte lika uppmärksam på sin magkänsla och han följde inte upp vissa tunnare trådar som ledde åt olika håll."

"Vad var det han hade drömt egentligen? Han försökte nå tillbaks till sina halvmedvetna skrymslen, det var något viktigt…"

"Samtidigt som det var något med pojken som skavde i min splittrade skalle. Något som jag visste jag borde reagera på, men ännu inte gjort."

Detta tände en glimt i Grahns öga. Han blickade ut över Riddarfjärdens blänkande vatten med Södermalms välkända profil i bakgrunden. "Du", sa han, "jag kan berätta en märklig historia för dig kring fenomenet du pekar på. Vi kan säga att det började på vintern för ett år sedan. Av någon anledning hade polisväsendet i Skottland under 2000-talet funderat på relationen mellan intuition och logik i mordutredningar. Skälet fick jag veta så småningom. De hade haft en rad speciellt otrevliga mord på öarna utanför Skottland, både på Hebriderna och Shetlandsöarna. Flera av utredningarna drog ut på tiden och hur mycket fakta man än lyckades skaffa fram så såg fallen olösliga ut tills man, helt ologiskt, följde spår som inte alls verkade ha med saken att göra. Man gick på ren intuition skulle man kunna säga. Detta satte så klart stor press på polisledningen eftersom att intuition knappast ger någon föraning om lösningar förrän lösningen redan är där. Att lobba för resurser och tid till något sådant strider helt enkelt mot vad många inom kåren tycker är sunt förnuft, och detta inte minst hos politiker som både vill ha kontroll på budget och resultat. Oftast upplevs logik vara kopplat till att vara

14

rationell medan intuition anses irrationellt, oförutsägbart och okontrollerat.

Men, med facit i hand tog den numer ålderstigna kommissarie Riddle från Edinburgh upp frågan inom kåren. Han hade en aning, alltså en slags intuition, att om man tog upp denna fråga lite mer metodiskt kanske man skulle kunna få fram en utveckling i positiv riktning av brottsutredningar. Därför föreslog han en konferens där man skulle bjuda in framstående polisutredare från hela Europa och diskutera frågan, samla dem inom branschen som hade mest erfarenhet var hans idé. Konferensens titel blev *Intuition och logik: En möjlig symbios i framtida brottsutredningar* och kom att hållas i Skottland, i den lilla staden Stornoway, på Lewis Island ute i Yttre Hebriderna. Valet av plats kan verka för den oinvigde konstig, men var medvetet. Staden ligger tillräckligt avsides och är inte större än att konferensledningen under några dagar skulle utan problem kunna hålla ordning på dessa äldre, och om jag får erkänna ganska oregerliga och självgoda män, och som dessutom oftast har grava spritproblem. Sistnämnda något som tycktes förstärkas bland oss på ålderns höst och i slutet av våra yrkeskarriärer. Dock var det så att en och annan kvinna också slank med på konferensen, även om det som vanligt var så att de fick spela en underordnad roll. Ett annat skäl, och mer viktigt, var att konferensen skulle vara en hyllning till polisen Andrew Macintosh, som var från just Lewis Island, och som så tragiskt hade dött i tjänst i Venedig drygt ett år innan. Hans änka

15

hade därför föreslagit att om konferensen skulle hållas till hennes bortgångne makes minne borde den hållas i Stornoway, hans och hennes hemmiljö.

Inbjudningar gick ut tidigt på våren 2016 och konferensen gick av stapeln på sommaren samma år. Till saken hör också att ledningen för konferensens arrangemang var från det skotska fastlandet och mer hade kopplingar till den skotska intelligentsian och inte hade en aning om att tidpunkten de valt sammanföll med den årliga stora musikfestivalen i Stornoway, en festival som när vi var på plats var i sina mest ystra stunder en hyllning till den gaelisk/keltiska nationalismen som bland annat uttrycks i en stark misstro mot allt engelskt och deras skotska kollaboratörer, främst representerat av just eliten från Edinburgh. Detta utgjorde i och för sig inget större problem eftersom festivalen hålls i en familjär och glädjefull anda. Däremot betyder festivalen som går under namnet Hebridean Celtic Festival att den lilla staden som till vardags har 6,000 invånare, nu hade ytterligare 20,000 besökare. Som resultat är det under denna vecka full fart, musik och dans i princip dygnet runt i varje gathörn och på varje pub. Lägg därtill att Stornoway har mest pubar per invånare i hela Storbritannien, där det slaskas med öl och whisky dygnet runt, så förstår du att dessa äldre gentlemän som skulle på en seriös konferens ibland tyckte de hade hamnat i paradiset. Så deras fokus på konferensfrågorna var ibland minst sagt grumliga.

Nu sneglade Grahn på klockan, suckade lite och flackade med blicken och sa att det var nog dags att promenera hem, men om jag ville höra fortsättningen på historien kunde jag ringa honom så kunde vi kanske träffas på något fik inne i stan framöver. Mitt hjärta klappade av upphetsning, kunde detta verkligen vara sant, en historia från de inre kretsarna av deckarvärlden, och han hade inte ens frågat om jag var journalist och bara var ute efter ett scoop. Det här kunde ju bli min egen lilla utredning kring "mannens hjärna" à la Arendt och Sereny. Men varför var han så villig att berätta den för mig? Tjaa, vem vet, men jag fick känslan av att han i sin ensamhet inte brydde sig om vem som var lyssnaren. Det var som om han hade en inre röst som bara, i lugn och ro så här på ålderns höst, ville ut till någon och mer eller mindre vem som helst som verkade någorlunda redig. Så med ett litet underfundigt leende tog han mig artigt i hand och sa att han hoppades att vi skulle mötas igen.

17

Italien/Venedig

Elisabeth, när hon stod där på klippan, förstod i och för sig varför hon var misstänkt, det var liksom logiskt. Den dagen hade Tosh och Balotelli träffats och fortsatt diskutera mordfallen. Efter lunchen hade Balotelli föreslagit en liten utflykt. Att åka gondol på kanalerna inne i Venedig är inget som en venetianare föreslår en besökande vän, anses töntigt och bara något för typiska turister. Däremot hade en av hans vänner en egen gondolklubb på Lido, speciellt för att hylla gondolens historia i staden. Från början var dessa klubbar, som hade många hundra år på nacken, små varv för tillverkning och reparation av gondoler. Vännen var en av dessa lokala män som är så stolta över Venedigs maritima historia. Detta var just i hans fall ännu mer naturligt eftersom han själv var sjöman.

Det finns fler än tio gondolklubbar runt om i Venedig. På Lido finns det två och den de skulle besöka heter Voga Veneto Lido (Veneto Lidos roddklubb). Varje klubb har sina färger och denna klubbs båtar är målade i sammanhanget de passande färgerna gult och blått, och höjdpunkten är de årliga regattorna där klubbarnas gondoler tävlar mot varandra i lagunen.

Balotelli föreslog därför att vi skulle åka med honom till Lido, eller som man officiellt säger, Lido de Venezia, en av de långsmala yttre öarna eller sandbarriärerna, skapad av sediment som förts ner av de mäktiga floderna Po, Brenta och Adige från Alperna i norra Italien

18

och som avskiljer den venetianska bukten och staden Venedig från det mer stormiga Adriatiska havet.

Vi tog en vaporetto, en av alla dessa små passagerarbåtar som tar folk mellan alla platser i staden och öarna i bukten. Vi klev på 1:an nära Rialtobron och åkte vidare genom Canal Grande och ut till Lido. Egentligen en ganska kort resa, men känslig för sjösjuka som jag är, så när vi kom till Lido mådde jag ganska dåligt. Vid färjeläget möttes vi av Balotellis vän Guiseppi och hans fru. Det visade sig att hon, precis som jag, var svenska men hade bott i Italien mer än 40 år. När hon såg att jag var alldeles vit i ansiktet av båtresan sa hon att det var kanske bättre att jag följde med henne hem istället för att sätta mig i en vinglig gondol och återigen hamna ute i vattnet. De bodde bara några minuter från färjeläget på gatan Via Scutari. Utmärkt idé tyckte jag, så Tosh, Guiseppi och Balotelli åkte vidare i Guiseppis bil söderut nerför ön mot den lilla orten Malamocco, där gondolklubben ligger, medan vi sakta promenerade bortöver mot deras hem.

Stockholm/Södermalm

Några dagar efter mitt möte med Grahn tog jag fram visitkortet han gett mig och tog mod till mig och ringde upp honom. Jag var som sagt ganska ivrig att få höra fortsättningen på hans historia. Han svarade vänligt att vi kunde träffas under eftermiddagen en stund om det passade. Han föreslog det populära caféet Gunnarssons på Götgatan, alldeles vid Skanstull. Han skulle ändå behöva en promenad sa han och jag hade ju sagt förra gången att jag bodde på Södermalm, så han sa att vi kunde träffas där klockan fyra.

"Ja du", sa Grahn. "Den där konferensen i Skottland blev en mycket omvälvande historia, inte bara för att det var första gången så många kända polisutredare träffades samtidigt, utan också för de förvecklingar som hände kring själva konferensen."

"Men varför tror du att det kom så många erfarna utredare den här gången. Ofta vad jag förstått har det varit svårt att få till sådana träffar. Många av dina kollegor verkar vara ganska egensinnade och inte speciellt intresserade av att ta råd av andra."

"Det stämmer nog, men ett skäl var att det hade varit ganska många mord som dragit ut på tiden samtidigt som kostnadskraven hade ökat. Därmed kände sig många utredare allt mer pressade. Men lika viktigt tror jag det var att en hel generation av utredare var på väg mot pension och kände, precis som jag, en slags yrkesmässig distans till hela verksamheten, en verksamhet som i den nära framtiden vi inte skulle vara en del av. Man kunde helt enkelt våga utmana det gamla lite mer. Dessutom kände flera av oss att det var sista chansen att träffa några av de gamla kollegerna. Det var ändå så att trots vår ska vi säga, sociala inbundenhet, hade det uppstått en viss vänskap mellan några av oss. Att jag bara kan säga så till dig nu, är nog ett utryck för detta, man mjuknar med tiden och får lite mer distans."

Precis då avbryts vi av en ganska smal man i kostym som går förbi vårt bord med en kopp kaffe i handen. "Tjena Grahn, hur är läget, är du på den här sidan stan?"

"Mors Ingemar, det var länge sedan, hoppas allt är bra med dig?"

"Allt är under kontroll, ska avveckla mina affärer närmaste året och varva ner, om det nu går, vi börjar ju alla komma lite till åren. Du håller väl i legitimationen, om du nu har den kvar. Du minns vad som hände på Halvan sist vi sågs", fnissade Ingemar.

"Påminn mig inte, det där var lite förargligt", suckade Grahn.

"Ska inte störa, ha det, vi ses Grahn."

"Ursäkta", sa Grahn till mig, "det var en gammal vän, en kille som gillar att starta företag, smålänning förstås, men att han ska sluta jobba tror jag vad jag vill om. Han är av den sorten som inte kan vara still en sekund i vaket tillstånd, alltid något på gång. Ska vi fortsätta?"

"Gärna Grahn, men nu blev jag lite nyfiken på den där historien om din legitimation, är den för pinsam för att berättas?"

"Nej inte alls, den är säkert preskriberad vid det här laget", sa han med ett underfundigt flin. "En del sådana här tokigheter ingår liksom i jobbet även om allmänheten oftast inte får höra talas om dem. Det var så att tidigare brukade jag ganska regelbundet frekventera en liten pub vid Mariatorget, precis vid tunnelbanenedgången vid Swedenborgsgatan. Den heter Half Way Inn, eller Halvan i folkmun. En riktig stammiskrog, där många lokala förmågor ägnar sina kvällar åt allmänt tugg, konstnärer, journalister, författare, forskare, allsköns kreatörer kan man säga. Det som gjorde stället extra familjärt var att ägarna var gamla kompisar till många av gästerna och ibland var bardisken som ju ska vara gränsen mellan ägare/anställda och gäster minst sagt oklar. Speciellt i början på 1990-talet var det så, då de nuvarande ägarna hade en riktig barmatrona bakom baren. Hon var ganska vild. Ett av hennes specialtricks för att lätta upp stämningen var att smyghälla sprit i ölen åt vissa stammisar för att se hur mycket de tålde.

Hur som helst, en kväll hade jag tappat min polislegitimation och av en ren olyckshändelse lyckades en av de värsta tokstollarna där hitta den. Det var en medelålders kille som alltid var stiligt klädd

22

och verkligen kunde uppföra sig och också väldigt charmig. Han hade bedrivit ganska lyxiga klädesaffärer en gång i tiden, bland annat i Gamla Stan. Men fick han sprit i kroppen kunde han bli stollig värre och få de mest galna idéer och ofta fullföljde han tyvärr dem. När han hade hittat min legitimation som dessutom naturligtvis visade att det handlade om en kommissarie, inte en vanlig polis, så slog det slint i huvudet på honom. Han tog med sig en kompis och flera kvällar i rad gick de omkring på krogar i området och gjorde "miljöinspektion" och för att inte "slå ned" på stället sa de att det är okej, ni klarar er för den här gången men det skulle sitta fint med en öl och en liten matbit.

Hela storyn blev som sagt lite pinsam för mig eftersom man först trodde att det var jag som hade gjort det. Hur som helst, glömt nu, men låt mig återvända till historien.

Det var så här att när jag fick höra talas om konferensen kontaktade jag två av mina skandinaviska kolleger som jag hade lärt känna lite genom åren och som jag hyfsat kunde umgås med. Dels var det Henry Barsk från Oslo och dels Curt Dunkel från Köpenhamn. Barsk är känd som en av dom där kriminalarna som verkligen råkat ut för mycket våld. Träffar du honom så bara att se hans ansikte så förstår du. Dunkel är en verkligt egensinnig herre, cynisk skulle nog många säga och med en ganska hård jargong. Men det får man ta, en skicklig kriminalare är han i alla fall. Ett fint litet gäng skulle

23

man kunna säga. Tidigare hade jag haft en del att göra med kommissarie Riddle i Skottland som nu erbjöd sig att vara värd för oss när vi skulle stanna till i Edinburgh på väg till konferensen. Riddle hade kontaktat mig bland annat i samband med ett fall i Skottland för några år sedan där nordiska mc-gäng var inblandade. Han och jag hade samma fäbless för öl och whisky och jag trodde att det nog skulle passa herrarna Barsk och Dunkel också. Så vi bestämde att vi skulle invänta varandra på Edinburghs flygplats, där Riddle skulle möta upp och ta oss in till staden.

Riddle skulle dessutom ordna resten av logistiken för att ta oss till konferensen, som på vår begäran innehöll både tåg, buss och färja. Det gick förvisso flyg direkt till Stornoway och konferensen från Edinburgh, men vi skandinaver ville gärna hinna se en del av Skottland också. I vår situation på ålderns höst hade vi ju inte direkt bråttom. Ingen av oss hade varit där tidigare utanför tjänsten och som stolta män av skandinaviskt ursprung ville vi alla få i oss lite mer om vikingarnas historia i denna del av världen. Så vad kunde vara bättre än en skotsk värd och en resa över de skotska högländerna, först med tåg till den nordliga metropolen Inverness och sen ut till kusten med buss till den lilla staden Ullapool. Observera namnet Ulla, en tydlig koppling till Skandinavien. Därifrån går det sen en färja tre timmar ut till Stornoway och Yttre Hebriderna, en övärld som var en del av ett vikingakungadöme för många hundra år sedan. Det var planeringen Riddle erbjöd oss."

Kapitel 2

Skottland/Edinburgh

Allt fungerade och dagen kom då vi alla tog våra flyg mot Skottland. När vi, jag, Barsk och Dunkel, strålade samman på Edinburghs flygplats visade det sig att Riddle hade blivit lite försenad, så det blev ett par lager i baren i väntan på att han skulle hämta oss. Efter lite allmänt snack om läget, familj, och andra allmänna artigheter, frågade Barsk om någon av oss kände till Macintosh, han som skulle hedras på konferensen. Ingen av oss hade egentligen hört talas om honom, men jag trodde att han bland annat hade varit assistent åt Fin Macleod, kommissarien verksam i Edinburgh, men bördig från Lewis Island. Varför jag minns Macleod hyfsat bra var att han hade blivit kallad ut till Lewis för att lösa några mord. Det i sig var inget speciellt, men eftersom han var uppvuxen där så hade han en rad personliga kopplingar till många inblandade. Vi ska komma ihåg att Yttre Hebriderna inte har speciellt många invånare utan präglas mer av att alla känner alla, och att försöka lösa mord där du känner de flesta, och till och med är släkt med många, måste vara extra besvärligt.

Däremot berättade Riddle att Macintosh hade dött i Venedig när jag tidigare hade talat med honom i telefon. Tosh hade hittats vid det kända Hotel Excelsior på ön Lido utanför Venedig. Vet inte om ni känner till det hotellet, men det var ett klassiskt hotell för all världens filmstjärnor på 1930- och 40-talet. Alla som ville stråla i glansen av kändisskap och den tidens medier visade upp sig på stranden, ungefär som dagens Cannes. Hotellet fungerar fortfarande som ett vanligt hotell men idag syns det mest i media då den årliga utdelningen av filmpriser kring Venedigs filmfestival sker där. Tosh hittades i vattnet utanför, men inte i havet på strandsidan av hotellet, utan på andra sidan. Excelsior har, förutom en vanlig ingång vid gatan, en speciell ingång från kanalsidan, där gäster kan komma med båt direkt från Venedig via den kanal som skär av Lido på mitten och leder fram till hotellet. Tidigt på morgonen hittades Tosh flytande i vattnet nära landgången till hotellet av en vaktmästare som sköter tennisbanorna bredvid. Han låg guppande på mage och enligt vaktmästaren rådde det inga tvivel om att han var död.

Sen kan man ju undra varför hans fru blev misstänkt, men det var så att hon först inte hade alibi för tidpunkten då Tosh hade dött. Tosh och Balotelli blev körda av Guiseppi, Balotellis vän, till hotellet efter en gondoltur. Där tog de var sin drink i baren och sedermera lite tilltugg och diskuterade vidare på de mordfall som var skälet till att Tosh besökte Venedig. När Balotelli tyckte det var dags att planera hemfärden sa Tosh till Balotelli att åka hem i förväg. Tosh skulle ta en drink till och samla sina tankar lite, sen ringa sin fru och ordna med Guiseppi så de kunde ta färjan över till Venedig lite senare. Klockan var då runt sex på kvällen. Samtidigt som Balotelli lämnade Tosh och gick gatan ner mot färjeläget hade Tosh fru tagit en liten promenad utanför Guiseppi och hans svenska frus hem, där hon spenderat dagen medan de andra åkte gondol. Detta var, visade det sig, ungefär samtidigt som Tosh hade dött enligt obduktionen. Tosh fru behövde lite frisk luft efter sin släng av sjösjuka och hade gått runt i kvarteren en timme och vi ska komma ihåg att Hotel Excelsior inte ligger mer än tjugo minuter från Via Scutari där Guiseppi och hans fru bor. Så teoretiskt var det helt möjligt för henne att ha hunnit träffa sin man under tiden. Så något alibi verkade hon inte ha. När det samtidigt i undersökningen visade sig att hon faktiskt hade träffat honom och de dessutom hade haft en högljudd konversation i baren var det inte så konstigt att hon blev misstänkt.

När väl Riddle dök upp på flygplatsen kände vi oss alla lagom goa till mods med ölen innanför västen.

"Fan grabbar, jag ska förklara varför jag blev försenad", ursäktade sig Riddle. Hans gamla kolleger på polishuset hade hållit kvar honom lite för att berätta ett intressant fall för honom. Eftersom de visste att vi skulle åka på konferensen ville de att Riddle skulle dra den för oss för att höra vad vi tyckte. Fallet, som vi kan kalla "Kidnappningen av popstjärnan", skedde ganska nyligen och är i princip löst, men det kunde vara lite kul att snacka om det som en slags uppmjukning inför konferensen i Stornoway, menade Riddle.

I taxin berättade han också att han hade bokat rum åt oss på Balmoral Hotel som ligger på Princes Street, huvudgatan mitt i stan. Håller tillräckligt fin klass för oss, menade han, men framförallt ligger det i direkt anslutning till järnvägsstation. Den heter Waverley Station och därifrån ska vi åka norrut i morgon. Stationen öppnades 1902 just för den brittiska järnvägen för att inhysa de finare passagerarna som på den tiden kom upp till Skottland från London. En trevlig detalj är att klockan i hotellets klocktorn alltid gick tre minuter före för att passagerare inte skulle missa sina tåg på återresan. På den tiden hette hotellet North British Hotel, eller i folkmun "the NB". På 1980-talet, i sann skotsk nationalistisk anda, bytte man namn till Balmoral efter det kända Balmoral Castle. Hotellet är idag också känt för att det var här J. K. Rowling bodde när hon avslutade sina böcker om Harry Potter. Hennes rum är numera kallat "J. K. Rowling Suite". Det finns också andra kopplingar till namnet Balmoral. Ett mindre känt är att det är en irländsk potatissort, men det kanske mest känsliga handlar om det brittiska kungahusets kopplingar till nazismen innan Andra Världskriget, något man inte gärna vill ta upp idag. På 1930-talet var tre systrar till dåvarande prins Philip, han som sedermera gifte sig med deras drottning Elisabeth, gifta med höga nazistiska dignitärer. Så umgänget med nazister var ganska intimt på den tiden. Och värst av

28

allt, det finns en bild på den då unga prinsessan när hon gör en Hitlerhälsning, och detta var just på Balmoral Castle.

Men just nu var det ingen mer tid för det, taxin var framme vid hotellet, det tar ju ändå inte mer än 30 minuter från flygplatsen till Edinburghs centrum. Han skulle berätta mer när vi hade installerat oss på hotellet. Nu blev det bara att bära in vårt lilla bagage och sen ut på stan eller som Riddle uttryckte det:

"Boys, dags för en pubrunda så ni får känna på stan lite."

Väl ute på gatan berättade Riddle att denna gata, Princess Street, är stadens stora affärsgata, men han antog helt rätt att vi inte var speciellt intresserade av den. Istället ville han att vi skulle gå upp ett par kvarter på närmaste tvärgata in i det han kallade för New Town. Men innan dess pekade han på en stor staty föreställande en man på den sidan av gatan som vetter mot den djupgående parken som skär som en canyon genom centrum och där Edinburgh Castle högst upp på höjden tronar som stadens skyddsmonument.

"Jag antar att ni inte kan så mycket om Skottlands historia eftersom ni har bett mig berätta lite, men den här mannen borde ni i alla fall känna igen", sa Riddle och pekade mot den sittande gubben.

"Vad gäller er historia stämmer det nog, eller hur Barsk och Dunkel", sa jag. "Men jag har inte en aning om vad det där är för en gubbe heller."

29

Ovissheten var lika tydlig hos Dunkel och Barsk.

"Men om jag säger "Dr hm hm I presume?"", då borde det väl ringa en klocka till och med i era skallar", sa Riddle med ett litet finurligt leende.

"Jaha", lyste Barskupp, "Dr Livingstone menar du. Där ser man, men var han härifrån?

"Japp", svarade Riddle med lite stolthet.

"Men hade inte han ihjäl en massa svartingar Riddle?", flikade jag in.

"Nja, inte direkt han, men han var ju en del av det koloniala projektet, en del av vårt imperiebygge, så på sätt och vis är det väl inte så mycket att vara stolt över."

"Våra kungar som härjade nere i Europa när det begav sig var väl inte heller guds bästa barn om det är någon tröst, så vi skiter i dom", fortsatte jag.

När vi kom upp en bit från affärsgatan pekade Riddle på alla byggnader längs gatorna. Fem våningar, stenhus efter stenhus, granit var namnet.

"Detta område, pojkar, kallas för New Town, men är inte speciellt nytt egentligen, de äldsta delarna har ett par hundra år på nacken.

Det byggdes som ett bättre alternativ till The Old Town, området däruppe på höjden, ni ser borgen där. Där rådde det enorm misär på den tiden, både dåligt byggda och nerslitna bostäder och en enorm fattigdom och trångboddhet. Kriminalitet och allsköns jävelskap kan man säga. Så den nya borgarklassen, och många som flyttade upp från London, ville komma undan från eländet och då påbörjades bygget av dessa kvarter. En bit bort här ligger min favoritpub, mitt stamlokus Cambridge Bar."

Meningsutbytena flöt på som en välsmord teater, lätta antydningar, olika markeringar, någon får de andra att skratta, någon insisterar, man håller med, men på lite olika sätt. Trots den påskinande spontaniteten låg under ytan ett allvar. Kände man personerna skulle man inse att rollerna var ganska tydligt fördelade, var och en hade sin plats. Stammisar. I händerna höll de, nästan lite krampaktigt om man var en utomstående observatör, ett ölglas i handen. Utan den eller om glaset blev tomt, föll de liksom ur rytmen. Men vad vore en bar utan bartendern, han eller hon är räddaren, livlinan, och oavsett personlighet ingen man ostraffat underskattar i denna miljö. Bartendern såg till att glasen ständigt blev fyllda och att man återigen kunde inta sin plats i jargongen. En vanlig eftermiddag, på en vanlig pub, vid en vanlig bardisk, ja, nästan var som helst i norra Europa.

31

Så var stämningen när våra hjältar klev in på Cambridge Bar på Young Street i New Town, Edinburgh. Att Riddle var känd här rådde det inga tvivel om. Han morsade runt på alla, hans favoritöl ställdes fram av bartendern innan vi andra ens hade kommit fram till baren. Ställets litenhet gjorde att intimitet uppmuntrades och genast blev det ganska trångt. Riddle presenterade oss snabbt, vi fick våra öl och Riddle förde oss lite längre i lokalen där det fanns ytterligare ett rum, inte speciellt stort, men åtminstone plats för en handfull personer att sitta. Enkla träbord och längsgående väggfasta bänkar och någon enstaka trästol. Ett par foton på väggarna, en liten öppen spis och en just nu död platteve uppe vid ena kortväggen. Spartanskt var ordet. Ett ungt par satt i ena hörnet, troligen turister. Stämningen i huvudet på gubbarna lyftes dock ett snäpp för under teven satt fyra damer och spelade bridge.

"Hej där Sally", morsade Riddle. Så klart han kände dem också.

"Måste visa mitt gamla vattenhål för mina kolleger här. Hoppas allt är bra med er."

"Det är lugnt Riddle", svarade damerna i kör.

"Vi sätter oss nog i andra hörnet där borta så vi inte stör er, vi har lite grejer att reda ut".

"Du är som vanligt, kör på ni bara", svarade Brenda, som knappt tittade upp utan verkade fullt upptagen av korten.

Lite molokna blev nog vi andra, hade inte varit fel att sitta ner med dessa kvinnliga varelser för en stund. Men Riddle var lite bestämd. Kände väl ett ansvar här.

"Hör ni pojkar", sa han när vi hade satt oss till rätta. "Vi borde nog ändå prata lite redan nu om konferensen medan vi har huvudena någorlunda i behåll. Jag tog med mig programmet för säkerhets skull. Har ni sett att Macintosh fru ska hålla ett kort tal som en hyllning till sin bortgångne man. Kolla, här står det!", pekade han och lät programmet gå runt.

"Ja, var det inte så att hela konferensen skulle vara till hans minne? En jävligt sorglig historia förresten", sa Barsk.

"Ja, va fan, det är väl okej med hyllningen, men tufft av henne att komma", fortsatte Dunkel.

"Ja det kan man lugnt säga", sa Riddle och tog tillbaka ordet. "Vad säger ni om programmet då? Har vi några kloka tankar kring det?"

"Jag tycker egentligen att det är en riktigt bra idé", flikade jag in. "Man märker ofta att rutiner tar över. Man gör som man brukar och släpper inte så lätt in nya tankar. Men det kanske inte bara har med oförmågan att tänka nytt. Det känns ibland som att åldern tar ut sin rätt. Vi gubbar är vana att saker och ting ska göras som vi alltid gjort, kanske lite rädda för förnyelse. Vad säger ni?"

"Jo, lite ligger det nog i det", sa Dunkel, "men samtidigt kan man ju inte släppa in vilka fnykiga idéer som helst. De här nya aspiranterna i all ära, men en del förslag de har är faktiskt helt ute och cyklar. Där är ändå erfarenhet en hel del värt."

"Håller med", fortsatte Barsk. "En annan sak som jag tycker påverkar det hela i negativ riktning är detta ständiga tjat om små resurser och uppe på det alla dessa tokiga utvärderingar. Det blir liksom dåligt med tid att våga sig på något nytt. Jag läste någonstans att vi idag lever i någon slags utvärderingskultur och där det finns en övertro på att vad man pumpar in i resurser enkelt ska kunna mätas i resultat."

"Det där känner jag verkligen igen", hakade Riddle på. "Här i Storbritannien tror jag vi till och med ligger före er på det här området. Det var något som startade med Margaret Thatcher och hennes regering när det begav sig. Låter ju rimligt på något sätt, men jag kommer ihåg hur det speciellt inom universiteten blev ett helvetes liv. När utvärderingarna började tog de så lång tid så på vissa universitet var man tvungen att stänga undervisningen under perioder. Där klagade man på att politikerna började lägga sig i utbildningarna för mycket. Allt började bli så kortsiktigt och nyttoinriktat att många framstående forskare menade att vi blivit alldeles för närsynta. Kunskap i sig blev inte viktigt och utbildningar skulle bara få finnas om de direkt ledde till jobb. Jag tyckte väl att allt det där lät rimligt, men sen läste jag en artikel där man skrev att mycket av den viktiga kunskap vi har idag aldrig skulle ha kommit till om inte universiteten och forskarna var mera fria att söka förståelse kring tillvaron."

"Fan, nu blev du riktigt intellektuell Riddle", sa jag.

"Ja, men tänk er medicin till exempel. Utgångspunkten för medicin är att förstå hur kroppen fungerar oavsett vad vi för stunden har råkat ut för. Det är alltså inte endast sjukdomar som sådant som styr sökandet utan ett allmänt intresse av att förstå människokroppen. Och detta intresse ligger sen bakom de flesta lösningar vi har på sjukdomar som drabbar oss, inte tvärtom. Självklart blir det ett samspel, men förståelsen av immunförsvar, virus, bakterier och baciller och fan och hans moster kommer från ett genuint sökande i sig. Därför finns det nog alltid risk att om kreativt skapande styrs för hårt blir det inget nytt."

"Ja, där håller jag nog med dig Riddle", fortsatte Dunkel. "Dessa förbannade utvärderingar känns mest som styrning uppifrån och när resurserna blir för små, blir det ju löjligt att prata om förnyelse."

"Härligt, där är vi nog alla överens", sa Riddle samtidigt som han reste sig upp och fortsatte. "Vi grejar en runda till, eller hur?"

"Jag tar det", sa Dunkel med lite av det typiskt skandinaviska rättvisepatoset att dela lika, och började resa sig upp.

"Kommer inte på tal", sa Riddle och tryckte ner Dunkel i stolen igen. "Mitt stamlokus och då betalar jag, så inget snack nu."

Ja, det var väl bara att stämma i bäcken tyckte vi andra så vi hann knappt reagera innan Riddle försvann in i baren. Samtidigt hördes hurrarop och stoj från baren. Riddle förklarade när han kom tillbaka med ölen att det var landskamp i rugby mellan Skottland och Irland idag och teven i baren visade att Skottland hade vunnit. Här är rugby minst lika populärt som fotboll ska ni veta, förklarade Riddle.

"Ja, hör ni", fortsatte Riddle när han satt sig, "den där historien som mina gamla kolleger drog på stationen och som gjorde att jag blev försenad, handlar om utredningsarbete, men jag kan dra den på tåget imorgon. Då har vi ändå inte så mycket att göra. När vi har druckit upp ölen drar vi vidare. Vill visa er en annan del av stan och en annan typ av pub. Jag har ordnat en taxi till Old Town."

När vi väl satt i bilen drog Riddle några historier om staden och miljöer vi passerade. Fast det tog inte mer än dryga tio minuter så var vi framme. Vi fumlade ut ur taxin, Dunkel snubblade till så han höll på att ramla på trottoaren, men annars var allt lugnt.

"Välkomna till The Grapes grabbar", sa Riddle, när vi klev in genom dörren och direkt stötte på en fullbelagd bardisk. Lokalen var inte speciellt stor men större än Cambridge Bar, ett långsträckt

36

rum där bardisken löpte längs med och ytterligare ett mindre rum till vänster, återigen spartanskt inrett med plastöverdragna stolar och bänkar, vita ganska tomma väggar men inte alls lika mysigt som Cambridge Bar. Men livfullt värre var det i alla fall. Två saker som Riddle hade förvarnat oss om, det lilla speciella som han hade sagt, var att härinne hittar vi inga turister, bara locals, något som hörs på deras speciella engelska dialekt, eller om vi så vill deras skotska. Fort pratar de och det är för det otränade örat svårt att hänga med. Det andra som slår en är att här är det inga ungdomar. Knappt någon under 60, eller, om de är yngre ser de ändå ut som minst 60 på grund av deras hårda liv.

"Sätt er vid bordet där, och vad vill ni dricka?", sa Riddle.

Trots trängseln vid baren så flyttade sig folk artigt åt sidan, en artighet som går igen var man än är på de brittiska öarna. Det blev varsin Tennents och även en "wee dram of whisky", en liten whisky av enklare sort. När alla hade satt sig tillrätta frågade Dunkel vad den där äldre kvinnan vid väggen härjade om.

"Ja du", sa Riddle och suckade, "det där är en jukebox hon knappar på, men det ser ju inte ut att gå så bra".

Damen skrek ut mot det andra rummet: "Murdo, jag får ingen ordning på det här, kom!". Mannen vid namnet Murdo dök då upp, spillde ut en del av sin öl på vägen men ingen brydde sig. Han var minst lika glad i hatten som damen och gjorde ett försök med knapparna på den väggfasta jukeboxen. Men det gick inget bättre. Van som han var kom då bartendern över och efter lite konversation blev det klart att damen ville höra en låt med The Beatles, men att varken hon eller hennes kavaljer Murdo kunde stava till namnet. Så utan bartenderns hjälp hade det inte blivit någon Beatles. "Ja", suckade Riddle, "på den nivån är det här."

Stim och stoj och nu Beatles på hög volym, det var inte lätt att höra varandra i sorlet.

"Hör ni nini?", sa Barsk, "Vad tror ni då om det där temat för konferensen, kan det verkligen komma ut något av det, eller är det bara för att vi veteraner ska få lite frisk luft?"

"Tjaa", sa Dunkel. "Vad mig anbelangar så känns väl alla konferensen vara till för lite fest snarare än seriösa ansatser."

"Håller med", sa jag, "men med det vi har fått innanför västen och gott sällskap i en intressant miljö, så kanske vi kan släppa på cynismen lite och bjuda in en skvätt allvar i det hela. Håller med dig om vad du sa på den andra puben Riddle. Men vete fan om det går att föra en sån diskussion här, jag hör ju knappt vad ni säger, och än mindre vad du säger Riddle. Märker på dig att när du hör dina lokala fränder prata så glider du in i deras jargong, och då blir det svårt för oss att hänga med."

Folk kom och gick, ett jäkla rännande skulle man kunna säga. Ett skäl är att rökförbud på pubar också har införts i Storbritannien, men det var så nyligen så att det ännu inte hade påverkat rökkonsumtionen. Därför var halva puben mer eller mindre hela tiden ute på gatan. Samtidigt som Beatleslåten klingade av fortsatte stojet, en ny låt spelades och någon började sjunga till låten *Mandolin Wind*. Tydligen var det dags för karaoke längre ner i lokalen, men det gick inte att se från där vi satt för allt folk. Då klev det in en storväxt man som var betydligt mer välklädd än det övriga klientelet. Samtidigt såg jag att Riddle, som satt så han hade översikt mot ytterdörren stelnade till och blicken hårdnade.

"Vad är det Riddle?", frågade jag.

"Något från det förflutna, skit också", svarade Riddle.

Plötsligt vänder sig mannen mot oss och ögonen vidgas. "Men vad ser jag", sa mannen. "Är det inte Edinburghs copper himself, kommissarie Riddle. Har du inte hamnat lite utanför dina gängse jaktmarker? Men här sitter du med dina kompisar, och tro mig eller ej Riddle, med min erfarenhet är ni alla coppers, ni ser ut som Bröderna Marx, alla lite olika, men av samma skrot och korn. Hur är det att vara en avdankad copper Riddle? Inga bovar att jaga och ingen du kan ge något tjuvnyp, det måste bli tråkigt och ensamt i längden."

"Du ska inte bry dig din sopa, bara jag slipper se dig är jag nöjd. Att bli av med sådana som du tycks tyvärr vara ett evighetsarbete. Nej fan grabbar, drick upp, det där arselet har smittat ner den här platsen. Saddle up, vi drar vidare", sa Riddle.

"Okej, lugnt, vi glider. Gå först ni", sa jag. "Måste slå en drill, ni kan vänta utanför."

När de andra gick mot dörren måste den för oss främmande mannen motvilligt gå lite åt sidan i trängseln. Då sa han till Riddle med stirrande ögon och väsande röst:

"Trots att du är pensionär kan jag lova dig att sista ordet mellan oss ännu inte är sagt, bara så du vet."

"Satt det så långt inne på muggen?", sa Dunkel till mig när jag väl kom ut på gatan.

"Nej det var inte det. Men jag fick liksom grädde på moset därinne. Bredvid toaletten hade de ett litet utrymme för karaoken och mannen som sjöng var verkligen en syn för gudarna. Jag har aldrig varit en beundrare av kråmiga rockstjärnor på scen, tänk er en Mick Jagger i färgglada tajts speta omkring, nej fy för satan. När jag kom ut från muggen sjöng en kille *Beast of Burden*, en okej låt i och för sig, men killen var handikappad, benen och armarna var liksom helt fel, antagligen reumatism och stelopererade, och ansiktet var också vridet. Han sjöng ganska bra men när han dansade á la Jagger blev det helt galet tokigt. Förlåt alla handikappade men det såg ut som om allt satt löst på honom, benen och armarna for omkring som om han var elektrifierad, rejält komiskt, och hela lokalen stämde i så jag blev faktiskt stående där en stund. The Grapes, Yeah Man! säger jag bara. Dessutom, Riddle, när jag gick förbi din "vän" sa han till mig att han känner igen mig nu och om inte du berättat om mig redan ska du veta att du och dina kompisar ska akta sig för att komma mellan mig och Riddle."

"Jaha, och vad svarade du på det?", undrade Barsk nyfiket.

"Ät min skit!", sa jag på den bästa skotskengelska jag kunde klämma fram.

Alla garvade. "Rätta takter pojkar", sa Riddle, "Glöm den där typen, låt oss gå ner mot lite mer vänliga, dock mer turistiska trakter. Vi går till Grass Market, där finns ett helt gäng pubar öppna så här dags. Det ligger också tillräckligt nära ert hotell, så ni enkelt kan ta er hem därifrån så småningom."

Då, mitt i Grahns berättelse där vi sitter på Gunnarssons, ringde hans mobil. Samtalet avslutades ganska snabbt och Grahn tittade på mig med en bekymrad min och sa:

"Typiskt, måste träffa en bekant om en liten stund. Lite privata debacle, kan jag få fortsätta historien en annan dag?"

Skottland/Lewis Island

När jag kom tillbaka till Skottland efter Venedigresan var jag både vilsen och mentalt slut. Tosh borta, varit misstänkt för mord och flera krävande förhör med den italienska polisen, kunde det bli värre? Ja, faktiskt, det kunde det. Även om Tosh och jag de sista åren hade haft våra problem, hade jag alltid trivts bra på Lewis och Yttre Hebriderna. Jag kommer ihåg första gången jag kom hit och hur jag blev överväldigad av den karga naturen, vidderna och speciellt Atlantsidans storslagna vyer med de höga klipporna, vindarna och de eviga vågornas ljud. När han under de första dagarna tog mig upp till the Butt of Lewis, öns norra udde med den stora fyren stolt sträckande sig mot vädrets makter, var jag helt lyrisk, förälskad på alla ledder helt enkelt. Den dagen var det en klarblå himmel, så vackert väder att man till och med kunde se över till det skotska fastlandet. Efter att ha gått runt vid fyren längs de höga, branta klipporna och alla skränande sjöfåglar som jag inte hade aning om vad de hette, tog vi oss ned till en liten sandstrand. Här gick vi i vattenbrynet och plockade lite snäckor bland alla rundslipade stenar. Vi satt en stund där det var lä och njöt av solens värme. Tosh berättade om sin bakgrund och öbornas tuffa historia. Jag la just då inte så mycket på minnet, mina tankar var mer i förälskelsens värld, och när han började prata om vår framtid tillsammans blev jag helt fångad och bara flöt med som i en ljuv dröm.

Människorna här är både artiga och trevliga och det är lätt att få vänner. Min egen bakgrund hjälpte säkert till. Jag var uppväxt på landet, kom från norra Hälsinglands skogsbygd och var van med få människor, ordkarga men jordnära. En sådan uppväxt i generationer i de mörka skogarna hade också gjort oss tagna av ockulta krafter och speciellt på den kvinnliga sidan av familjen. Detta blev en extra ingrediens i mitt förhållande till Yttre Hebriderna. Här finns det mängder av gamla keltiska fornminnen och en levande kultur kring dessa. Bara någon mil söder om där vi bor ligger Callanish, en plats med uppresta stenar lika imponerande som det mer kända Stonehenge i England. Ett ställe som verkligen griper tag i en, speciellt om man är där i skymningen.

Det var så att jag efter gymnasiet gick bibliotekarieutbildningen i Borås och fick som nyexaminerad jobb på biblioteket i Hudiksvall. Min släkt var från Bjuråker med omnejd, hade nära släktingar i orter som Hedvigsfors, Friggesund, Delsbo och Näsviken. Men det var på biblioteket i Hudiksvall jag träffade Tosh för första gången. Han hade kommit dit för att göra släktforskning för det hade visat sig att i hans släkt på Lewis fanns en ingift svensk som hade dykt upp på ön i slutet av 1800-talet. Denna svensk hade varit en ung sjöman som hade tagit hyra på de båtar som gick med virke från olika svenska Östersjöhamnar till bland annat de brittiska öarna. Virket användes till så kallade *pit-props*, ett slags trästöttor i kolgruvorna för att staga upp gruvgångarna. Av de hamnar som skeppade ut

44

denna typ av virke var just Hudiksvall och Söderhamn de som skeppade ut mest runt förra sekelskiftet. Historien förtäljer dock inte varför denna man gick i land och så småningom tog sig till Skottland och Hebriderna. Däremot vet de flesta som besökt Skottland och dess övärld att skandinaver är väldigt populära och har en skotte om så bara en liten procent skandinaviskt blod i sig så är man mycket stolt över det. Så att Tosh hamnade i Hudiksvall för släktforskning var ingen slump.

Släktforskning hade varit populärt en tid inom vår släkt och var förhållandevis enkel att utföra då kyrkböcker i dessa områden oftast gick så pass långt tillbaka som till 1600-talet. I min släkt var de flesta smeder, både svenska och valloner, och speciellt på min morfars sida. Därför var många i min släkt väldigt mörka, men med ingifte var också en hel del blonda. Själv har jag sandréfärgat lockigt hår och ljusbruna ögon. Hur som helst, detta intresse hade jag tagit med mig in i min biblioteksutbildning och på så vis kom jag att vara den som började hjälpa Tosh med de första trevande försöken att hitta hans släkting. Det visade sig att släktingen, som ju inte gick så långt tillbaka i tiden, var en kusthälsing till skillnad mot oss som var skogshälsingar. Denna distinktion var bland de äldre, alltså min mormor och morfars generation och bakåt, en viktig distinktion. Genom åren hade varje grupp sin egen stereotypa bild av den andra gruppen. Kusthälsingen ansåg att skogshälsingen var grov, oregerlig, outbildad och hade en förkärlek för hem-

45

bränning med allt vad det medförde, medan kusthälsingen var stadsbo, bildad och kunde föra sig, men i skogshälsingens ögon vek, anpasslig och märkvärdig. Skogshälsingarna ansågs generellt vara egensinniga och om inte alltid olagliga i sina beteenden ändå bångstyriga och avoga mot överheten. Det brukade sägas att skogshälsingen på 1800-talet inte gärna gifte sig, på deras gårdar var "fruarna" officiellt pigor, för de ville inte blanda in kyrka och länsman. När Tosh berättade om sin tid i Edinburgh och öbornas syn på skotska stadsbor och engelsmän, kunde jag känna igen samma typ av stereotypisering som hemma.

Det må vara hur det vill med den saken, tycke uppstod ganska snart mellan mig och Tosh och efter att han åkt hem och vi hållit kontakten några månader bjöd han över mig till Hebriderna. Han hade bara tre år innan fått sin första polistjänst i Edinburgh, men två år senare förflyttats över till Lewis och Stornoway, något han gillade eftersom han föredrog sin hembygd snarare än storstaden. När det sen visade sig att det fanns en möjlighet för mig att få en tjänst på biblioteket i Stornoway så tvekade jag inte. Min engelska var bra så jag hade inte svårt att anpassa mig, även om det tog en stund att hänga med i den skotska varianten. Här talar också många fortfarande gaelic, men det är betydligt svårare att förstå. När jag accepterade jobbet hade vi känt varandra i mer än ett år och även om jag uppfattade mig själv som en ganska försiktig person hade jag i alla fall lite äventyrslust i kroppen. Det enda som var lite

46

jobbigt var att Tosh, även om vi båda hade jobb inne i Stornoway, inte ville bo i staden.

Vi bodde på västsidan av ön i det område där Tosh var uppväxt. Detta betydde pendling över ön till östsidan och jobbet genom den karga centrala hedmarken. Men å andra sidan tog det inte längre tid än 25 minuter med bil eller buss. Jobbigast var att ta sig upp från vårt hus nära kusten till busshållplatsen vid stora landsvägen, en dryg kilometer, speciellt på höst och vinter då det ofta regnade och blåste rejält. Yttre Hebriderna är känt för sitt häftiga väder där det i princip ligger oskyddat för naturkrafterna från Atlanten. Därför är det ofta nyckfullt med färjorna mellan öarna och fastlandet, men även med bussarna. Många gånger måste man ställa in vintertid då det väller in kraftiga stormar från väster. En känd sådan storm var stormen Gudrun som den kallades i Sverige. Det var 2005. Den stormen kom härifrån och blåste bland annat iväg en hel familj i sin bil på en väg, en så kallade causeway mellan två öar, ut i havet där de tragiskt drunknade.

Jag och Tosh bor, oj då, vad sa jag, nu är det ju bara jag, i ett ganska nybyggt hus i den lilla byn Arnol, i utkanten ner mot vattnet. Härifrån är det en vidunderlig utsikt ut över kusten och Atlanten. Tosh släkt är från det här området och bara några kilometer söderut efter kusten ligger byn Gearrannan. Där bodde Tosh mormor i ett black house, den traditionella hustypen på Hebriderna, låga stenhus med grästak och en öppen spis i mitten, men ingen skorsten. Röken från elden fick ta sig ut bäst den kunde genom grästaket. Förr samsades både människorna och djuren man höll i dessa hus. Namnet härrör sig troligen från en distinktion gentemot den nyare typ av hus som sen blev vanligt och som oftast var vitrappade och därför kallades white houses.

De sista black houses på Lewis övergavs på 1970-talet och idag ser man många av de återstående taklösa stenruinerna här och var på landsbygden. I byn där hans mormor bodde har man renoverat ett antal sådana och gjort dem till ett museum och vandrarhem för turister, idag kallat Gearrannan Blackhouse Village. Tosh mormors hus står också kvar men precis utanför trästaketet som inhägnar vandrarhemmet. Det ingick inte i projektet utan är idag bara en ruin, utlämnad till väder och vind.

Nedanför vid en av alla dessa sandstränder som finns längs den västra sidan av öarna på Yttre Hebriderna ligger en kyrkogård. Det är väldigt vanligt att folket här placerade gravplatserna nere vid vattnet ovanför stranden, dels var det lättgrävt och man ville inte ta av den knappa jordbruksmarken, men också ett utryck för deras mentala och kulturella närhet till havet. När jag efter en tid fick hem Tosh kropp från Italien begravdes han här vid sidan av sina släktingar.

Nu är jag här och funderar på framtiden. Åker ofta ner hit och sitter eller går fram och tillbaka längs stranden. Hur jag än mår är det ändå en väldigt rogivande plats och det känns som att jag kommer Tosh närmare. Första tiden efter att jag kom hem var ett enda töcken, hade aldrig känt mig så ensam som då. Visst hade jag bekanta, men alla var genom Tosh på ett eller annat sätt. Det hade nog varit lättare om vi ändå hade skaffat det barn vi hade diskuterat sista tiden, då hade fokus blivit lite annorlunda och det hade känts mer meningsfullt att stanna kvar. Nu känns det mest meningslöst.

Första tiden var jag sjukskriven, fick en depression och kunde inte alls tänka eller koncentrera mig på jobbet. Med andra människor var det inga problem, alla förstod mig. Men samtidigt, jag kände inte att jag hade någon förtrogen, någon som tänkte som jag. Tosh hade varit min förtrogna, men utan honom ökade distansen till hans släktingar och vänner. Så jag blev ganska skygg. Och nu den här konferensen, visst är det fint att det är en hyllning till Tosh, men vet inte om jag pallar att delta, så mycket känslor väller fram och då inte bara min kärlek till Tosh utan också det att hans yrkeskår på sätt och vis har blivit min fiende. Det vi bråkade om var hans vad jag tyckte successiva förändring till en betydligt mer auktoritär och oförstående man än den jag hade träffat i början. Det har känts som hans arbetsplats och arbetsuppgifter krävde detta av honom och att han blev mer och mer influerad av den där arbetsmiljön.

Skulle jag då också närvara vid konferensen, själva getingboet? Förvisso bad de mig bara att hålla ett kort litet tal vid invigningen av konferensen för att understryka hyllningen av Tosh. Men ändå, skulle jag verkligen kunna hålla känslomässigt? Att gråta över Tosh offentligt skulle naturligtvis alla sympatisera med, men tänk om jag tappar humöret och börjar skälla och säga att det är deras fel. Jag vet inte, jag har ju lovat, men å andra sidan säger jag till mig själv, den dagen den sorgen, det är ändå ett bra tag dit.

Oj då, nu är jag inte ensam här längre, ser att gamla Archie McNeill kommer gående från de låga klipphällarna här vid stranden. Såg han inte först när jag kom hit. Archie brukar ibland gå ner och plocka musslor i det grunda vattnet som han sen säljer till ett par restauranger. En bra extrainkomst för en pensionär.

"Hej Elisabeth, sitter du här igen?" sa han med sin ödmjuka blick under kepsen.

"Ja" säger jag, "du vet att jag känner mer frid här. Ser att du har fått en del i din påse."

"Ja, det blev en lyckad dag, men ska inte störa, sköt om dig", sa Archie och gick med lite skakiga men vana ben uppför stranden.

Ja, ibland är det väldigt bra för själen att träffa äldre landsbygdsbor här på Hebriderna. Känner man till deras historia så vet man att dessa människor har haft det väldigt tufft genom åren, så man

50

kanske inte ska klaga. Speciellt Archie och hans familj hade det väldigt svårt för ett par år sedan då en nära släkting till dem mördade en person här i omgivningarna. Tosh hade berättat historien för mig och själv hade han hört den från sin seniora kollega Fin Mcleod som också är härifrån och som var huvudansvarig för lösandet av fallet. När jag tittar upp igen ser jag att Archie har passerat gravplatsen och är på väg in genom grinden till Blackhouse Village. Själv bor han med sin fru en bit längre upp efter vägen.

Stockholm/Södermalm

"Okej för mig", sa jag, "Kan vi höras framåt helgen?" Grahn nickade jakande och vi tog varandra i hand på gatan utanför Gunnarssons. När Grahn med sin knyckiga gång, ett resultat av en skottskada i benet under ett av hans mordfall, gick ned i tunnelbanan märkte han inte hur jag blev påhoppad av ett fyllo. Här, vid trappan bredvid, hänger alltid ett gäng nersupna män och en och annan sliten kvinna. Ibland är de vid lite kyligare väder på motsatta sidan av Götgatan, bredvid Thaikiosken vid trappan upp till Gotlandsgatan. Där finns det ett varmluftutblås. "Fan, du är ju läcker", sa fyllot. Men van som jag är efter alla år i Stockholm, så sa jag bara "Bry dig inte!" och med raska steg gick jag vidare uppför gatan med mina funderingar kring Grahns historia. När jag gått några kvarter på vägen hem så hamnade jag på Swedenborgsgatan och såg då skylten Half Way Inn precis i kvarteret innan Mariatorget. Det var ju den puben Grahn hade nämnt och eftersom jag inte hade någon brådis och nyfiken som jag är klev jag upp för de få trappstegen på hörnan och in i lokalen. Det var en väldigt liten pub, ett fåtal bord, en bardisk och en längsgående smal trädisk mittemot där folk kunde sitta på höga barstolar och titta ut mot Swedenborgsgatan, allt inrett i klassisk skotsk pubstil.

Så fort jag klev in såg jag vid disken ut mot fönstren personen som hade kommit fram till vårt bord på Gunnarsons. Han tittade upp mot ingången och såg mig och sa:

"Nämen tjena, är det inte du som satt och pratade med Grahn på Gunnarsons för ett tag sedan? Ingemar heter jag."

"Jo det stämmer", sa jag. "Hade vägarna förbi och eftersom Grahn nämnde det här stället passade jag på att titta in, har aldrig varit här förut."

"Får jag bjuda på ett glas vin?", sa Ingemar.

"Gärna, ett glas rött skulle sitta fint", sa jag.

När jag fått mitt glas frågade jag Ingemar om den där historien om Grahns legitimation verkligen var sann. Jo det var den faktiskt och den killen som hittade på allt brukade göra massor av tokiga saker när han var på fyllan.

"Mittemot här på Wollmar Yxkullsgatan finns en lädermakare, Lejonkulan heter stället. En eftermiddag var ett dagis där på studiebesök. Eftersom den här knäppa killen var kompis med lädermakaren tänkte han att nu ska jag jävlas lite med honom. Knäppisen såg hur lädermakaren gick ut på ett ärende medan dagisgruppen var kvar där inne. Då kilade han ut från sin egen lokal, han hade en second-handbutik mittemot, och låste in barnen med

53

personal och allt med ett extralås. När ägaren kom tillbaka var det lite panik där inne och han var tvungen att skaffa fram en bultsax för att kunna släppa ut dom. Allt gick ju bra men hur galen får man bli.

Apropå namnet Lejonkulan, en liten kuriosa med det namnet är varför lädermakaren valde att kalla sitt företag för just det. Det var så att han hyrde en lokal när han startade upp sin verksamhet. Den lokalen råkade vara den lokal som Norbert Kröcher och Bader-Meinhofligan hade hyrt för att förvara, om du minns, Anna-Greta Leijon, som då satt i vår regering. Som du säkert också minns så misslyckades deras kidnappningsförsök, men lädermakarens företag bär samma namn än idag."

"Hur som helst", fortsatte Ingemar, "en annan gång la den här knäppa killen sig på marken utanför polisens garageutfart på Torkel Knutssonsgatan och vägrade att flytta på sig. Problemet var att detta var utryckningsvägen för polisens fordon på Södermalm och under ett par timmar fick de inte ut en enda bil. Han hade låst fast sig på något sätt, han gillade verkligen lås den killen. Ja, många fler sådana historier finns det kring denna man, så historien om "miljö-inspektionen och den tappade legitimationen" stämmer. Numer har han dragit sig tillbaka till någon söderförort och tas om hand av sina exfruar och barn. Hans tokighet mot andra lyckades ofta därför att han såg mycket distingerad ut och var extremt bra på att manipulera genom sin charm. Så det var nog inte så konstigt att han har både många exfruar och barn."

"Ja, det låter som en riktig tokstolle", sa jag.

"Det här stället är en känd stammiskrog här på Söder, visste du det?"

"Nej, hade inte ens hört talas om den. Går sällan på pubar, är väl mer en kafémänniska."

"Fattar, men om du tittar på fotona där nere vid toaletten så ser du många av första generationens stammisar på det här stället, kanske känner du någon. Dessa höll till här under 1980- och 90-talet. Mest är det kulturarbetare, konstnärer, författare, tv-folk, men också forskare och en och annan hantverkare. Men många går inte hit längre, en del har dött och andra har flyttat. Jag hör ju att en annan dialekt slår igenom ibland hos dig, men du kanske ändå vet att även om folk inte flyttar längre bort än några kvarter här på Söder så ändras ofta vardagsvanorna helt. En kompis till mig som flyttade till Skanstull för några år sedan, vad är det, femton minuters gångväg bort, ser man sällan här mer, trots att han var stammis här i tjugo år. Och likadant är det för mig, jag är aldrig till vardags i Skanstull. Så det här snacket om någon slags gemensam söderanda är mest en myt bland affärsidkare. Du känner säkert till SOFO, Söder om Folkungagatan, och de nyinflyttade. Här på Söder identifierar sig

55

folk traditionellt mest med stadsdelen man bor i, exempelvis Mariatorget, Hornstull, eller Nytorget. Fast det har du nog märkt om du bott här några år. Förr var det församlingarna som gällde, om man bodde i exempelvis Maria eller Katarina församling, då sa man jag är från Maria, eller jag är uppväxt i Katarina. En del äldre kan fortfarande använda dessa benämningar på sin identitet."

"Ja, lite av det där känner jag till", svarade jag och tog en sipp av rödvinet.

"Om du vill se en av de äldre stammisarna, ser du gänget där nere i hörnet, han den äldste längst in är en av de gamla, en före detta ordförande för Journalistförbundet och de andra tillhör Torsdagsklubben, det är ju torsdag idag, och under många år har dessa journalister träffats här varje torsdag över ett par öl. Oj, förlåt, det var värst vad jag pratar på. Är det okej om jag frågar hur du känner Grahn?", fortsatte Ingemar.

"Visst, jag känner inte honom egentligen, stötte på honom av en slump, men kände igen honom som den där kriminalaren som var besatt av schlager", sa jag.

"Ja, det där har man förstått med Grahn, han hade ju en del personliga problem i familjen, så musiken var väl någon slags tröst i bedrövelsen", svarade Ingemar.

"Jag hade läst en massa deckare och var intresserad av tankar kring hur man löser olika mordfall, och när jag stötte på honom en dag så såg jag chansen att få lite insiderinformation och på den vägen är det. Apropå det, läser du deckare?", fortsatte jag.

"Nej du, det kan jag inte säga", sa Ingemar. "De är ofta för ointressanta och ska vi säga ospännande för att jag ska tycka att det är värt att lägga ner tid på dem. Men jag måste erkänna att en deckare har jag i alla fall läst, *Snabba Cash*, av Jens Lapidus. Men det beror på att jag känner honom, han bor här i kvarteren och är en mycket trevlig kille. Fast jag har inte lättare att läsa pretentiös litteratur heller, inte ens om jag känner sådana författare. Ta till exempel Björn Ranelid, som också rör sig i dessa kvarter. Jag säger inte detta för att imponera på dig, tvärtom, men där går min gräns, orkar inte läsa hans böcker trots att jag känner honom, och han är likadan privat som på TV kan jag säga, energitjuv skulle vara en passande beskrivning på honom."

"Okej, fattar din inställning, jag tycker också hela genren är enformig och ganska tråkig. Det jag egentligen är intresserad av är förhållandet mellan intuition och logik och då kanske du undrar vad det har med deckare att göra. Jo, i alla dessa deckare framställs metoden för att lösa exempelvis mordfall som en lång logisk resa, där man försöker följa sammanlänkade spår. Du vet, den där väggen med foton på alla inblandade och där man via fakta ritar pilar och

57

ibland ändrar pilarna utifrån de nya fakta man får fram. Intuition har väldigt lite utrymme i dessa metoder, men ibland känns det som att intuition är ett underskattat verktyg. Det var lite av detta jag ville prata med Grahn om och höra vad han tycker. Han reagerade ganska inspirerat på mina frågor och har börjat berätta en som han säger belysande historia för mig. Men, som sagt, det är bara början, vi får se vad det leder till, men jag hoppas det blir både intressant och spännande."

"Ja", sa Ingemar, "hur kriminalare arbetar vet jag inte mycket om, men som egen företagare, och då ska du veta att jag har startat många genom åren, har jag varit tvungen att tänka mycket kring liknande frågor. Exempelvis när jag anställer folk. Jag har träffat många kunniga personer, men inte lika många kloka. Här ser jag skillnaden som att den kloka har mer fantasi, bygger inte bara sin förmåga att lösa uppgifter på inhämtandet av data eller fakta utan har också god fantasi, kan tänka utanför givna ramar, har en tydlig känsla, fingertoppskänsla kanske och detta sistnämnda liknar vad jag tror idén om intuition. Den kloka personen går inte bara den upplysta vägen utan vågar sig ut i mörkret. Detta bli extra viktigt om man är en entreprenör. Vet du förresten hur man definierar en entreprenör?"

"Hmm", sa jag. "Har aldrig haft ett företag men något med risktagande har jag hört."

"Stämmer", fortsatte Ingemar. "Men det är mer än så, en entreprenör är en företagare som vågar ta risker, dessutom, inte stirrar sig blind på arbetstid utan lägger ner den energi som krävs, men framförallt och detta är viktigt, entreprenören anser att om man ska kunna konkurrera på marknaden måste man skapa en ny produkt, ett mervärde jämfört med vad som redan finns på den marknad man vill operera på. Detta gäller vare sig du vill sälja skor eller vara en medspelare inom sjukvård eller skola. Själv har jag och en kollega byggt upp ett ganska stort privat sjukvårdsföretag efter dessa principer. Detta kan du jämföra med riskkapitalbolag, denna relativt nya typ av företag som det skrivs ganska mycket om idag och speciellt när det gäller privat sjukvård och skola. Här gäller inte nyskapande utan att köpa upp pågående verksamheter, slimma organisationen för att kunna ta ut vinst och sen exit, alltså sälja inom ett antal år, för att sen med vinsten investera i andra lukrativa marknader, och så vidare. Alltså ingen innovation eller samhällsutveckling alls ingår. För att göra innovationer krävs fantasi och för att fantasin ska få ett spelrum krävs utrymme för alla inblandade individer. Här är jag nog lite kontroversiell inom näringslivet för jag tycker att hierarkier och auktoritära ledningar blir en hämmande faktor inom en organisation.

Oj, nu pratar jag på igen, men får jag fortsätta? Okej, jag äger bland annat ett sjukhus där jag infört en så kallad platt organisation. Det betyder att läkare i relation till sjuksköterskor och undersköterskor

59

inte har mer makt än de andra yrkesgrupperna, utan att fokus ligger på olika ansvarsområden. Jag kan lova dig att läkarna inte gillade detta spontant. Men över tid ser också många läkare positivt på detta därför att vi har lyckats få fram en effektiv och lönsam verksamhet som många gånger utmanar de mer konservativa landstingen. Detta kan jag tänka mig är problematiskt inom polisväsendet. Ska inte bladdra på för mycket om detta, men låt mig ge dig en kort historia om auktoritet och fantasi, vet inte om det var från Einstein den kom, men det var en kompis till mig som drog den, en kompis med ett extremt flytande intellekt som jag använt som bollplank ibland i mitt företagande.

Så här går den. Det stod en liten pojke vid stranden av en sjö och kastade flatmackor på vattnet. Samtidigt kom en äldre man förbi och tittade på pojken. Hur han än försökte kunde pojken som bäst få sju-åtta studsar på vattnet med de flata stenarna. Då går mannen fram och säger till pojken med myndig röst, titta här min lilla vän, och så kastade han iväg en sten och fick minst femton ringar på vattnet. Mannen sträckte på sig och såg stolt ner på pojken och sa att så ska en slipsten dras. Då säger pojken, runda ringar, det är väl ingen konst, jag försöker få fyrkantiga. Einstein menade ju ofta att fantasi var viktigare än kunskap, och om man tolkar det lite fritt så ligger det nog något i det."

Det var inte svårt att inspireras av Ingemars tydliga gåpåanda, men efter lite mer prat hit och dit sa jag till honom att det var ett intressant samtal som hjälpt mig att tänka vidare på dessa frågor, måste ju ha lite kluriga tankegångar för att få fart på Grahn, men att jag nog måste tacka för mig, det hade ju blivit en ganska lång dag.

"Ingen orsak och tack själv, det var trevligt, titta gärna in här någon mer gång, jag är här någon timme de flesta dagarna."

"Det ska jag gärna göra, tack för vinet", sa jag och tog på mig kappan och tog min handväska och gled ut i den nu svala kvällen. Det hängde regn i luften och det hade redan blivit lite mörkt, en lite lagom kulen sensommarkväll. Dagen hade verkligen varit lyckad. När jag gått en stund märkte jag knappt omgivningen för tankarna snurrade en hel del kring dagens samtal. Klockan var nu så pass sent på kvällen att det inte var så mycket folk på gatorna och speciellt inte på bakgatorna. När jag vandrat några kvarter hemåt mötte jag en person i lång rock med en mössa djupt nerdragen på huvudet som gick mot mig. Tänkte inte så mycket på det, gick bara på, men när vi var jämsides fick jag plötsligt ett slag i huvudet så att det svartnade för ögonen och en stark smärta for genom kroppen. Vad fan nu då? hann jag tänka innan jag föll ner på knä. Sen blev allt kolsvart, lampan slocknade.

"Hallå, hallå, hur är det?

Vimmelkantig hörde jag någon ropa på mig, kändes som det kom långt ifrån, men efter några sekunder, när jag försökte fokusera blicken, såg jag ett ansikte nära mitt eget och förstod efter en stund att en kvinna stod på knä lutad över mig. Efter ytterligare några sekunder såg jag mer klart och såg också en man bakom henne och svarade:

"Vet inte, måste fått en smäll tror jag, jag svimmande."

"Vi såg dig ligga här, men det fanns inga andra människor i närheten. Kom så ska vi hjälpa dig upp. Hur känns det, klarar du dig? Vad var det som hände?"

"Lite snurrig är jag nog", sa jag, och märkte att jag i alla fall inte blödde när jag tittade på min hand som jag precis strukit över huvudet där smällen tagit.

"Jag mötte en person men det var så pass mörkt så jag såg inte ansiktet, men jag tittade inte så noga, smällen kom från ingenstans, men det måsta ha varit mannen jag mötte. Skit samma, jag bor alldeles i närheten, porten är där borta, så jag klarar mig, vill bara hem, tack så hemskt mycket".

"Det är lugnt, vi står här tills vi ser att du kommer in genom porten. Hej då och du kanske ska kolla upp det imorgon om du mår illa och kräks under natten?"

"Visst, och tack igen".

Kapitel 3

Skottland/Edinburgh

"Kom igen nu pojkar, det är inte längre än att vi kan gå till nästa ställe. Vi ska till Grassmarket, ett torg som ligger precis nedanför borgen. Där finns en massa pubar och restauranger, en plats som är en riktig turistmagnet", sa Riddle och tog täten.

"Visste ni förresten", fortsatte han, "att Edinburgh har mest turister i hela Storbritannien, ja, efter London förstås."

"Ja du, att stan är vacker kan man inte undgå", underströk Barsk. "En sak jag tänkte på, jag blev överraskad i taxin när vi åkte hit, såg ni det grabbar? Vi åkte liksom på gatuplanet på ett ställe, sen helt plötsligt när jag tittade till vänster, såg jag en tvärgata fyra våningar ner. Hur fan gick det till Riddle?"

"Lite svårt att förklara, men man har byggt om, lagt till hus efter hus, klämt in broar och utvecklat hela skiten under århundraden, så det går att förklara men lite väl krångligt i detalj. Marken här är delar av en eroderad vulkan och väldigt kuperad. En sak kan man dock säga som styrde mycket av byggandet. Förr var städerna ofta utsatta för attacker och därför ville folk bo innanför stadsmurarna som skydd. I Edinburgh betydde det att allt folk man behövde för att hålla igång stan, kungligheter, soldater, administration, industri

64

och handel, gjorde att man så småningom blev tvungen att bygga på höjden och klämma in så mycket hus som möjligt så de flesta gator bara blev trånga gränder. Därför ser det ut så här", förklarade Riddle.

"Ja det enda liknande vi har i Norden vad gäller en tight stad skulle väl vara Gamla Stan i Stockholm", sa jag. "Men det här är fan så mycket mer dramatiskt. Häftigt faktiskt."

"Ja, som kontrast kan vi ta Glasgow, Skottlands ojämförbart största stad, där finns inget liknande", underströk Riddle.

När vi hade lämnat huvudgatan där The Grapes ligger, gick det svagt utför och vi kom till en korsning där de flesta husen var ganska nedslitna, åtminstone om man gick efter hur fasaderna såg ut. På två ställen med anonyma ingångar, just vid en gata som heter Cowgate, stod det folk utanför.

"Hej där Riddle, är du ute och vankar", sa en av personerna när vi passerade.

"Hej Charlie, hur går affärerna?"

"Som vanligt, inga större problem Riddle."

"Vi hörs", fortsatte Riddle medan vi gick nedför gatan. "Det där var en dörrvakt, så bara så ni vet pojkar, detta är Edinburghs Red District, fast som ni ser, inte mycket till ett distrikt, om vi säger så.

65

Ganska sjaskigt faktiskt, men vi har inga större problem med den här verksamheten, speciellt inte om vi jämför med knark. Mest ett lokalt fenomen, turister kommer sällan hit till stan av det skälet men hororna är mest utifrån, ja, ni vet."

"Har ni inga problem med hallickar och unga öststatsbrudar då?", frågade Barsk.

"Jo, det liknar väl vad ni har i Skandinavien, men verksamheten är så pass begränsad. Men det är klart, det är betydligt svårare numer att ha koll på prostitution som sker via nätet och i lägenheter. Den verksamheten ökar och är säkert ett skäl till att sådana här klubbar minskar i betydelse. Okej grabbar, här har ni Grassmarket", sa Riddle och pekade med båda armarna framåt när vi kom in på ett stort torg. Ena sidan hade en hel rad av restauranger och pubar, alla med uteservering.

"Grabbar, vet ni vad the White Hart står för?" frågade Riddle medan vi hade varsin öl framför oss.

"Jaa", sa Barsk lite tveksamt, "något med hjort fattar man ju utifrån pubskylten, men…"

"Hjorten som jaktdjur har en lång och verkligen symbolisk betydelse i Skottland, speciellt som en del av en manlig

66

machokultur, liknande er älgjakt antar jag. Vissa av de stora fullvuxna hjortarna får med åren en bröstkorg av vitt hår i form av ett hjärta, white hart alltså, som syns på långt håll", fortsatte Riddle. "Inom hjortjakt motsvarar de nog en tolv-taggare hos er, om jag förstått det rätt. Här i Skottland finns det inga älgar, så ersättningen blir alla uppfödda hjortar. En av de mest populära platserna för den här typen av jakt är Isle of Jura, en ö i Inre Hebriderna där det bor ett par hundra personer tillsammans med 6,000 hjortar. Hit åker varje år bland annat den kända engelska högerpolitikern David Cameron. Själv tycker jag inte den här typen av jakt är sportslig. Ni vet, landskapet på Jura är mest hedmarker där det inte finns speciellt mycket plats för djuren att gömma sig på, så det är i princip bara att lyfta bössan och panga på. Det vore som om våra brottslingar alltid fanns på tomma parkeringsplatser endast iförda kalsonger beväpnade med en fickkniv. Nej, fy fan, att kalla den typen av jakt för manlig blir löjligt, snarare är det fjolligt. Fast ön Jura är egentligen mer känd för något annat, nämligen platsen där George Orwell skrev boken 1984. Låter fan så mycket mer intressant i mina öron. Idag kan man besöka huset där han bodde om man vill.

Hur som helst, det här anses vara Edinburghs äldsta pub, och i kväll är det er lyckokväll. Det är mycket levande musik på dom här pubarna. Fast det är mest för turisternas skull och oftast gamla klassiska slagdängor. I kväll är det vår lokala hjälte Graeme Pearson, han spelar nästan varenda kväll någonstans i stan och numer har han även en *Musical Walking Tour* om Edinburghs historia i kvarteren. Få turister missar honom, men det kan nog räcka att höra honom en gång. Han har en ganska inövad show med både låtarna och skämten. Märker han att ni är från Skandinavien garanterar jag att han har några skämt om vikingarna också. Ni kommer att förstå vad jag menar."

Mellan en låt om whisky och några döda klanhjältar sa jag till Riddle att den där mannen påminner mig om Benjamin Syrsa fast med för sammanhanget passande röda rutiga byxor och hängslen. Men jag gillade de här melankoliska skotska sångerna, inte alls tokiga tyckte jag.

"Det var mig en mager jävel", föll Dunkel in. "För mig påminner han om Perikles, han i Tuborgreklamen: Wornaar smagaer en Tuborg bedst?"

"Jo fan", sa nästan jag och Barsk samtidigt, det ligger något i det."

"Mig säger det då inget", sa Riddle. "Å andra sidan är inte Tuborg någon favoritöl på den här sidan kanalen och gud hjälpe, det räcker med en sådan här figur".

När musikanten tog en paus tog Riddle åter fram programmet för konferensen och undrade vad vi tyckte om det.

"Ja, det där om datoriseringen av fakta och nya typer av samkörningar av register gillar jag verkligen. Ny teknik är något som jag alltid tyckt om", sa Dunkel. "Det enda problemet är att vi ibland blir tvungna att lita på datanördar och tar de för stor plats kan det gå åt helvete. Så det samarbetet måste verkligen hanteras, hoppas den frågan kommer upp."

"En annan rubrik gillar jag också", sa Barsk. "Den där om nya rättsmedicinska rön. Om dom bara inte babblar för mycket och för snabbt ser jag fram emot den. Förresten Riddle, vem är den där Val McDermid, ska hon prata?"

"Känner inte henne, men jag vet att hon skrivit en bok om sådana saker, tror den heter *Brottets Anatomi*, där hon intervjuat en rad rättstekniker. Kan vara spännande, en inblick utifrån så att säga. Men hon är faktiskt mest känd som deckarförfattare."

"Jaså", sa jag. "Har du läst något av henne?"

"Nej fan, sån skit läser jag inte", sa Riddle med eftertryck. "Men jag läste en gång en bok under min utbildning som kanske kan räknas som en deckare. Den hette *The Interpretation of Murder* och handlar om en verklig händelse när Sigmund Freud, psykologen ni vet, för första och enda gången besökte New York. Den var jävligt klurig, kanske för att den var skriven av en professor i juridik. Men fråga mig inte vad han hette, minns inte".

"Men du Riddle", fortsatte jag, "vad fan handlar "Dolda strukturer/ hämmande strukturer" om? Den ligger ju lite sent så den kanske man kan skippa."

"Faktiskt ingen aning, har man ork kanske den blir lite spännande. Grabbar, i vår ålder ska vi väl vara lite öppna för det okända, eller?"

"Fan vet", svarade Dunkel med en skeptisk blick. "Varje gång jag tycker att jag ansträngt mig över det normala tycks det gå åt pipsvängen, och man får betala dyrt efteråt. Men lyssna kan man väl göra, men börjar man lägga sig i vete fåglarna vad man får bita i. Där är det ju också ett par kvinnor som ska prata, bara det gör mig nervös. Förresten Grahn, är inte en av dom från Sverige, Ulla Svensson, låter jävligt svenskt för mig."

"Jo det stämmer nog, men aldrig hört talas om henne. Hon ska presentera en teori om män och kvinnor från en bok som heter *Könet sitter i hjärnan*, vad fan är det för en titel?", undrade Grahn med frågande min.

"Hos mig sitter den i alla fall inte i skallen, det kan jag försäkra, hö, hö", sa Riddle med ett leende. "Men vad det har med mord-utredningar att göra kan man ju fråga sig. Men grabbar, har vi fått nog av vår skotska musikant, tåget går ganska tidigt i morgon, så det är kanske dags att avsluta vår pubrunda."

Med skotska toner i våra öron lunkade vi ut på gatan där en frisk lite kvällskylig luft slog emot oss. Jag gick en bit före de andra då Riddle ropade: "Grahn, stanna, vi ska in till vänster där."

"Fan Riddle, det är ju bara en mörk jävla gränd, bara tegelväggar. Ser till och med ut som en återvändsgränd."

"Lugn och fin, inga problem Grahn, det går att gå där, kommer att bli lite brant en bit in, men en utmärkt genväg till ert hotell."

Så vi travade alla in i gränden och det visade sig att längre in vek den av till höger, men då ändå trängre och mörkare och endast upplyst av en liten svag vägglampa längst in. När vi i sakta mak gick där stelnade plötsligt Barsk till. Han gick ett par steg före oss.

"Riddle, kolla där i den lilla porten där framme. Är det inte någon som står där och spanar?", sa Barsk med lite viskande röst. I det skumma ljuset kunde man se en skugga, en kontur, som såg ut som en man med hatt.

"Har han inte något i handen också?", fortsatte Barsk.

"Lugn grabbar", sa Riddle snabbt. "Efter idioten vi träffade på The Grapes tar vi inga onödiga risker."

"Det kommer i alla fall inga efter oss", sa Dunkel, som samtidigt hade spanat bakåt.

"Jag går längs väggen medan ni går på andra sidan och drar till er uppmärksamhet", sa Riddle och pekade.

Vi gjorde som han sa, och så strök Riddle långsamt sina steg längs väggen medan vi gick över på andra sidan lite så där nonchalant babblande som om vi inte hade en aning om personen inne i den mörka porten där framme. När Riddle närmade sig skuggan kastade han sig fram och tog tag i mannens rock och slet ut och ner honom på marken. En mobiltelefon som mannen tydligen hade haft i handen flög iväg i luften. Samtidigt hade vi andra rusat fram och ställt oss runt omkring. Mannen skrek till så det ekade mellan tegelväggarna:

"Helvete, vad fan gör du?" Det lyste panik i hans ögon medan fyra ögonpar stirrade ner på honom.

"Men för fan.., det är ju du... Riddle, vad fan håller du på med?", flämtade han.

"Jävlar i min skäl, det är Tom, va fan står du och gömmer dig här för? Du skrämde verkligen upp oss, det var därför, förlåt", sa Riddle med en förlägen röst och hjälpte mannen upp på benen.

"Om jag skrämde upp er, vad fan tror ni att ni gjorde då? När jag fick se er fyra komma runt hörnet där borta blev jag livrädd, trodde ni var ute efter mig, så enda stället att gömma sig på fanns här", fortsatte Tom, nu lite lugnare.

"Grabbar, Tom här är en av Edinburghs legendariska småtjuvar, ingen större fara med honom, han har också i flera år varit en av mina tjallare när jag behövt veta något från den undre världen. Förresten, du Tom, vad var det för snack jag hörde om att du varit inblandad i ett bankrån?"

"Nej, nej Riddle, det stämmer inte alls. Det var så att jag gick förbi banken, Bank of Scotland på Picardy Place, du vet, och såg att ett av de stora skyltfönstren var helt utslaget. Så jag blev lite nyfiken och klev in, men det var ingen alls där. När jag vände mig om och var på väg ut kom flera poliser och skrek "Upp med händerna i lagens namn!" och på den vägen är det. Tog ett tag innan dom fattade att jag inte hade något med saken att göra."

"Det var vad jag sa till mina kolleger också, sådana grejer är inget för Tom", svarade Riddle medan vi andra smålog lite åt saken.

"Fast du är väl ett riktigt klantarsel. Hur som helst, förlåt mig igen Tom, vi var lite spända på grund av något som hände tidigare i kväll. Men pallra dig iväg nu", sa Riddle och klappade honom på axeln.

"Och du, glöm inte mobilen", tillade Riddle och räckte över hans mobil. "Och så var det hatten".

"Fan, Riddle, jag tror du börjar bli lite schitzig på gamla dar", suckade Tom och pallrade sig nerför gränden ut mot Grassmarket.

"Mycket ståhej för ingenting", sa jag. "Men varför sprang han inte bara ifrån oss istället?"

"Det kommer du att fatta där framme", sa Riddle och pekade.

Mycket riktigt, där gränden tog slut fanns bara en trappa till vänster, och snacka om brant, flera hundra steg rakt upp i luften bara.

"Hajar", sa Barsk. "Fan, hittade du ingen brantare trappa Riddle?" fortsatte han ironiskt.

Trappan var uppdelad i flera avsatser och vid varje avsats var vi tvungna att stanna och pusta ut. När vi väl kom upp var vi så utpumpade att vi blev stående framåtlutade med händerna på knäna och kippade efter andan. Det var bara Barsk som någorlunda orkade med det hela och han var den första som såg borgen. Vi var nu precis under den och härifrån förstod man verkligen poängen med ett sådant byggnadsverk.

"Hur i helvete skulle några anfallare en gång i tiden ha kunnat ta sig in i borgen härifrån?", undrade Barsk.

"Okej pojkar, nu kommer trösten, från och med nu blir det inga mer branta uppförstrappor till hotellet, jag lovar", sa Riddle.

Efter ett par kvarter genom de mest turistiska gatorna i Edinburgh, bar det nu istället brant nerför. Men det här var inget bättre, fick gå på nålar för att inte snubbla. Nu såg vi igen ut över parken som skär

74

tvärs igenom stan, men från andra sidan. Bortanför sträcker sig Princes Street ut och där bakom New Town. Nu närmade vi oss järnvägsstationen som ligger längst ner vid Market Street. Vi kom mot baksidan av stationen så det var inte så mycket människor i rörelse här, men det stod ett gäng mittemot en liten pub som heter Hebridean Bar. När vi närmade oss dom märkte jag att Riddle reagerade.

"Följ mig nu, det här kan jag inte strunta i trots min pensionering", sa Riddle och tog upp sin mobiltelefon och slog en signal.

"Riddle här, skicka en polispatrull till Hebridean Bar vid Market Street, baksidan av Waverley fort som fan. Yes!"

Vi rusade nu fram mot gänget och Riddle tog tag i en av männen som slet sig och slog ut med ena armen så den träffade Dunkel i skallen. Men Riddle lyckades låsa mannens armar och med hjälp av mig lyckades vi hålla i honom. De andra sprang i väg och Dunkel tänkte kuta efter, men Riddleskrek att han skulle strunta i det, de vara bara kunder och ointressanta.

Sen sa han: "Finlay här är en langare av värsta sorten och han är efterlyst sen ett tag."

"Din jävla copper, du kan dra åt helvete!", svor langaren och försökte slita sig loss, men satt som i ett skruvstäd.

Precis då kommer det en SUV med mörka rutor nerifrån gatan och stannar till. Bakrutan glider sakta ner och ut kikar samma typ som vi stötte på vid The Grapes.

"Ja du Riddlejävul, fan att du inte kan håll dina fingrar i styr, du ska ge fan i att jävlas med folk", sa han med galet stirrande ögon.

Samtidigt hördes polissirener och mannen skrek med ett hånleende: "Vi ses snart igen Riddle!" och så åkte rutan upp och bilen drog i väg uppför backen i en rasande fart.

"Din arbetsgivare, eller hur Finlay?"

"Det ska du skita i Riddle, mig får du inget ur."

När poliserna dök upp överlämnande vi langaren till dem och där tog kvällen slut. Vi hade överlevt vår första dag i Edinburgh hyfsat, det var bara Dunkel som hade lite ont i skallen av slaget han fick. Annars var allt okej.

Skottland/Lewis Island

Jag blev så småningom helt friad från misstanken att jag skulle ha dödat Tosh. Det kändes i och för sig skönt men jag kunde i alla fall inte jobba de första månaderna efter att jag kommit hem, jag kunde knappt ta hand om mig själv. Var som sagt helt förtvivlad, vilsen och orkeslös. Kunde inte fokusera på någonting. Gick på lugnande medicin och sömntabletter för att kunna sova. Efter sex månader försökte jag ändå börja jobba igen. Mina arbetskamrater var alla förstående på biblioteket men det hände då och då att jag var liksom helt borta. Jag kunde sitta framför datorn vid mitt skrivbord då någon av mina kollegor tilltalade mig, men utan att jag reagerade. Jag tittade på datorskärmen, men såg ingenting, tittade egentligen rakt igenom skärmen med fingrarna frysta på tangentbordet som om jag skulle skriva något. Först efter upprepade tilltal vaknade jag till och förstod att jag varit helt borta i tankarna. Det värsta var att jag oftast inte kom ihåg alls vad jag hade tänkt på. Ibland blev det för mycket och jag blev tvungen att gå hem tidigare.

Den här tiden tänkte jag mycket på Tosh och mitt liv. Jag minns så väl första gången jag tyckte att han hade börjat förändras. Vi hade båda jobbat under veckan och skulle vila ut lite genom att besöka en av Tosh vänner som bodde på södra delen av ön, den del som kallas Harris Island. Mannen som heter Kenneth var en av Tosh gamla skolkamrater och Tosh kände också hans fru Sheila från barndomen. De hade ett jättefint hus nära de fina sandstränderna på Harris västra sida ut mot Atlanten. Vi hade umgåtts en del med dom redan, så jag visste att dom var mycket vänliga människor. Dom sa att det vore trevligt om vi kom så skulle dom ta hand om oss och så kunde vi få vila ut lite från våra jobb en helg. Vi skulle bli väl omhändertagna lovade dom. Så jag såg verkligen framemot utflykten.

Vi körde ner på eftermiddagen och det var i bilen det började. Det hade varit ganska mycket på hans jobb sista tiden, men inget som jag tyckte var något speciellt. Att hans arbete var betydligt mer svårplanerat än mitt arbete på biblioteket hade jag inga problem med. Unga som vi fortfarande var, och inga barn, så var vi egentligen ganska flexibla, så jag upplevde att livet ändå inte var så svårplanerat. Dock var Tosh ganska traditionell när det gällde hushållsarbetet och hemmet. Kan nog säga att det gäller folk här på Hebriderna generellt och speciellt om man jämför med Sverige. Det lustiga här var att jag hade tyckt att svenska män ofta var ganska konservativa när det gällde sådana saker, men när jag kom hit märkte jag snart att det var stor skillnad. På mitt jobb märktes det på så vis att det togs för givet att kvinnorna tog hand om fikat, men också från deras berättelser om sina liv. Där tycks vi ha kommit längre i Sverige.

Den här sidan hos Tosh växte fram succesivt, men när man är ung och förälskad kändes det först inte som att det spelade så stor roll. Men så småningom märkte jag att det inte alltid var så lätt om vi var tvungna att förhandla om någonting, och speciellt där den enas utrymme påverkade den andras och det var ett sådant samtal som kom upp i bilen. Nu är det ju så klart aldrig klokt att ta upp lite svårare frågor en fredag efter en veckas jobb då man kan vara lite extra trött. Men jag var inte på min vakt. Skälet var att jag var jätteglad för ett erbjudande jag fått under dagen på jobbet, så jag hade svårt att hålla igen nyheten.

Därför berättade jag med glädje i rösten att det var dags för ett nytt kliv i datoriseringen på biblioteket. Det här var mycket viktigt eftersom datoriseringen pågick inom hela Storbritannien där en av de centrala bitarna i bibliotekets service var uppkoppling mot e-böcker och artiklar via nätet och databaser. Så det gällde att hänga med. I princip skulle det här innebära att trots Stornoways avlägsenhet, skulle man i stort sett kunna erbjuda samma service där som på British Library, landets största och supermoderna bibliotek vid Kings Cross i norra Londons innerstad.

Eftersom jag redan hade en gedigen utbildning i datorisering blev jag erbjuden att ta ansvar för denna process. Dock skulle det betyda att jag ganska snart skulle behöva åka till British Library på en tvåveckorskurs. Då påminde Tosh mig om att då skulle jag vara borta när han och hans kamrater skulle ha sin årliga jaktfest. Jäklar också, det hade jag glömt. Det är så att Tosh ingår i ett jaktlag som varje år jagar hjort i bergen söder om Stornoway. Till saken hör den gemensamma avslutningsfesten och i år skulle den vara hemma hos oss. Det hade jag helt glömt bort. Eftersom de är tio stycken i jaktlaget var det bara vart tionde år som man själv behövde hålla i festen. Så inte kunde han ställa in den så här sent. Inte en chans hade han sagt i bilen och inte klarade han av den själv, det borde jag väl fatta, sa han med spänd röst.

Jag tyckte ändå att det här borde väl gå att lösa på något sätt. Det var då han sa några saker som tog ganska hårt på mig. Han sa att det går väl fler tåg för mig, och är det ändå inte så att du bara får mer ansvar så att ditt jobb blir jobbigare. Han verkade inte förstå att mer ansvar också kunde vara en utmaning och skapa en känsla av att man gjorde något betydelsefullt. Så verkade de ju resonera på hans jobb, men det gällde tydligen inte mig. Men det värsta han sa var att han tjänade så pass bra att möjligheten för mig att med nya uppgifter få mer lön inte var så viktigt, i princip skulle vi klara oss på hans lön, speciellt om han snart kunde bli befordrad till kommissarie.

Jag vet inte om skotska kvinnor lyssnar på sådant manssnack, men jag tog en rejäl diskussion med honom i bilen. Det var faktiskt första gången som jag fick den här känslan av att vara något slags bihang till honom. Stämningen var ganska spänd mellan oss när vi kom

80

fram, men vi släppte det för tillfället och jag tror inte att våra värdar märkte något, i alla fall inte just då. Sen att det hela löste sig var ju bra för stunden. Tosh syster, som annars bodde i Glasgow, ställde upp och jag kunde åka, men jag fick mina gliringar efteråt. Han sa att hans kompisar hade tyckt det var tråkigt att jag inte var hemma, men jag tror han menade att de tyckte det var konstigt. En och annan hade efter några whisky retat honom för att inte ha någon koll på sin fru. Mot mig skämtade han bara bort det, men efter det här blev jag mer på min vakt.

Speciellt började jag lyssna på hur Tosh pratade om sina kompisar och kolleger och jag började få en allt starkare känsla av att han inte var så självständig gentemot dom som han från början framställt. Samtidigt kan jag förstå honom på ett sätt, eftersom jag själv märkte att min syn på ett förhållande delvis skiljde sig från hans manliga kollegers fruar. Jag tror att han kände sig lite klämd mellan två stolar. Jag försökte tänka på detta men det var inte alltid lätt. Jag kände nog redan vid den här tiden att jag fick tassa runt lite för att inte stöta mig med honom. Jag märkte att en sak han hade svårt för var att man som individ ändå måste ha en viss självständighet trots att man är ett par och att detta måste gälla båda två. Men var skulle gränsen gå? Det upplevde jag oftast var lite enklare hemma i Sverige.

Stockholm/Södermalm

Någon vecka efter mitt första möte med Ingemar på Half Way Inn hade jag vägarna förbi igen. Hade varit på ett gym på Högbergsgatan efter jobbet och tyckte att nu har jag varit så duktig att jag var värd en liten belöning. Eftersom jag var nära puben så passade jag på att kila in och se om Ingemar satt där. Han hade ju sagt att han var där en stund mest varenda dag. Till min besvikelse syntes han inte till men jag tog ett glas rött i alla fall. Nu när jag satt här återkom tankarna på förra gången och smällen jag hade fått på gatan. Kändes mest konstigt, var det bara en slump eller var det något som hade med mig att göra. Kunde faktiskt inte komma på något hur jag än vred och vände på det. Då, till min glädje, kliver Ingemar in. Han morsar runt lite och sen när han ska gå och hänga av sig sin rock ser han mig.

"Nämen hej, är du här igen, vad trevligt", sa han med ett stort leende.

"Ja, jag hade vägarna förbi, hur är läget?", sa jag.

"Utmärkt, precis kommit hem från Kinshasa i Kongo. Vet inte om jag sa det sist vi sågs, men jag är i princip pensionär idag, men driver ändå en del företag, bland annat ett företag i Kongo där de inom deras nya energipolitik håller på att installera elmätare för att bättre kunna ta betalt och ha kontroll över elkonsumtionen i Kinshasa.

Normalt har dom ett enormt svinn här så mitt företag är ansvarig för att fixa fram och installera sådana mätare."

"Oj, låter jättespännande", sa jag. "Det får du gärna berätta mer om sen. Men du, jag har tänkt lite mer på det vi pratade om sist och minns du att du förra gången berättade om pojken som kastade flatmackor?"

"Ja", sa Ingemar, "det ett klart."

"Härom dagen", fortsatte jag, "kom jag på en historia som jag ibland brukar berätta för studenter som också uppmanar en att tänka utanför boxen, som folk brukar säga idag. Den är lite lång men är det okej om jag drar den för dig?"

"Visst, kör på bara, ska bara beställa ett glas vin", sa Ingemar.

"Jo", fortsatte jag, "så här går den."

Vi skulle kunna kalla den för *Den naiva svensken* eller *De oförstående japanerna*. Jag hade vävt ihop en historia en gång som blev alltmer komplicerad ju oftare jag berättade den. Varför det blev så är jag lite osäker på. Antagligen blev jag smickrad av den lite extra uppmärksamhet man ibland kan få när man märker att lyssnarna tror att det finns något att säga, när deras ögon å ena sidan säger att nu kommer något värt att lyssna på, och å andra sidan också visar att de förväntar sig det. I de ögonblicken blir jag på något sätt så i gasen att jag reagerar utan att tänka, mer med ryggmärgen, intuition kan man säga. Jag går upp i historien så intensivt att det blir viktigare att den blir bra snarare än sann.

Känslomässigt känns det som om jag blir epileptisk, orden och sättet att uttrycka den kommer som spasmer, mer eller mindre utan kontroll och till slut har jag kokat ihop en historia som inte har speciellt mycket med verkligheten att göra. Åtminstone inte om vi med verkligheten menar att det historien återger skulle ha hänt på det sättet som det sägs. Däremot, och det är det som både legitimerar sättet att berätta, tror jag och gör att spasmerna kommer, så är historiens mening verklig och där ligger själva poängen med historiens poäng.

Att jag till slut efter att ha dragit historien gång på gång inte själv kände igen den, eller ens visste var jag hade fått den ifrån, spelar alltså mindre roll. Dock skulle nog historiens huvudrollsinnehavare om han fick höra en av de senaste versionerna känna sig utnyttjad. Men till mitt försvar kan sägas att jag bara ibland avslöjar hans namn. Tyvärr är det ändå som så att när jag berättar historien inom min bransch så är detaljerna av det slag att de flesta ändå kan räkna ut vem det gäller. Få västerlänningar har varit på den platsen historien utspelas på och få svenskar sysslar med det han gör.

Det som gör historien så bra är att det är helt omöjligt att lista ut slutpoängen innan den kommer. Detta gäller till och med när den berättas för folk med liknande yrkeserfarenheter. En finess som möjliggör detta är att huvudpersonen egentligen, så som historien berättas, inte alls är huvudpersonen, utan snarare åskådare till en dispyt eller snarare kontrovers, mellan två grupper av människor som inte förstår varandras språk och egentligen inte förstår någonting av varandra överhuvudtaget mer än möjligen på ett allmänmänskligt plan. Men eftersom de inte kan varandras språk kan den kunskapen nästan inte förmedlas. Detta blir i förvirringen vår huvudpersons uppgift. Detta betyder dock inte att vi ska tycka synd om honom eftersom han egentligen är själva orsaken till att dessa människor träffas. Detta säger en hel del eftersom den grupp som kommer utifrån kommer från andra sidan jordklotet och skulle aldrig ha kunnat dyka upp på platsen ifråga utan vår huvudpersons hjälp. Okej, visst skulle de kanske ha kunnat komma dit mer eller mindre av en slump. Men det hade inte varit tillrådligt eftersom de som bor där är kända för sin aggressivitet och grymhet mot främlingar. Dock skulle vi kunna säga att deras grymhet är av det mer småskaliga slaget och ganska förståeligt eftersom det egentligen endast uttrycker att de själva vill bestämma över sina liv. Detta till skillnad mot gästerna som tillhör ett folk som har härjat en hel del och gjort livet surt för många av sina grannar i modern tid.

Detta möte, där vår huvudperson var medlare, hade dock inga fientliga syften, även om det i sin botten handlade om ett uttryck hos den ena gruppen för överlägsenhet, något som de naturligtvis inte var ensamma om att känna gentemot sina värdar, alltså idén att vi själva är normala och nu ska vi åka och titta på "konstiga" människor. Vad som gör historien så speciell är att både huvudpersonen och gästerna när händelsen som historien återger rullas upp, blir varse att det faktiskt är dom själva som är konstiga. Sådant kanske man normalt inte skulle erkänna. Alltså, att man genom andras sätt att prata och agera får en insikt om sig själv som man inte tidigare hade. Men i det här fallet är det oundvikligt. Vad som sägs på plats av värdarna är så rakt och dräpande, så naket i sin sanning att huvudpoängerna i historien, som avslöjar gästernas svaghet också avslöjar huvudpersonens i flera år självbedrägeri om sin plats i det främmande samhället.

Det intressanta, och det som gör gästerna så förtvivlade, är att något av det de hyllar mest i sin egen kultur, just här, djupt inne i regnskogarna, så långt hemifrån, blir helt värdelöst. Och när detta avslöjas spelar det liksom ingen roll vad de gör. De blir evigt svaga i omgivningens ögon och enda sättet att bli av med den känslan är att lämna platsen och ta sig tillbaka hem igen, och kanske, förhoppningsvis, glömma det inträffade. Under detta ögonblick kände sig naturligtvis vår huvudperson väldigt stolt eftersom han bott på platsen i flera år och kände sig mer eller mindre som en i det lokala gänget. Men den känslan varade inte länge när en av ledarna för värdfolket avfyrar historiens slutreplik.

Att gästerna säkert glömde denna händelse så småningom är nog säkert eftersom glömskan tycks vara människans bästa vän. Men eftersom jag fortsatt att berätta denna historia är den ju ändå inte glömd och kanske någon gång i framtiden återigen kan påminna dessa människor om sin svaghet. Till deras försvar borde jag tillägga att deras svaghet även delas av oss andra, dig och mig. Svagheten kommer per automatik på grund av vårt sätt att leva. När vi upptäcker detta genom de andras ögon kan vi också undra om vi verkligen har utvecklats till den grad som vi ofta tror. Det är klart att i vår egen värld kan det kännas så, för det är som för alla människor svårt att kliva ur sin egen roll och se och värdera den utifrån. Det som ger en extra skruv till just den här historien är att vår huvudperson i sitt yrke, och själva skälet till att han befinner sig på den här platsen, är att han i viss mån anser sig vara expert på att se sig själv och andra utifrån så att säga. I hans bransch kallas det reflexivitet, förmågan att göra sig medveten om att ens för-förståelse, en slags förutfattad mening om det man studerar eller har åsikter om påverkar hur man ser på detta. Därmed kan han till en viss grad i alla fall kontrollera och styra det som annars hos oss själva ligger där automatiskt, vårt sätt att bland annat utifrån erfarenhet klassificera det som är mindre känt in i kända kategorier. Genom reflexivitet skulle vi förhoppningsvis också bättre kunna ändra våra kategorier genom det nya som möter oss. Något som vi naturligtvis ofta gör men extra viktigt när vi möter andra människor, om vi nu inte fullständigt struntar i andra. Sistnämnda skulle få

87

människor öppet påstå att de gör, men ofta tycks vi ändå göra det i så motto att vi med olika typer av maktstrategier inklusive våld anser att vi har rätt att göra saker mot andras vilja. Och vad som ofta legitimerar detta är just hur vi kategoriserar andra. Vår huvudpersons lösning på detta är idén om reflexivitet. Men trots sin professionalitet fick han sig en tankeställare i den här historien. Om han tidigare hade trott att han i sin karriär, som naturligtvis hade mer att göra med hur folk därhemma skulle betrakta honom när han kom hem, också på plats ute i förvirringen skulle få uppskattning för sin roll, gjorde själva crescendot i min historia att han fick tänka om. Så om slutpoängen med denna historia blev plötslig och just en poäng för lyssnaren, så blev den en än större poäng för huvudpersonen. Som grupp kunde de andra som besökt platsen så småningom rationalisera bort kritiken de fick eftersom de återvände till sin kända värld där ändå den typen av kritik egentligen inte gällde, även om den mer på ett omedvetet plan alltid ligger där och lurar. Fråga dig själv efter att du hört historien, inte lätt att komma undan. Men för vår stackars huvudperson var det inte lika lätt. Skälet är enkelt, men för att förstå det måste man veta hans yrke. Vändningen i historien då helt plötsligt uppmärksamheten riktades mot honom, och då inte som tidigare som översättare, utan nu som exempel, skalade fullständigt av honom hans yrkesroll och allt han hade förberett och lärt sig därhemma. Detta spelade dock ingen roll i hans situation vad gällde värdarnas syn på honom, eftersom detta bara uttryckte än tydligare deras kärlek till honom.

Okej, nu ska jag inte hålla dig på halster längre. Så här går historien, fast för att inte trötta ut dig lämnar jag en massa detaljer därhän. Tänk dig en plats djupt inne i regnskogen. Urkarvat i denna väldiga skog ligger en liten by längs floden och i omgivningarna ligger också andra liknande småbyar som små öar tillhörande samma folkgrupp, men ofta minst en dagsresa bort från varandra med båt. Att ta sig till området från närmaste stad tar många dagar längs ringlande floder, och beroende på regnen kan det vara mer eller mindre svårt att ta sig fram längs floderna. Är det för mycket vatten kan man ibland vara tvungen att dra båtarna som kan vara mer än femton meter långa över land runt forsarna och är det för lite vatten måste man kliva av och lasta ur för att dra dem över de grundaste ställena. Häruppe bodde vår huvudperson sen ett par år tillbaka i en av byarna för att dokumentera deras liv. Han var antropolog och forskade om människors liv. En dag hade han bestämt sig för att lämna byn och återbesöka huvudstaden och dess universitet för att uppdatera sig kring sitt arbete. Det var där han träffade en grupp japaner som sökt sig dit för att skapa någon slags kontakt för att kunna göra en film om landets regnskogsfolk.

Efter en del samtal och förhandlingar kom universitetsfolket, vår huvudperson och japanerna överens om att han skulle ta dem med upp till "hans" by och försöka förmå byborna att gå med på att bli filmade. Vi ska komma ihåg, som jag redan nämnt, att befolkningarna, speciellt långt upp efter floderna, var ganska

89

krigiska av sig. Huvudpersonens by var dock en av de viktigare byarna bland det här folket och om de accepterade ett besök av främlingar var det lugnt. Detta utspelade sig på 1980-talet då området fortfarande inte var helt pacificerat. Däremot kan man inte säga att de levde helt isolerat från storsamhället. Exempelvis hade redan en pengaekonomi börjat fungera hos dem, där folken i byarna ibland tog sig ner till andra folks betydligt större byar och handlade eller bytte till sig olika varor de blivit intresserade av. De var annars helt självförsörjande vad gällde det mesta av vad de behövde, men som så ofta var nya prylar och ny typ av mat attraktivt för dem.

Detta ställde till det en del för japanerna. Efter att ha tagit sig tillsammans med vår huvudperson upp till byn, som i sig var en stark upplevelse för japanerna, var det inget större problem att kunna få filma det mesta. Folk som dessa lever väldigt öppna liv i förhållande till oss, inga väggar på sina hyddor och det mesta utspelades kring byns öppna plats, med hyddorna utspridda runt omkring. Det gick också bra att följa med på vissa jakter och insamlande av mat i de omgivande skogarna. Problemet för japanerna var att för varje situation som de ville filma krävde folket pengar eller gåvor som utbyte. Detta hade de lärt sig i sin handel nedströms. Det är så det ska gå till. Detta löstes dock ganska bra eftersom de hade på inrådan av vår huvudperson köpt med sig en del grejer, men de hade också en hyfsad budget, även om det blev lite knappt på slutet av vistelsen.

När de bara hade någon dag kvar av sin vistelse hade filmteamet funderat på vad de hade filmat och om det var något de saknade för att få ihop en slagkraftig film. Vår huvudperson hade naturligtvis också då och då informerat om folkets liv och bland annat berättat om de större festerna de brukade hålla vid vissa tillfällen under året. Då deltar hela byn, man klär upp sig med allehanda attiraljer från skogarna och utför danser nästan dygnet runt. Oturligt för japanerna var att deras besök inte låg rätt i tid. Nästa stora byfest låg flera månader framåt. Men japanerna hade blivit väldigt fascinerade av huvudpersonens berättelse och en del mindre uppvisningar som folket utfört på begäran. De insåg ganska snart att filmens egentliga kvalité skulle vara väldigt beroende av dessa ritualer. Filmen skulle helt enkelt bli ganska beige om de inte fick med dessa mer storslagna scener.

Därför uppvaktade ledaren för filmteamet byns ledare tillsammans med vår huvudperson och frågade om de inte kunde ordna en sådan ritual. Japanerna förstod ju att det skulle kosta en del, men blev ganska perplexa av ledarens krav. Ledaren hade fattat tycke för det här med filmandet, han tyckte helt enkelt att det såg både konstigt och kul ut. Framförallt hade han blivit förälskad i filmkameran, på den tiden ganska stora och skinande maskiner, många delar och rörliga grejer både här och där. Ledaren sa helt sonika okej, men då ville han ha filmkameran.

Filmteamets talesperson blev naturligtvis väldigt förvånad över kravet och försökte förklara att en sådan kamera är väldigt dyr och dessutom inte är deras utan hyrd. Byns ledare förstod inte allt detta men tillräckligt för att förstå att japanerna inte ville bli av med kameran. Så han säger artigt till japanen: "Okej, men jag behöver inte just den här kameran, ni kan tillverka en annan till mig, det går lika bra, så kan ni behålla den där." Återigen blir japanen förstummad. "Oj, oj, oj, inte kan vi tillverka en filmkamera." Då spärrar ledaren upp sina ögon och uttrycker med stor förvåning. "Va, kan ni inte göra en likadan. Vad är ni för människor? Titta dig omkring och se alla saker vi har, verktyg, vapen, kokkärl, och allt annat, och fråga vilken vuxen som helst här, så kan de göra likadana till er."

Här någonstans inser japanen att det kanske inte blir någon grandios slutscen trots allt, så han tappar tålamodet och säger med en blandning av förtvivlan och indignation: "Här har vi fått betala för varje grej vi har velat få gjort, och det har varit okej för oss. Men han där, svensken, han behöver aldrig betala något fast ni hjälper honom hela tiden. Hur kommer det sig?" "Han", svarade ledaren, och pekade på vår huvudperson: "Han dök upp här för ett par år sedan, fan vet vad han skulle hit och göra. Han var helt ensam och hade ingen som tog hand om honom. Han såg så eländig och svag ut och verkade helt hjälplös, så vi fick ta hand honom. Vad skulle vi göra, vi adopterade honom. Vi kallar honom *chi chicurrara-*

kekong, sa han med en lite förlägen blick mot svensken. Det betyder ungefär "Vår egen lilla blekfis."

När detta sagts gick det en generat fniss bland de samlade byborna men vår huvudperson, blek som vanligt i detta sammanhang, blev nu blekare än någonsin och mer förtäljer inte historien.

"Ja du, det var en klurig historia. Säger ju en hel del om hur svårt det är att sätta sig själv i perspektiv. Så man får nog passa sig att ta saker och ting för givet", sa Ingemar medan han tog en klunk av sitt vita vin.

"Ja", sa jag, "jag tycker att det här snacket om att tänka i nya banor ofta i sig blir ganska enformigt och egentligen inget speciellt utmanande. Ta det här uttrycket "att tänka utanför boxen". Vad står det egentligen för? I min bransch kan man jämföra det med idén om tvärvetenskap. Oftast uppmuntras det, men när man tittar lite närmare så sker sådant utbyte på sin höjd i form av att man lånar tankar och idéer från andra kunskapsområden till sin egen, men underordnar det ens egna utgångspunkter. Man skyddar sitt eget invanda tankesätt och resultatet blir, som bäst, mera ett tillägg snararare än en radikal förändring eller förnyelse. När jag pratar med studenter brukar jag använda siffror för att åskådliggöra detta. Tråkar jag ut dig Ingemar?"

"Nej, nej, ingen fara, jag lyssnar, ska bara be om ett glas till, vill du också ha?", sa Ingemar.

Jag tackade ja medan Ingemar vände sig mot Monika i baren och signalerade två glas till.

"Jo, så här", fortsatte jag. "När man ska ta in ny kunskap bör man ofta sträva efter att 1 + 1 blir 3, men det blir max 2 och ibland inte ens det. Alltså inget riktigt nytt. Ett annat bra exempel gäller matlagning. Tänk att du har ett antal ingredienser hemma och du vill laga en maträtt. Du väljer att följa ett recept. Låter inte speciellt nytänkande även om receptet för dig är nytt. Men om du experimenterar och blandar dina ingredienser på ett för dig ett nytt sätt blir det mer kreativt. Förvisso kanske den nya maträtten smakar sämre, men du har i alla fall försökt skapa en ny. Alltså, tillåta lite intellektuell spänst. Låt mig anpassa detta resonemang till Grahn och hur de löser kriminalfallen i alla dessa deckare. Man har sitt grundläggande arbetssätt, kallas ofta för "vanligt hederligt ut-redningsarbete". Men, när det går i stå, alltså när lösningen inte tycks finnas, accepterar man lite mer fria infallsvinklar, lite intuition eller magkänsla, och så vidare. Skälet till denna eftergift, jag tycker det framställs så i deckarböckerna, som en eftergift, anses då vara för att det enskilda mordfallet har varit så komplext eller om vi säger så svårt att man inte har kommit vidare. Då undrar jag om skälet till svårigheterna inte nödvändigtvis ligger i fallets svåra natur utan istället på gamla strukturer, eller om vi säger gamla arbetssätt. Det är här jag menar att man kanske borde se över det hela från grunden för att verkligen komma fram till något nytt. Men för att klara detta behövs det kanske att vi frigör oss från dessa gamla perspektiv, det var den andemeningen jag ville belysa med min historia om antropologen i djungeln. Om vi klarar detta kan vi kanske skapa "fyrkantiga" ringar på vattnet också, och så gjorde jag citationstecken med fingrarna och log mot Ingemar.

"Fattar du vad jag menar Ingemar, eller är jag ute och cyklar? Det är något i stil med detta jag försöker utröna med hjälp av Grahn och hans erfarenhet som kriminalare."

"Jag tror jag förstår vad du menar, för detta liknar vad jag säger när jag menar att det ultimata i entreprenörskapet, och det jag i alla fall söker, är inte förbättringar av produkter som sådant utan snarare något nytt, det är först då man verkligen kan konkurrera och då blir konkurrensen verkligen något som leder framåt i samhället. Sen finns det så klart en gräns för nyskapande, för det nya måste vara användbart annars måste man prova igen. Men här fungerar marknaden som en domare. Ingen köper i långa loppet det som inte man tycker motsvarar vad man betalar för. Detta resonemang menar jag är sann företagsanda. Sen kan ju ett visst nyskapande vara mer avancerat än annat nyskapande. Se på IKEA, idén där var inte bara att skapa nya möbler, hela konceptet från möbel till försäljning var

95

helt nytt. Tänk bara på idén att köparen själv i princip skulle bygga möbeln. Lät ju helt knasigt från början. Köper man en grej ska den väl vara användbar när man får den. Men där bröt onekligen Kamprad ny mark och det i hela världen. Tänk, här har du en grej som jag säljer till dig, du får betala för den men du måste dessutom sätta ihop den själv. Hur fan kunde han komma på det, han måste haft ett djävulskt självförtroende när han satt där nere i Smålands skogar och klurade ut det."

"Ja, det kan man verkligen säga", sa jag. "Det är åt det hållet jag tänker själv. Men du Ingemar, det var lika trevligt att prata med dig som förra gången, men jag bör nog ta mig hem nu, har lite att pyssla med i morgon förmiddag."

"Förstår, men du, jag och min fru brukar ibland bjuda över lite folk på kvällsvickning. På lördag är det dags igen. Du har inte lust att komma, jag tänkte bjuda över Grahn också, han känner du ju lite."

"Ja, kanske det, det vore trevligt", sa jag medan jag drog på mig min jacka.

"Vi bor precis runt hörnet", fortsatte Ingemar och sträckte fram sitt kort. "Slå en signal innan du kommer bara, så ses vi då. Förresten, är du vegetarian?"

"Nej, igen fara, äter det mesta", sa jag och gav Ingemar en liten kram och skulle just gå ut i kvällsmörkret. Då kom jag på en sak.

"Du Ingemar, glömde säga det till dig, men när vi skiljdes åt sist så fick jag en smäll borta vid Zinken av någon snubbe. Vet i fan vad det handlade om."

"Åh fan, kände du personen?", frågade då Ingemar.

"Ingen aning vem det var, hur som helst får väl ha ett öga i nacken, men jag tror nog bara det var en slump, någon jävla galning."

"Vill du jag ska följa dig en bit på vägen?"

"Äsch, strunt i det, man blir lätt paranoid nu för tiden, jag klarar mig, men tack för erbjudandet."

När jag kom ut tog jag till vänster längs Wollmar Yxkullsgatan. Efter att ha korsat Timmermansgatan och gått en bit till kändes det plötsligt som om någon följde efter mig. Det var i höjd med Maria Skola. Men jag tänkte, skärp dig, du inbillar dig. Men när jag vände mig om vid Torkel Knutssonsgatan och tittade bakåt tyckte jag att någon tog ett steg in bakom en husknut längre bort. Hm, hm, jag ökade stegen. När jag lite längre fram gick på Krukmakargatan fick jag samma känsla igen. Jag vred på huvudet och då såg jag en kille som kom gående över gatan bara några meter bakom mig. Jag blev på helspänn, stannade, ställde mig mot husfasaden och stirrade vaksamt på honom. Jag hade spänt nävarna och tänkte att även om jag inte kan slåss eller gillar det, ska jag fan i mig inte ge mig frivilligt. Han kom närmare och upp bredvid mig. Jag blev så stirrig att jag slutade andas, nu smäller det. Men killen tittade bara tillbaka på mig med en förvånad min och fortsatte förbi. Han tänkte väl, vad är det där för en speedad dåre.

Jag pustade ut och började gå igen, nu en bit efter killen som fortsatte över Rosenlundsgatan. Ökade på mina steg och tog direkt till höger för att komma ut på den mer upplysta och befolkade Hornsgatan. Där framme såg jag både bilar och folk som gick omkring. Nu tror ni kanske att jag överdriver, men då känner ni inte till Södermalm så väl. På kvällarna följer de större folkströmmarna och biltrafiken huvudgatorna, i första hand Götgatan och Hornsgatan, men också Folkungagatans västra del och Ringvägen runt Skanstull och de oasliknande tunnelbanestationerna och Södra Station. De fungerar som mänskliga pulsådror i den här stadsdelen, men bara ett kvarter ifrån dessa strömmar minskar den mänskliga närvaron snabbt och speciellt lite senare på kvällen. Om ni inte tror mig, prova någon gång följande exempel. Ölandsgatan nära Skanstull kan upplevas mer eller mindre öde framåt åtta på kvällen, fast dess västra ände bara ligger 100 meter från två tunnelbanenedgångar på Götgatan, en del av Skanstull där det i princip är fullt av folk nästan dygnet runt. Likaså om man går över till Älvsborgsgatan på andra sidan, där utgör början på gatan en trappa precis vid tunnelbanenedgången på Götgatan. Likt förbaskat är det i princip öde på kvällarna ovanför trappan runt bostadshusen mot Helgalunden och Adolf Fredriks kyrka, med bara någon enstaka vandrare hukande på väg hem. Så är man lite osäker och ensam på kvällen är det ganska naturligt att söka sig ut mot de större gatustråken.

Så, när jag rundade hörnet mot Hornsgatan såg jag "räddningen " bara en bit bort, skulle bara förbi mannen som stod med sin cykel utanför närmaste port. Han stod böjd över cykeln och verkade fippla med något. Men när jag passerade vände han sig plötsligt om och kastade sig över mig och slet ner mig på gatan. Det blixtrade för mina ögon och jag minns att jag tänkte, inte igen, fan i helvete, hjälp. Jag hamnade på rygg med personen över mig. Jag blev slagen flera gånger i ansiktet och huvudet samtidigt som han skrek som en galning: "Du ska få din jävel!". Men lika fort som det började slutade det. Slagen upphörde och i mitt minst sagt förvirrade tillstånd kände jag att den som attackerat lyftes bort.

Istället tar en man försiktigt tag i mig och drar mig upp.

"Hej, hur är det?" sa han.

Jag kunde inte svara direkt, men när jag väl kunde fixera blicken någorlunda såg jag att det var han som heter Ronny, en av ägarna till Half Way Inn, han som Ingemar tidigare hade presenterat mig för inne på puben.

"Hon var vild som en katta", sa Ronny.

"En katta?" sa jag. "Menar du att det var en kvinna?"

"Japp!", insisterade Ronny. "Hon hade en huvjacka på sig, men huvan hade åkt ned en bit så jag såg att det var en kvinna, en kvinna med kort ljust hår. Hon var stark och vild, så jag kunde inte hålla henne riktigt. Samtidigt som jag tittade till dig slet hon sig och sprang iväg nedför gatan. Så hon är försvunnen. Hon verkade helt galen, "Jävla fitta!" skrek hon flera gånger", fortsatte Ronny.

"Så det var du som gick efter mig, jag fick en känsla av att någon gjorde det", sa jag.

"Stämmer", fortsatte Ronny. "Ingemar bad mig att följa efter dig och se till att du kom hem ordentligt, men jag fick inte visa mig om det inte hände något. Han ville inte upplevas som överbeskyddande. Eftersom du anade något så var jag antagligen inte så bra på det där med att skugga folk. Däremot är jag bra på att slåss, har varit både dörrvakt och haft vaktbolag inne i city, så Ingemar tänkte väl att om det var någon som hoppade på dig skulle jag fixa det, och så blev det. Ingemar och min vänskap går långt tillbaka och Ingemar har ställt upp för mig många gånger, så det var givet att jag kunde avvara en stund när han bad om det. Har du någon aning vem det där kunde vara?"

"Jag fick en smäll härom veckan också, men då fattade jag ingenting, men nu när du säger att det är en kvinna har jag mina aningar. Om det är som jag tror är det egentligen ingen större fara, det löser sig", sa jag.

"Vi får hoppas det, låter i alla fall hyfsat bra för mig, men nu följer jag dig till ditt kvarter så det inte händer något mer. Se om dina blessyrer, det ser inte så farligt ut, så hälsar jag till Ingemar när jag går tillbaka."

"Tack så hemskt mycket", fortsatte jag, "men det är för mycket besvär för min skull."

"Nej nej, ingen fara, klockan är bara elva och vi stänger först efter tolv så jag hinner lätt till puben för att stänga som vanligt."

Kapitel 4

Skottland/tåget mot Aviemore

Rälsen dunkade i takt med dunket i huvudet. Här satt vi på tåget mot norr i Skottland. Vi var lite hängiga allihop efter gårdagens bataljer. Trots det hade vi inte haft några större problem att ta oss ned till stationen i tid. Den klassiska engelska frukosten hade suttit fint. Frukosten här är intressant eftersom den är som en lunch hemma, korv, blodpudding, potatisplättar och så vidare och något jag aldrig skulle äta som frukost utom just här. Lite skumt faktiskt.

Riddle hade bokat fyra platser så vi kunde sitta mitt emot varandra. Alldeles utmärkt för samtal, men i början var vi alla lite morgondåsiga. Vi hade förstås tittat ut ordentligt över vattnet när vi passerade tågbron över Firth of Forth, ett unikum i sig när den byggdes. Här kunde inte Riddle låta bli att berätta en liten lustig historia. Bron tog bra lång tid att bygga och på den tiden hade de flesta brobyggarna keps på huvudet, så som seden var bland män i Skottland. Men här ute över vattnet blåste det ofta så rejält att gubbarna tappade titt som tätt sina kepsar ner i vattnet. Därför hade de en heltidsanställd som hela tiden rodde under bron. Han förflyttade sig vartefter att brobygget framskred och fiskade upp kepsarna och återbördade dem till jobbarna. Alla garvade lite lojt i

102

morgontröttheten och Barsk sa: "Tjena, jag heter Henry, vad jobbar du med då? Jag är kepsplockare. Å fan!"

Men det var först när tåget tog av från kusten inåt land vi vaknade till någorlunda. Vi hade fått i oss lite kaffe från killen som kom körande med sin lilla varuvagn genom tåget.

"Hör ni pojkar", sa Riddle med lite skärpa i rösten. "Som ni märkte blev jag ju lite försenad när jag skulle hämta er på flygplatsen och skälet var den där kidnappningshistorien jag nämnde i går. Det är en liten klurig historia och apropå konferensen kanske jag skulle kunna dra den nu. Jag tror den kan mjuka upp våra skallar lite angående det här med brottsutredningar."

"Okej, kör på", sa vi andra och sträckte lite på oss.

Så här var det. Popstjärnan Bob och hans band hade sålt ut tre kvällar i rad på The Barrowland Ballroom, ett känt musikpalats i Glasgow. Att det kom så mycket folk var inte så konstigt eftersom bandet hade aviserat att detta var de sista spelningarna på ett tag. De skulle ta en time-out, som de sa, men många av fansen misstänkte att detta egentligen var deras avskedsspelning eftersom det hade förekommit mycket slitningar inom bandet de senaste åren. Allt flöt på, fans och recensenter var lyriska. Bandet hade nog aldrig varit bättre än under dessa dagar. Inget annat utöver det vanliga hände under spelningen sista kvällen. Bandmedlemmarna skildes åt efter en kortare eftersittning backstage med en del VIP-gäster och utvalda fans. Sen drog varje bandmedlem åt sitt håll.

I tidningarna skrevs de närmaste dagarna en del om huruvida bandet skulle upphöra eller återkomma senare, men sen tog andra nyheter över. Först en vecka efteråt hände något som fick stor uppmärksamhet. Nyhetsredaktionen på en av de större tidningarna i Edinburgh hade fått ett samtal där en person hävdade att de hade kidnappad sångaren Bob direkt efter sista spelningen och att de begärde en lösensumma på en miljon pund för att återlämna honom levande och välbehållen. Var, hur och när skulle de återkomma med, sa de. Redaktionen, som kutym är i sådana fall, tog direkt kontakt med polisen som började undersöka fallet.

Det vanliga polisarbetet sattes igång och fallet verkade utvecklas till ett klassiskt kidnappardrama. Anhöriga kontaktades men visste egentligen ingenting. De hade inte saknat honom eftersom han ändå ofta höll sig undan i perioder och även hade sagt att han skulle vara på sin gård några veckor efter sista spelningen. Bob har en 12-årig son, men pojken bor med sin mamma i Paris och de har inte daglig kontakt. Stjärnan hade alltså inte alls varit saknad förrän telefonsamtalet till tidningen kom. Polisen lyssnade på telefon-samtalet. Men det gav inga ledtrådar, inga signifikanta bakgrunds-ljud eller möjligheter att identifiera rösten, vilket ingen var förvånad över. Samtalet hade spårats till en telefonhytt i Berwick på gränsen

104

mellan Skottland och England och därifrån kan man ta sig över hela landet inom ett par timmar, så det gav inte heller någon ledtråd till var kidnapparna höll stjärnan fången. Däremot gjorde polisen undersökningar vid platsen för sista spelningen, de intervjuade de andra bandmedlemmarna, deras roadies, och annan personal som hade funnits på plats. De kollade alla relevanta videokameror och så småningom framkom en hyfsad bild som man kunde gå vidare på. Efter samtalen med de övriga bandmedlemmarna och deras närmaste ansågs det inte ha förelegat något tidigare hot mot stjärnan. Det enda rimliga motiv de såg var pengar eftersom stjärnan efter alla framgångsrika år var stormrik.

Ett spår dök dock upp några dagar senare när polisen kom i kontakt med en av vakterna vid garaget. Han hade naturligtvis känt igen Bob när han och tre eller fyra andra, både män och kvinnor efter spelningen klev in i en vit pick-up och drog iväg genom utfarten från garaget vid ett-tiden på natten. Om han följde med motvilligt eller inte kunde han inte säga. Men han reagerade inte på något speciellt. Spelningen hade tagit slut vid halv-tolv-tiden och Bob hade varit tillsammans med alla andra i VIP-rummet efter spelningen. Dock hade han inte sagt hej då till någon, men i firandet med öl, sprit och brudar var det ingen som tänkt på det. Kom ihåg att det var precis när de hade avslutat sista spelningen. Ingen hade egentligen koll på något, brudar skrek och kastade sig upp på scenen, många trängde på och ville in till backstage när sista ackordet klingade ut, vakterna försökte hålla koll på ordningen och en hel del hade backstagepass. Så först när det hade lugnat ner sig insåg alla att vår stjärna inte var kvar.

Troligen den sista som sett honom där var en kvinna som han suttit och försökt prata med, men mitt i allt hade han sagt att han måste gå på muggen. Sen såg hon inte röken av honom mer och troligen försvann han i samband med det och sågs sen bara av vakten när de drog iväg. Nummerplåtarna på bilen som man identifierat via en övervakningskamera var så klart stulna. Men genast började man eftersöka fordonet. Det visade sig att den redan hade hittats ett par dagar efter Bobs försvinnande av polisen. Den hade stått övergiven och utbränd strax utanför Berwick men hade inte kopplats ihop med kidnappningen förrän nu. Trots branden kunde polisen säkra en del fingeravtryck och DNA från bilen, men tyvärr matchade inga av dessa de register man hade. Förövarna tycktes alltså inte finnas i brottsregistret. Summa summarum, i detta läge var Bob försvunnen utan egentliga spår och det enda man kunde göra för tillfället var att avvakta ytterligare telefonsamtal från kidnapparna.

Under tiden genomförde polisen längre intervjuer med hans mor som fortfarande bodde i Liverpool där Bob växt upp. Hans far var död sen flera år. Någon stadig flickvän hade han inte enligt alla, men han hade en yngre bror och syster. De pratade också en del med hans gamla klasskamrater och andra kompisar från den tiden för att

106

få en bättre bild av Bobs bakgrund. Detta var naturligtvis på ganska lösa boliner, men så här i början fanns det inte så mycket annat att gå på. I samtalen med bandmedlemmarna och andra närstående till bandet kom inte heller något speciellt fram förutom att man fick en ganska hyfsad bild av personen Bob. De flesta tyckte bra om honom och musikframgångarna verkade inte ha stigit honom åt huvudet. En tanke var så klart att följa upp slitningarna inom bandet och om det var någon där som på grund av konflikter ville hämnas eller jävlas med honom. Men som det verkade handlade dessa konflikter mer om musikalisk inriktning och trötthet efter alla år av turnéer än om ekonomi. Alla hade tjänat mer än lovligt med pengar. Dock behöll utredningen detta spår i åtanke om andra bevis i den riktningen skulle dyka upp.

Politiskt var Bob inte heller speciellt känd för radikala åsikter. Förvisso hade familjen som så många andra i Liverpool en delvis irländsk bakgrund men det som präglade Bobs uppväxt var musiken, inte hans barndomstids konflikter mellan protestanter och katoliker. Han såg musiken som en brobyggare och den fanatism som ibland slog över bland fotbollsfan i Liverpool och andra ställen, som här i Glasgow mellan Glasgow Rangers och Celtic, undvek han. Han brukade säga att även om bollen är rund så är musiken rundare. Sen att hans stora idol i sin barndom var Liverpoolsonen John Lennon, som också hade irländsk bakgrund, var han, som ni säkert vet, inte speciellt ensam om.

Frustrerande som det var för polisen kunde de i princip inte göra mer än hoppas att kidnapparna hörde av sig igen. Men istället för ett telefonsamtal kom en videokassett till nyhetsredaktionen efter ytterligare en vecka. Här kunde man se Bob bunden till händer och fötter och tre maskerade personer stående bredvid honom. Bob såg utmärglad och svettig ut, han hade ett blåmärke på ena kinden och såg orolig ut. En av de maskerade personerna puttade på honom och Bob började prata. "Hej mamma och ni andra, var inte oroliga", började han med tunga andetag. "Vi behöver bara se till att betala dem så har de lovat att släppa mig. Och ni poliser, sök inte efter spår, det gör bara situationen värre. Ligg lågt så löser det sig, de hör av sig om några dagar igen". Sen började bilden flimra och det blev svart.

Inspelningsstället var inomhus och det fanns inget att gå på vad gäller platsen och de maskerade personerna var helt anonyma och hade inte heller sagt ett ljud på inspelningen, så videon underlättade inte på något sätt letandet.

Så vad gör man i en sådan här situation där polisen hade så lite att gå på. I kontakterna med familjen sa de att det i detta läge inte var aktuellt att diskutera huruvida en lösensumma skulle betalas ut, mest för att lugna dem. I princip arbetar vi i Storbritannien inte med lösensummor, åtminstone inte officiellt. Däremot försökte man undersöka Bobs ekonomi och bankkonton, för att se om det rörde på sig där. Vi visste inte om han via nätet hade tillgång till sina konton men under den första veckan hade inget hänt. Men å andra sidan, med de tillgångar han hade kunde han lika gärna ha konton som inte gick att spåra till hans namn och som åtminstone i nuläget man inte skulle kunna se. Fast polisen satte ett par man på att titta efter i vilken mån det gick att få en bättre uppfattning om hans hela ekonomi, hans revisor kontaktades och andra som vi trodde hjälpte honom att hålla reda på pengarna.

Det tycktes som att det vanliga polisarbetet inte kom någon vart. Man hade helt enkelt för lite att gå på. Förvisso höll polisen koll på Bobs bekanta, hörde med lite mer folk kring honom och hade bevakning på hans ekonomi, men i stort sett fick man avvakta ytterligare kontakt från kidnapparna. Dock tycktes det lite konstigt att kidnapparna inte var ivriga att kräva in lösensumman. Vad var det annars för poäng med kidnappningen. Sen kom så småningom den utlovade kontakten igen via ett telefonsamtal till tidnings-redaktion. En man krävde nu en miljon pund kontant lagd i två väskor. Nästkommande söndag skulle en person med väskorna stå utanför Ibrox Stadium, Glasgow Rangers hemmaarena mitt i högen bland alla fotbollsfans. Personen skulle placera sig utanför Sektion A. Dagen var speciellt vald eftersom det var den skotska cupfinalen mot Celtic, The Old Firm som den kallas, ett derby som lockar runt 50,000 åskådare och detta trots att Rangers tidigare hade blivit degraderat i seriesystemet på grund av fiffel med ekonomin. De flesta vet historien om konflikterna mellan dessa lags fans, protestanter på ena sidan och katoliker på andra sidan. Som en del fans uttrycker det: "It's about life and death, you know". Detta understryks verkligen av en av de värsta händelserna i brittisk fotbollshistoria då 1971, vid just ett sådant derby, 66 åskådare dödades och 200 skadades. Så även om det är mycket poliser och vakter runt ett sådant arrangemang så är det ganska enkelt att försvinna bland folkmassorna, och speciellt om det blir tumult som det ofta kan bli.

I och med detta samtal började kidnappardramat komma in i en mer rutinaktig fas. Man diskuterade hur man skulle hantera det hela och strategin var främst att förhala så mycket man kunde för att öka chanserna att få upp nya spår. Men å andra sidan hade man ingen kontakt med förövarna, så återigen fick polisen avvakta. En dag innan överlämnandet av pengarna hörde de av sig igen. Frågan var enkel: "Är allting klart, vårt tålamod är kort?" Vi sa att det skulle ordna sig, vi skulle finnas på plats med pengarna. Dessa telefonsamtal hade spårats till två telefonhytter på helt olika platser i Skottland. Det tidigare samtalet hade spårats till Aberdeen på östkusten och det sista var från Oban på västkusten. Avstånden, som sagt, är så korta i Skottland att dessa platser inte på något sätt indikerade var de höll Bob gömd.

Polisen kände sig nu något pressad och visste egentligen inte vad de skulle göra. Skulle de betala pengarna och hoppas att Bob släpptes, men därmed riskera att kidnapparna kom undan? Till slut kom man överens om att utföra utbytet vid fotbollsmatchen, men bara med en mindre summa pengar och hoppas på att man kunde fånga in den person som skulle ta emot pengarna eller åtminstone få upp några nya spår.

Vid dagen för utbytet placerade sig en polis med väskorna som överenskommet vid Sektion A på Ibrox Stadium. Denna ingång är till för Rangers mest hängivna fans. Det kryllade av människor omkring honom, både i kön till planen och runt omkring. Stämningen var hög men glädjefylld än så länge. Drabbningen var speciellt efterlängtad av alla fansen eftersom degraderingen av Rangers hade gjort att lagen inte möttes i skotska ligan numer. Polisen var vardagligt klädd men hade en Rangerskeps för att smälta in i miljön. Det tokiga var dock att kidnapparna krävt att väskorna med pengarna skulle vara Celticväskor, alltså gröna och vita, till skillnad från Rangers blåa färger. På så vis skulle han vara lätt att upptäcka bland alla Rangersfans. Polisen gjorde sitt bästa för att inte skylta för tydligt med väskorna. Samtidigt var de ju tvungna att synas för att kidnapparna skulle kunna se dem. Men han fick många ilskna blickar. Ibland också en knuff eller ett finger. Detta kryddat med kommentarer som: "Beat the bush!" eller "What the fuck are you up to?" Nog så nervöst och svettigt för polisen.

Förvisso hade han ett flertal civilklädda poliser omkring sig, alla med Rangersmundering av en eller annan sort, som kunde rycka in om det hettade till för mycket. Dock tänkte den utvalda polismannen att det här börjar bli lite väl jobbigt, nu får de fan komma, pallar snart inte mer. Då kom ett hundratal Rangersfans marscherande och skanderande "Have you seen the Glasgow Rangers, have you seen the boys in blue", deras klassiska sång. Först går ett tjugotal testeronstinna jättar, rakade och tatuerade på huvudena vrålande som bärsärkar. De bara möljar sig in bland alla människor och bryter fullständigt upp kön till Sektion A. Välkomna, här har vi Rangers "the core of the core" på väg till sina platser. Det blir fullständigt kaos och vakterna kan inget annat göra än att försöka lotsa in dem så fort som möjligt. I tumulten märker plötsligt polisen att han inte har kvar sina väskor. Va! Vad fan var det som hände? Vem tog dem? Han flackade med blicken åt alla håll och kanter, och var är hans civila kolleger. När han såg dem verkade alla som de sålt smöret och tappat pengarna. De började rusa runt som stirriga vildar, men efter ett tag insåg de att de blivit fullständigt blåsta. Förvisso försökte polisen efteråt se om det gick att få upp något spår via Glasgow Rangers fans, men allt tydde på att kidnapparna bara beblandat sig med dem, inte att de egentligen hade något med Rangers att göra.

Två dagar senare kom nästa telefonsamtal. "Vad fan håller ni på med, vi sa en miljon pund, inte några pund och en massa bluff-

112

pengar. Nu är vi jävligt irriterade. Om ni inte nästa gång kommer med pengarna, och vi menar alltihop, en miljon var det, skickar vi Bobs högra hand till er, bara så ni vet. Så skärp er. Vi återkommer om tid och plats, klick!" Även om vi också spårade detta samtal, den här gången till Sterling, mitt i Skottland, så gav det naturligtvis inget nytt.

Som sagt var, polisarbetet ledde inte framåt, kändes som polisen fortfarande var i kidnapparnas händer. Då hände något oväntat. Sen fredsavtalet mellan katoliker och protestanter slöts 1998, det så kallade *Good Friday Agreement*, har det varit relativt lugnt i Nordirland. Men samtidigt var det folk inom forna IRA, katolikernas Irish Republican Army, som ansåg att detta avtal var ett svek och vägrade lägga ner vapnen. De flesta av dessa kallade sig Continuity IRA. Även om de inte var många ställde de till en hel del oreda med dödlig utgång, både genom skjutningar och sprängattentat. Vad som nu hände var att polisen i Belfast hade upptäckt ovanligt stora transfereringar av pengar till personer med kopplingar till denna grupp. Och pengarna tycktes komma via konton från England. Det hade kommit en allmän förfrågan från polisen i Belfast till myndigheterna i England att kolla upp saken. Denna undersökning hade pågått ett par veckor och från början inte alls kopplats till kidnappningen. Nu visade det sig att vissa transfereringar kunde kopplas till Bobs mer svårspårade konton.

113

På så vis blev kidnappningen mer begriplig för polisen i Skottland. Kidnapparna hade tvingat Bob att föra över pengar till dessa personer i Belfast, så det verkade ganska klart att kidnapparna hade relationer till Continuity IRA. Äntligen fick man upp ett tydligt spår och de närmaste dagarna utfördes ett intensivt forskande och spaningsarbete för att finna kopplingar mellan medlemmar av Continuity IRA och individer i England och Skottland. Men hur de än vred och vände på varje tänkbar sten, arresterade och förhörde folk, tycktes de inte komma närmare några spår till kidnapparna. Samtidigt hade de inte hört något från kidnapparna sen sist. Det hade gått mer än en vecka nu. Med dessa nya uppgifter tänkte polisen att kanske kidnapparna egentligen inte brydde sig så mycket om den här lösensumman. Kunde lika gärna ses som ett villospår, som en mer vanlig kidnappning för att tjäna pengar, för att i lugn och ro kunna pumpa Bob på pengar från hans egna konton.

Men nu hände ytterligare något oförutsägbart och som fullständigt ändrade på hela historien. En bonde från Isle of Jura, ön i Inre Hebriderna på skotska västkusten, hade ringt till den lokala polisen i Bowmore, staden på Islay, den större grannön, och sa att han hittat en som det verkade död person på sina marker. Kroppen hade legat mer eller mindre dold av buskar i en skreva och bonden sa att det hade nog dröjt med att hitta kroppen om inte hans hund hade fått vittring på den. När polis och läkare kom till platsen kunde man efter ett tag identifiera mannen som Bob. Den naturliga tanken för

114

polisen var att kidnapparna av någon anledning funnit skäl att döda honom. Vilka skitstövlar tänkte de, inte nog med att de skinnade honom på pengar, var de tvungna att döda honom också? Men mot all förmodan, några yttre skador som indikerade dödsorsaken kunde läkarna inte finna. Vid obduktionen fastställdes det att han dött av hjärtinfarkt, alltså i princip en naturlig död. Det visade sig att Bob hade medicin för högt blodtryck, kanske hade han inte haft tillgång till sin medicin under kidnappningen. Samtidigt visade det sig att hjärtinfarkt var en vanlig dödsorsak inom hans familj, både hans far och farfar hade dött av det vid relativt tidig ålder. Så kanske hans död ändå var naturlig. Men frågan återstod i vilken mån kidnapparna hade bidrag till detta. Här tycktes de ha skitit i galen tunna, nu var de inte bara efterlysta för kidnappning utan också för mord.

Nu började polisen höra med människorna på Jura om Bob och kidnappningen. Bonden som hittat Bob hade ingen aning om att det var Bob, han var över 70 år och knappast någon större diggare av modern popmusik. Han hade aldrig sett honom förut sa han. När det blev känt på ön att det var Bob som hittats var det så klart flera andra som kände till honom, och speciellt de yngre. Däremot sa de att de aldrig hade sett honom på ön. Personer som kommer dit brukar synas och alla känner alla, det bor ju bara drygt två hundra personer på Jura. Så en nykomling märks direkt och har du inte själv sett han eller henne så får du snabbt veta det på öns pub vid hotellet i Craighouse, öns enda by.

Bob var inte den förste kända musikern som kommit till ön. Något som väckte stor medial uppmärksamhet var när den kända engelska punkgruppen KFL var här på 1990-talet och filmade när de brände upp en miljon pund, allt för att skapa ett "konstevent" som dom uttryckte det. Pengarna hade de tjänat på sina musikframgångar.

Polisen frågade dock vidare och man undrade om det hänt något ovanligt på ön sista månaden. Nej svarade de flesta. Inget som någon kunde komma på och av besökare hade det mest varit en del jaktlag som varit här. De bor alltid på hotellet så det hade inte varit något konstigt med dem och sen en och annan avlägsen skotte från utrikes som söker sina skotska rötter på Jura.

Men ibland ger även träget arbete vissa svar. En kväll satt kriminalinspektörer McIntyre på puben och luskade lite bland klientelet. Han pratade lite med en kille som satt lite för sig själv vid ett bord. Killen sa, liksom andra, att han inte upplevt något annorlunda på ön den sista tiden. Det enda han kom på var att Duncan, en medelålders man som stod och pratade med bartendern, nyligen haft besök av sin systerson här på ön med några kompisar.

"Men det är ju inget nytt, han är ju uppvuxen här och kommer då och då hit för att umgås med släktingar och gamla vänner", fortsatte han.

"Okej", sa McIntyre och tackade för samtalet, samtidigt som han reste sig upp och gick fram till mannen vid bardisken och frågade: "Är det du som är Duncan?"

Eftersom McIntyre redan varit några dagar på ön, så visste folk vem han var och varför han var där.

"Jo, inspektören, det stämmer, Duncan Maclean var namnet, jag jobbar på whiskyfabriken mittemot. Det gjorde min pappa också och jag har alltid bott här, en riktig Jurabor skulle man kunna säga. Vad kan jag stå till tjänst med?"

"Jo, förstår du, stämmer det att din systerson nyligen varit här på besök?", fortsatte McIntyre.

"Ja, han var här med några kompisar några dagar, han brukar komma då och då, mest för att hälsa på sin mamma. Men vad har det med den döde att göra?"

"Vet faktiskt inte", svarade McIntyre,"men du får ursäkta, vi måste följa upp alla spår, inte minst för att utesluta folk som misstänkta."

"Jaha, han och hans kompisar brukar få bo i en liten stuga jag har ovanför byn. Den ligger lite avskilt, där uppe", så pekade Duncan

117

med handen upp mot sluttningen och de vida hedmarkerna som täcker större delen av ön.

"Inte så att de håller sig undan för byborna, alla känner honom och de brukade, som vanligt, komma ner till affären för att handla. De var fyra stycken, två tjejer och två killar. Men någon Bob såg vi aldrig med dem och vad jag vet sysslade ingen av dem med musik. Så jag ser ingen koppling till den där Bob, men vem vet vad ungdomen håller på med nu för tiden. Dom kom och lämnade nycklarna till stugan någon dag innan popstjärnans lik hittades".

"Du, det där låter jävligt intressant, vad hade de för bil?"

"En blå van, vet inte vilket märke, de åkte inte omkring något här på ön, på sin höjd tog de en vandring längs byn och vägen upp efter kusten."

"Så i princip skulle Bob kunnat ha varit gömd i den bilen och sen gömd i din stuga under den här tiden".

"Förvisso, men menar du att dom skulle vara inblandade i kidnappningen? Låter helt otroligt. Unga Liam har vad jag vet aldrig varit inblandad i något brottsligt. Han är rörmokare till yrket, har bra ekonomi och vad vi förstår lever ett städat liv."

"Var du upp till stugan någon gång när de var här?"

"Nej, jag har fullt förtroende för Liam, han har alltid skött sig och brukar bara morsa och hämta nycklarna. Sen städar han alltid ordentligt efter sig, så någon koll på honom har jag aldrig känt att det behövs. Du kan ju fråga hans mamma, min syster, han brukar alltid hälsa på henne, hon bor längs med vägen bortanför Community Hall."

"Okej, men det vore bra om jag kunde få hans uppgifter och hur jag kan få tag i honom."

"Inga problem, hans namn är Liam Maclean, han bor i Carlisle, här har du adressen och hans telefonnummer", sa Duncan och skrev ner informationen på ett kvitto och lämnade över det.

"Tack för det, och tack för snacket, har kanske anledning att prata med dig igen senare. Du bartendern, ge Duncan en dubbel whisky på mig. Vi ses."

När inspektör McIntyre gick ut från puben var det första han gjorde att ringa till Glasgow och be dem ta in unga Liam Maclean för förhör. Det här verkade lovande, äntligen ett riktigt spår. Dessutom var det något som klickade i hans hjärna. Det var någonting som han kände igen, som Duncan hade sagt. Men vad var det? Efter en lång dag var han lite uttömd i hjärnan och släppte det. Som van kriminalare visste han att man inte kunde tvinga fram spontana, intuitiva kopplingar, antingen kom de eller inte. När han väl kom upp på sitt rum på hotellet tog han av sig sin kavaj och skor. Tog också av sig sina strumpor och slappnade av. Det hade varit en varm dag och för ovanlighetens skull nästan vindstilla. Som grädde på moset hällde han upp en liten whisky. Här på ön var man i princip tvungen att dricka öns egen whisky av ren artighet. Men inspektören var en seriös whiskydrickare, skotte som han var, så det var ingen eftergift. Jura whisky var definitivt en av de bästa.

Medan han stod där vid fönstret och tittade ut mot det brusande havet i skymningen tänkte han på hur människor kunde bo här ute i denna vilda ödemark. Men han insåg att vi alla var olika. Han hade en vän här på ön som när han var ung flyttade till Glasgow, men efter två månader gav han upp. "Det gick fan att bo i det där gyttret av folk", hade han sagt och flyttat hem. Nu hade det gått 30 år sedan dess och på den vägen är det. Själv skulle han aldrig kunna bo på ett sådant här öde ställe, född och uppväxt i Edinburgh som han var.

Tankarna snurrade vidare, det såg ut som det började blåsa upp därute på havet, då det helt plötsligt slog honom. Carlisle, vänta nu, Bob hade en gård som han brukade dra sig tillbaka till, och ta mig fan, den ligger ju utanför Carlisle. Var det så kopplingen mellan Bob och Liam kommit till. Så inspektören hade igen en anledning att ringa ledningscentralen i Glasgow.

"Nu börjar en snurrig historia rullas upp grabbar. Lyssna på förhöret med Liam så förstår ni", fortsatte Riddle medan början på de skotska högländerna rullade förbi utanför tågfönstret.

Inspektör Moorecroft satte sig framför Liam i det kala förhörsrummet. Mot väggen stod assistent Lynn. Liam svettades, det ryckte i hans ena ben och blicken flackade. Nervös är bara förnamnet.

"Varför är jag här", sa Liam. "Ingen har berättat något för mig, fattar ingenting", fortsatte han.

"Min första fråga är, var befann du dig för en dryg vecka sen?"

"Var jag var, vad har det för betydelse, jag var på Jura."

"Vad gjorde du där då?"

"Jag åker dit då och då eftersom jag är född och uppvuxen där. Träffar min mamma och andra släktingar."

"Du Liam, det där vet vi faktiskt redan. Det är lika bra att du lägger alla kort på bordet på en gång. Vad vet du om kidnappningen?", fortsatte Moorecroft.

"Vilken kidnappning, vad fan pratar du om?"

"Lugn nu Liam, låt oss göra det enkelt för oss, så slipper vi sitta här allt för länge. Det är så här förstår du, att vi har kopplat dig och dina kumpaner till bilen ni använde för kidnappningen. Den som hittades i Berwick. Vi vet att ni var på Jura strax innan Bobs kropp hittades och tänk på det, ni är inte bara anklagade för kidnappningen utan också för mord. Så det är allvarliga grejer det här."

"Men, hallå, nej, nej", sa Liam stammande. "Ni har fått allt om bakfoten. Inget av vad ni tror stämmer. Det var inte vi som kidnappade Bob."

"Jaså, det säger du, kom igen nu, vilka skulle det då vara?"

"Nej, det är inte alls som du tänker", fortsatte Liam, nu lite stabilare på rösten. "Okej, jag ska berätta, så här var det. Som ni säkert redan vet är jag rörmokare och jag lärde känna Bob därför att han har en gård utanför Carlisle. Jag bor i den staden. Jag hade varit där några vändor och hjälpt honom med lite rörmokeri. Bob var en trevlig kille trots sin berömdhet och vi brukade alltid sitta och snacka en liten stund när jobbet var gjort. En dag frågade han mig om jag ville tjäna lite extra pengar. Även om jag hade hyfsat ställt så säger man ju inte nej till extra stålar om man kan tjäna dem på ett rimligt sätt. Sen drog Bob en riktigt galen story för mig. Självklart blev jag tveksam och behövde snacka igenom hela grejen med mina kompisar för Bobs idé krävde flera stycken. Fast pengarna han erbjöd var inte kattskit precis. Vi skulle få 50,000 pund var om vi ställde upp. Bob ville att vi skulle fejka en kidnappning av honom..."

"Vänta nu", avbröt Moorecroft. "Sluta larva dig, det var det sjukaste jag hört, driver du med mig?"

"Nej, för helvete, lyssna. Det var faktiskt så. Han ville att det skulle ske direkt efter deras sista spelning. Skulle funka enklast då, menade han. Sen behövde vi fixa ett ställe där vi kunde gömma oss några veckor. Som ni tydligen redan vet blev det hos min morbror på Jura. Där var det enkelt att dölja Bob trots att han var känd. Ön i sig är ju mer eller mindre ödemark och morbrors stuga ligger helt skild från byn. Och eftersom jag är född där visste jag precis var folk är och vad de gör där. Bob sa att efter ett par veckor skulle han ge sig till känna och säga att han inte hade en aning om vilka kidnapparna hade varit och vi skulle gå fria men med pengarna i fickan."

"Va fan var poängen med det?" undrade Moorecroft.

"Det fattade inte vi heller och själv tyckte jag hela idén var korkad även om pengarna var lockande. Men mina kompisar hade inte så välbeställt och två av dem var arbetslösa sen en tid. De tände verkligen på idén, fan, 50,000 pund. Liam, kom igen. Ja, det var en förmögenhet för oss. De sa att eftersom vi inte kidnappar honom egentligen, det är hans egen idé, han följer ju med frivilligt och vi

123

kommer inte att slå eller misshandla honom. Vi har väl inte gjort något olagligt då, eller hur? "

"Men vänta nu", sa Moorecroft fundersamt. "Vi såg videon."

"Ja, men det var bara smink, inte på riktigt. Bob sa att han sticker sen och säger till polisen att han inte har en aning om vilka vi var och alla spår till Jura sopas igen. Tanken var att han skulle gå in på polisstationen i Aberdeen och säga att han släppts. Dessutom skulle vi få pengar i förskott av Bob, dels för alla kostnader vi skulle dra på oss men också tio procent av de utlovade pengarna. Jag såg hur ögonen lyste på mina kompisar och till slut kunde jag inte säga nej."

"Du Liam, menar du verkligen att vi ska tro på dig. Kom igen, det här låter mer som uppdiktat i efterhand."

"Nej, för helvete, lyssna. Jag frågade så klart Bob varför han ville detta. Han sa bara att det behöver vi inte veta, det är inget som ni är eller vill bli inblandade i. Men så mycket kan jag säga, fortsatte han, att det här är en gammal dröm jag haft, eller mer korrekt en gammal skuld som ska betalas. Okej, sa vi, skit samma, vi kör. Ja, resten vet ni."

"Okej Liam, ponera att vi tror dig. Kan du berätta lite om vad som hände därute på Jura?"

"Inte mycket faktiskt. Bob höll sig inomhus som planerat. Vi andra umgicks och vardagen flöt på som det brukar där ute. Enda grejen var när någon åkte iväg för att ringa till er. Det är inte första gången jag tagit dit kompisar. Så folk tyckte inte det var något konstigt. Och handla mat nere i affären till en extra person märktes inte eftersom vi var fyra andra ändå. Bob umgicks med oss som en kompis. Han berättade om sitt musikliv, läste en hel del, men mest satt han och micklade med sin dator. Vi frågade vad han höll på med, men han sa inget, tyckte väl att det var hans egen business."

"Men hade ni uppkoppling i det där avlägsna huset?"

"Bob hade sina egna specialgrejer. Jag är ingen datanisse direkt, så jag har ingen aning om hur han fixade det, men det verkade funka."

"Du, får jag fråga en annan sak? Din kompis Andy, är inte han från Belfast?"

"Jo, det stämmer, men vad har det med det här att göra?"

"Lugn och fin nu, vet du vad han har för bakgrund där?"

"Ingen aning, vi brukar inte snacka om sådant."

"Okej, men om jag säger att hans farfar var en mycket aktiv IRA-kille på 1970-talet, ringer det en klocka då?"

"Nej, Andy är inte en sådan typ som bryr sig så mycket om vad som händer där, det var faktiskt ett av skälen till att han flyttade till England. Han sa att han ville bort från all politik och våld, och de åren jag känt honom här har han aldrig brytt sig om sådant."

"Okej, vi kommer att prata mer med honom så det ger sig väl. Men du, varför ska vi tro på din story?"

"Ja, men det fattar du väl, vi är inte sådana typer. Hela idén var ju Bobs. Snacka om att vi höll på att skita på oss när vi fann honom död. Det hela blev extra tokigt därför att Bob hade sagt att vi bara behövde stanna ett par dagar till, sen kunde vi avsluta det hela. Den dagen han dog hade vi andra gått ut på eftermiddagen. Först gick vi en sväng längs vägen upp mot änden av byn, ville visa kompisarna där sälarna brukar ligga och värma sig på klipporna utanför stranden. Efter en timme eller så gick vi tillbaka till affären, handlade lite och sen upp till stugan. När vi kliver in ligger Bob där på golvet vid köksbordet. Hans dator står på men han själv är död.

Ni förstår väl hur chockade vi blev, helt jävla desperata faktiskt. För fan, stendöd alltså. Det var ju Bob som skulle se till att vi inte skulle åka dit på grund av hans knäppa idé. Fattar du, vi var ju körda, det förstod vi så klart, men vad fan skulle vi göra. Och det mesta av pengarna hade vi inte fått. Att ge oss till känna kändes inte som en vettig lösning, hellre hoppas att ingen skulle kunna koppla oss till honom. Så vi bestämde att dumpa honom någonstans utanför byn, och så blev det som det blev.

"Men varför på Jura, det känns ju inte som den smartaste lösningen på grund av din koppling dit."

"Håller med. Inser förstås nu i efterhand att vi agerat ganska amatörmässigt. Men du måste förstå, vi är inga garvade hårdingar. Vi blev hur stressade och förvirrade som helst. Samtidigt kändes det näst intill omöjligt att dölja honom i bilen om vi åkte därifrån. Har du åkt färjan mellan Jura och Islay så förstår du. Den är så liten, tar bara ett par bilar och folk kan lätt titta in i bilen och upptäcka en utslagen person och börja undra. När vi åkte hit var han en av oss och kunde lätt hålla sitt ansikte dolt. Men en utslagen person skulle genast väcka frågor. Och sen åka vidare med en döing på nästa färja, nej fan, det kändes inte som våra nerver skulle palla för det."

"Okej, jag hör vad du säger, men den enda som kan styrka er historia är ju Bob. Ja, som du fattar så är han ju inte värdens bästa vittne just nu. Men jag kan trösta dig med att ni inte kommer att dömas för mord. Enligt obduktionen kan vi inte styrka annat än att han dog en naturlig död, ungefär som du säger. Men kidnappningen råder det inga tvivel om, så fängelse blir det säkert, och vi har vissa idéer om varför ni gjorde det".

"Vadå idéer, kom igen, vi ville bara tjäna en hacka".

"Liam, svaret på den frågan får du vid rättegången."

"Ja, som det verkade, grabbar, var den här historien över", fortsatte Riddle. Men icke sa Nicke. När Liam och hans kompisar dömts och suttit inne en tid så dök det plötsligt upp ny information och nu från ett helt överraskande håll."

Just när Riddle sa det här ropade man ut i högtalarna "Next stop Aviemore!"

"Aj då grabbar, vi måste avsluta. Vi får ta upp den igen senare. Samla ihop era pinaler, dags att kliva av."

Skottland/Lewis Island/Venedig

Utanför skäller en hund, vinden från havet biter i väggarna och regnet slår mot rutorna. Först tänker jag, vem är så tokig som är ute med hunden i det här vädret. Men sen kommer jag ihåg att jag är ju på Hebriderna. Här skyr folk verkligen inte vädret. Jag sitter i vardagsrummet och stirrar på alla deckare i bokhyllan. Har gjort det, vet inte hur länge, allt oftare bara försvinner jag i tankarna. Fan, inte har jag blivit något klokare på att läsa dessa böcker, trodde de skulle göra att jag förstod polisbranschen lite bättre. Förvisso finns det några som är ganska insiktsfulla och informativa, men de flesta är faktiskt ren dynga.

Då, mitt i mina tankar, ringde mobilen. "Hallå, hallå, ursäkta att jag stör, men det här är Balotelli från Venedig."

Jag blev ganska överraskad kan man milt säga, tittade på displayen och insåg efter någon sekund att det måste nog ändå stämma.

"Hallå, hallå, hör du mig Elisabeth?", fortsatte rösten med den tydligt brutna engelskan.

"Förlåt Balotelli, blev bara lite överrumplad."

Det visade sig att han och hans fru undrade om jag skulle ha lust att komma ner till Venedig en gång till, helt på deras bekostnad förstås. Han sa att de hade hört hur dåligt jag mått efter min mans bortgång,

129

men att det nu hade kommit fram nya fakta i målet som inte bara var intressanta men också skulle ställa min man i ett helt annat och betydligt mer positivt ljus. Men, som Balotelli sa, det är inget vi kan ta över telefon utan det bästa vore om du kom ner några dagar. Han lovade att han och hans fru skulle ta väl hand om mig hela tiden.

Vid denna tid kunde jag i alla fall inte jobba, allt var förvirrat i mitt huvud. Så jag tänkte, okej vad har jag att förlora och det kan kanske vara skönt att komma bort och få lite mer distans till vardagen här på Lewis. Balotelli mötte mig vid Marco Polo, flygplatsen som är lite speciell eftersom man till och med kan ta en båt direkt in till Venedig därifrån. Balotelli hade bokat in mig på Hotel Bruno, ett fint litet hotell, precis mitt emellan Rialtobron och San Marcoplatsen, utmärkt läge för den som vill strosa runt bland Venedigs kanaler. Dessutom gångavstånd till Balotellis lägenhet.

"Jag lämnar dig här nu", sa Balotelli, "och hämtar dig om ett par timmar. Hoppas det passar med middag hemma hos oss ikväll, så ska jag berätta i lugn och ro om det nya i fallet med din mans död."

"Okej", sa jag, "jag finns här då." Jag slängde in mitt lilla bagage på rummet och gick jag ut och vandrade ett tag i folkvimlet. Jag kände nu att det verkligen var med kluvna känslor jag var tillbaka här, det hade ändå inte gått så lång tid sen Tosh död. Annars var Venedig en sådan där intensiv stad som gärna får ens mer tyngre tankar att sväva iväg för att ersättas av staden och dess folklivs alla intryck. Dessutom kunde jag inte låta bli att vara nyfiken på vad Balotelli hade att säga. Däremot tänkte jag inte ta mig ut till Lido, det skulle definitivt bli för mycket. Hoppas verkligen inte att han föreslår det.

Plötsligt, medan jag tränger mig fram mellan alla turister i gränderna ner mot San Marco, hör jag en röst säga: "Hallå där, dig känner jag igen." En gråmelerad medelålders man ställer sig framför mig. Han har solglasögon på sig, så jag känner inte alls igen honom, blir snarare lite rädd.

"Förlåt", sa han, och tar av sig solglasögonen och ler med ett brett grin.

"Men, det är ju du Bosse", sa jag. "Vad gör du här?"

"På semester så klart, får jag presentera min fru Maria". En söt dam som stått lite bakom honom sträckte nu fram sin hand med ett milt leende i ansiktet för att hälsa.

Bosse var min gamla klasskamrat från bibliotekshögskolan. Vi hade alltid haft en bra relation där och det var till och med lite flört ett tag men det blev aldrig något. Men det hade gått bra för honom, arbetar mest med TV-produktion och har samarbetat en hel del med produktionsbolaget Strix och Robert Aschberg.

"Så, vad gör du här då?" fortsatte Bosse.

"Ja, Venedig är på något vis glädjen och romantikens stad, men för mig är det faktiskt tvärtom, sorg och ond bråd död".

"Va, vad säger du Elisabeth, menar du allvar?"

"Jo, faktiskt".

"Åh fan, jaha. Hm, så pass bra känner jag dig att jag ser på dig att allt inte står rätt till, vill du berätta?"

"Nej, vet inte om jag orkar, det har hänt så mycket."

"Kom igen Elisabeth, du vet att jag är en bra lyssnare, kommer du ihåg alla olyckliga kärlekshistorier vi gick igenom på skolan där vi ibland tröstade varandra. Kom, vi sätter oss här på uteserveringen en stund, min fru har absolut inget emot det, eller hur Maria?"

Maria nickade jakande och tog mjukt i min arm och ledde mig till ett bord.

"Vad vill du ha?", sa Bosse.

"Jaa, en aperolspritz skulle kännas läskande här i solskenet", svarade jag.

"Bra, ska bli!" sa Bosse och fortsatte, "Okej Elisabeth, berätta."

"Du vet, för ett par år sedan gifte jag mig med en skotte och flyttade till Skottland."

"Ja, jag hörde något om det."

"Det var så att min man, Tosh som han heter, var polis. I ett av fallen han sysslade med fanns kopplingar till kriminalitet här i norra Italien och Venedig. I våras var vi bjudna ner hit för att han skulle bidra med information till polisen. I samband med detta drunknande han, det var..." och nu kom tårarna, jag började hulka och fick inte fram mera ord.

"Det är lugnt Elisabeth, vi tar en sak i taget", tröstade Bosse, medan Maria räckte fram en näsduk.

Efter en stund kunde jag fortsätta och berättade att det var ute på Lido vid Hotel Excelsior.

"Jag är fortfarande helt tagen av detta och mitt liv känns egentligen helt tomt. Känner ni till Lido?"

"Ja, jag har varit där en gång för några år sedan", sa Maria, "och vi tänkte ta en tur ut dit för Bosse har aldrig varit där. Men vilken tragisk historia, beklagar verkligen sorgen", fortsatte hon.

"Men hur kunde det hända, låter ganska absurt tycker jag", undrade Bosse.

"Jo, så här var det. Vi var på utflykt till Lido under en dag. Tosh skulle tillsammans med en poliskollega härifrån få åka en gondol med en privat gondolklubb. Jag stannade på landbacken på Lido

133

under tiden tillsammans med bekanta till poliskommissarien som bjudit ner oss. Senare, tidigt på kvällen hamnade min man i baren på Hotel Excelsior. Han gick dit själv och hade tänkt att vi skulle mötas där senare. Vi hade telefonkontakt, så jag gick för att träffa honom, tanken var att vi tillsammans skulle ta oss med båten in till stan senare på kvällen. Kommissariens bekanta bodde bara några minuter från hotellet. Så jag tog en promenad till dit och träffade Tosh inne i baren. Eftersom alla kända filmstjärnor höll till på det här hotellet på 1930- och 40-talet fanns det tydliga kopplingar till Sverige där, som ju i sig var trevligt. Väggarna är täckta av fotografier av många av dåtidens filmstjärnor och ett av de större fotona föreställer Ingrid Bergman tillsammans med sin italienska man, filmregissören Roberto Rossellini.

Nu var det så att jag och Tosh hade bråkat en längre tid och jag var framförallt riktigt irriterad på hans jobb som polis. Jag tyckte att han blev mer och mer bufflig och störig i vårt förhållande och jag tyckte att det berodde på attityden inom hans yrke. När jag kom till hotellet var han redan ganska onykter. Själv hade jag varit lite sjösjuk på båten ut till Lido och lite allmänt trött av att ränna omkring på stan. Så mitt tålamod var väl inte det allra bästa och vi började bråka. Det blev ganska högljutt, så en bartender försökte lugna oss. Då tröttnade jag och rusade därifrån. Tog mig så småningom tillbaka till familjen jag hade varit på besök hos. Försökte sedan ringa Tosh, men fick inget svar. Vi kontaktade också senare på kvällen hotellet

134

inne i Venedig. Men Tosh hade inte dykt upp där heller. Jag sa till mina bekanta att han klarar sig nog, dyker väl upp på hotellet under natten. Tosh kunde vara en riktig nattsuddare när han drack, så egentligen var det inget konstigt med det. Paret jag var hos lät mig sova över i ett av deras gästrum och mannen i familjen sa att han skulle ringa runt lite på morgonen och också kontakta den italienska kommissarien som hade bjudit ner oss om vi inte fick tag på Tosh på morgonen.

Men tidigt på förmiddagen nästa dag får vi det hemska beskedet från kommissarien att man hittat Tosh drunknad vid hotellet. Det speciella med hotellet är att det också har en ingång från en kanal, så man kan komma dit med båt direkt från Venedig. Enligt en anställd på hotellet i lobbyn hade han sett hur Tosh hade vinglat ner för trappan till toaletten. Men tydligen hade han virrat bort sig och hamnat ute på båtbryggan. Det är, vad folk säger, ganska lätt eftersom toaletten och båtbryggan ligger på samma plan och det är bara en liten korridor emellan. Det var inte första gången folk irrat sig dit sa man.

Det sjuka i Tosh fall var att enligt den information jag fått slant han på bryggan och slog i en av stolparna längs bryggkanten och ramlade i vattnet. Beviset för det var att det fanns spår av blod och hår från honom på en av stolparna och samtidigt hade han ett sår på huvudet. Jag visste att det varit ett kort skyfall under tidiga kvällen när jag var ute och gick och det hade antagligen blivit halt på bryggan. Fylla och halka är naturligtvis ingen bra kombination.

Helvete, självklart blev jag helt bedrövad och än värre blev det när jag själv blev misstänkt för att ha orsakat hans död. Vårt bråk i baren och att jag inte i början hade något alibi för tidpunkten räckte för att jag blev inkallad till förhör. Dock avskrevs jag efter att en bartender på en liten bar vid Lido centrum kunde intyga att jag suttit där ett bra tag efter Tosh och mitt möte på hotellet. Eftersom detta vittne blev jätteviktigt för mig minns jag till och med vad den där baren hette, La Speretta var det. Efter obduktion och så vidare konstaterade polisen här i Venedig att allt tydde på att Tosh hade halkat och drunknat. Pang, bom, krasch, så var mitt liv förstört. Jävla gubbfylla. Mår fortfarande fruktansvärt dåligt, vet inte om jag någonsin kan komma över detta."

"Kära Elisabeth, jag blir verkligen ledsen. Kan vi göra något för dig?", sa Bosse med medlidande i blicken.

"Nej, jag har ändå hyfsat lärt mig att leva med det, men jag tappar livsgnistan med jämna mellanrum. Men tack för att ni lyssnade. Faktiskt är det första gången jag berättar det här så här direkt för någon som känner mig bra. Har bara pratat med släktingar hemma i Sverige på telefon. Har inte orkat be dem komma över till Skottland även om de har erbjudit sig. Och det är inte riktigt samma sak att prata med mina skotska bekanta eller Tosh släktingar, känner

136

ju egentligen inte dem så bra, alla där kände jag ju via Tosh. Vad som nu har hänt är att den där kommissarien som bjöd ner oss återigen har bjudit ner mig. Det har tydligen kommit fram nya fakta i målet, fakta som han säger ställer Tosh i ett mer positivt ljus. Ja, vi får väl se. Oj, klockan rullar på, ska möta den där kommissarien om ett tag. Du Bosse, jag lovar att höra av mig när jag kommer till Sverige nästa gång. Bor du kvar i Stockholm?"

"Visst, jag och Maria bor i utkanten av stan, i Traneberg", sa Bosse.

"Du är välkommen att bo hos oss om du inte har någon annan stans att ta vägen i Stockholm, vi har en stor lägenhet", sa Maria.

"Okej, vi får höras, tack så hemskt mycket för att ni lyssnade, det var en överraskning att träffa er, och tack för aperolen", sa jag och reste mig upp.

"Ska ta en kort promenad ner till San Marcoplatsen innan kommissarien kommer och hämtar mig. Vi ses!" fortsatte jag och gled bort bland folkvimlet nedför den närmaste gränden.

"Hon är verkligen en stilig kvinna", sa Maria till Bosse, "den raka näsan och de stora ögonen och vilken hållning."

"Jo", sa Bosse beundrande och med en liten drömmande blick, "det var många som suktade efter henne på Bibliotekshögskolan. Jag var själv lite kär i henne då men vi blev mer kompisar efter ett tag. Hon

137

var egentligen ganska blyg och när jag lärde känna henne lite bättre insåg jag att hon också var ganska skör. Hon antydde ibland att där hon var uppväxt var män ganska dominanta och hade en tuff stil. Kanske inte så konstigt, de flesta i hennes släkt var smeder berättade hon och jag antar att det inte gick att vara för mjäkig som man i den världen. Samtidigt sa hon att kvinnor ofta också var starka, livet var ju allmänt hårt förr i tiden, men att den stilen inte riktigt passade henne. När man tänker efter är det kanske inte så lätt att vara attraktiv och också mentalt skör. Förresten, det ska väl du veta?", sa Bosse med ett retsamt leende.

"Hörru Bosseponken, nu får du allt skärpa dig, vad menar du med att jag skulle vara skör va?", svarade Maria med spelad sårad min samtidigt som hon gav honom en lekfull snärt med baksidan av handen på hans huvud."

"Öh, öh, bara skojade. Är det inte dags att dra till Lido, verkar bli en härlig kväll", avslutade Bosse samtalet och drog upp Maria från stolen, lyfte upp henne i luften och började bära sin skrattande kvinna nedför gränden.

Senare på kvällen när jag kommit hem till Balotelli fick jag min förklaring om Tosh död.

"Elisabeth, när jag och min fru pratade om dig och Tosh död tog det oss väldigt hårt, naturligtvis inte på samma sätt som för dig, men ändå. I min bransch är det så att vi får räkna med olyckor, död och dramatiska händelser och varje gång en kollega råkar illa ut drabbas vi ofta av ångest och förtvivlan. När vi nu också har fått in ytterligare information som gjort att fallet med Tosh tagit en helt ny vändning tyckte vi att det inte var mer än rätt att du får ta del av det. Från början, och som du vet, fann man inget mystiskt med Tosh död, ingenting pekade på något annat än att han hade drunknat självförvållat.

Men sen började det hända saker och det var kombinationen av två nya fakta som ledde oss i en helt annan riktning. Det ena var att vid en noggrannare obduktion hittade obducenten ett väldigt svagt men tydligt nålstick där hals och axel möts på Tosh. Blev han om möjligt förgiftad, bedövad eller något liknande? Det föranledde en mycket mer detaljerad obduktion, en undersökning man normalt inte gör. Oftast testar man bara blodet men då kan man endast se om något injicerats intravenöst. Om personen svalt ett gift måste man spara maginnehållet och det gjordes inte i Tosh fall och görs oftast varken här eller i Storbritannien. Så vad magsäck, tarm eller lever innehöll vet vi inte. Men nålsticket indikerade en annan lösning. Om man injicerar gift intramuskulärt kan obducenten undersöka muskulaturen runt nålsticket. Och, vips, där såg man hur ett ämne som orsakar kortvarig förlamning hade injicerats. Ursäkta alla dessa tekniska detaljer Elisabeth, men jag vill att du ska få en så klar bild av vad som hänt som möjligt."

139

"Ja, jag försöker hänga med så gott jag kan", sa jag med tårar i ögonen.

"Då uppstod naturligtvis frågan", fortsatte Balotelli, "hur hade detta gått till och då kommer vi in på det andra som dykt upp i fallet. Känner du till en kvinna vid namn Isabella Lorenzo?"

"Nej", sa jag. "Har aldrig hört det namnet, varför frågar du det?"

"Jo det är så att efter ytterligare förhör med vittnen på hotellet, visade det sig att han på vägen till toaletten hade hamnat i samspråk med denna kvinna i den stora foajén, precis ovanför trappan ned till toaletten. Borde inte ha varit något konstigt med det, om det inte vore så att hennes namn finns med i flera brottsutredningar kopplat till Silvio Berlusconi. Brottsutredningar som har med flera anklagelser mot Berlusconi angående korruption. Känner du till Berlusconi?"

"Det gör väl de flesta", gav jag som svar. "Men vad har det med Tosh att göra?"

"Jo", fortsatte Balotelli, "detta visste du naturligtvis inte, men vissa av Berlusconis affärer mot toppen, du vet han vara ju både byggmästare, TV-mogul, politiker och så småningom statsman, var kantade av anklagelser om korruption och svarta pengar, och i det sammanhanget ledde vissa utredningar ändå bort till Storbritannien.

Det var därför Tosh var bjuden hit för att ge oss information som skulle stärka våra bevis."

"Men hur fan kunde ni låta honom vara så oskyddad om ni visste dessa faror. Nu blir jag både ledsen och förbannad."

"Vänta nu Elisabeth, det var inte så att detta var offentligt på något vis, vi hade ingen aning om dessa hot, men tydligen började vi på något sätt komma för nära vissa sanningar. Inte så att Berlusconi på något sätt är känd för sådana drastiska metoder. Men möjligen var det så att det ändå fanns vissa kopplingar till maffian i södra Italien, även om Berlusconi inte själv visste om det. Där har vi aldrig kunnat bevisa något. Men det som fick upp ögonen hos oss om en möjlig sådan koppling var att Isabella Lorenzo hade kommit till Hotel Excelsior tillsammans med en man tidigare på kvällen och ätit middag i restaurangen. Denna man, som vi känner till namnet Ugo Rossi, är känd inom Cosa Nostra, maffiagruppen från Sicilien. När vi nu har lagt ihop ett och annat så tyder allt på att det var denna grupp som tystade Tosh."

"Herre gud, fan vad jag hatar er bransch, du får ursäkta Balotelli, men jag kan inte tycka annat."

"Har full förståelse för dig Elisabeth", sa Balotellis fru. "Hur många gånger har jag inte legat vaken och svettats på natten när han inte kommer hem som han sagt. När jag var yngre försökte jag övertala honom att lägga av, men du vet, Elisabeth, dessa män är ofta envisare än en åsna."

"Så ja lilla gumman", sa Balotelli till sin fru, "oavsett så har jag inga problem att förstå din förtvivlan Elisabeth, men du ska veta att Tosh, trots vad som hände, hann ge oss det mesta av den information vi behövde. Så här hos oss är han en hjälte. Och är det någonting vi kan göra för dig för att minska din förtvivlan så finns vi här. Du ska veta att jag betraktade Tosh, inte bara som en yngre kollega, utan också som en god vän. Detta var kanske också skälet till att han var så positiv till att ställa upp för oss, jag tror han delvis såg upp till mig som en senior kollega, en slags fadersgestalt."

"Ja, men det sket sig kan man lugnt säga", fortsatte jag, samtidigt som jag lugnande ner mig lite. Fanns ju ändå inte mycket jag kunde göra.

"Men du kan ha rätt i att han kanske såg dig som en slags fadersgestalt, han pratade i alla fall en hel del om dig", fortsatte jag. "Dessutom hade Tosh ett ganska problematiskt förhållande till sin egen pappa, något som jag tycker mig ha märkt hos många av männen inom poliskåren. Men ibland undrar jag varför detta måste gå ut över oss kvinnor. Det snällaste man kan säga är att såna som ni blir som ostyrsliga små pojkar, där kvinnorna ständigt ska förstå er. Det vore väl inget att säga om detta om vi kvinnor då fick vara som små ostyrsliga flickor då och då. Men nej du, det går inte, vi

142

ska alltid vara till pass, vara förstående och stora famnen och speciellt när världen inte fungerar som ni tänkt er. Titta på mig, hör mig, ingen förstår mig, trösta mig. Fy fan för karlar. På så sätt kan jag konstatera att jag har lurat mig själv. Detta skal av självständighet och oberoende verkar inte vara något annat än en rustning för att det rädda, veka och mjuka inte ska synas. Något en man inte får visa. Som någon sa, det krävs en hård rustning för en svag själ."

"Ja, Elisabeth, om det är någon tröst kan jag hålla med dig igen", fortsatte Balotellis fru. "Jag har ingen aning om det är någon skillnad på män från Italien och Storbritannien, men när du uttrycker dig så verkar skillnaden inte vara speciellt stor."

"Ja, ja, men nu vet du i alla fall hur det ligger till Elisabeth", sa Balotelli med rynkad panna och en blick på sin fru, "och som sagt, hör gärna av dig till oss när du känner för det. Klockan är mycket och jag vill gärna följa dig till hotellet så du kommer dit ordentligt".

Det skakar till i planet när vi tränger oss genom molnen. Vädret denna morgon var gråmulet med regn i luften. Stämde väldigt bra med hur jag kände mig just nu. Ingen sol idag precis. Om jag hade kluvna känslor när jag åkte till Venedig, har jag än mer kluvna känslor nu när jag är på väg hem. Men till vilket hem kan man

143

undra? Tidigare kunde jag ändå vara förbannad på Tosh för att han varit så klumpig och blivit så berusad att han druttat på arselet och drunknat. Men nu, med det Balotelli berättat, så framstår han mer som en slags hjälte. Min älskade Tosh. Men samtidigt, orsaken till alltihop var ändå denna sketna bransch, så på den punkten hade inget blivit bättre. Det var faktiskt på sätt och vis lättare att stå ut med vad som hänt innan. Idiot och idiotbransch känns enklare än en hjälte och idiotbransch om man säger så.

Fast jag kan naturligtvis förstå Tosh. Med sin uppväxt och Hebridernas historia om klaner, våld och hyllade hjältar är det nog inte så konstigt att även dagens unga män där gärna lockas av hjälterollen. Samtidigt måste jag säga att det är ganska lustigt om jag får uttrycka mig så. När jag träffade Tosh och han berättade alla historier om sin och Skottlands historia, då blev han på sätt och vis en hjälte för mig också, den unga, vackra, handlingskraftiga mannen, och när han ville ha mig blev allt detta så lättsamt, så attraktivt, så åtråvärt, och han var så lekfull och sprudlande i sin roll som hjälte.

Men när verkligheten och vardagen kom allt närmare visade det sig att alla dessa egenskaper snarare var svagheter än styrkor. Man kan ju undra om vi kvinnor på vårt sätt är lika dunkla för männen, att vad vi utstrålar i början av en relation så småningom trängs undan av djupare annorlunda sinnelag och stämningar. Först främlingar, sen ideal och sen främlingar igen. Hm, skumt på något vis, sen slumrade jag in och vaknade inte förrän det ropades ut att vi påbörjat inflygningen till Glasgow.

Stockholm/Södermalm

Många ljud var det. Man kunde höra hur folk både pustade och tog i. Metall mot golv och tillrop av alla sorter. Kom igen! Klang! Såja! Yes! Jag älskade att vara på gymmet. Jag har en vältränad kropp måste jag säga och det finns inget skönare än att känna att man behärskar sin kropp. När jag tagit ut mig ordentligt blir man som på små lätta moln. Man känner verkligen en befrielse, allt det där svårhanterliga, det som tynger oss till och från i vardagen, blir som bortblåst. Det är ju ganska fantastiskt egentligen att kroppen kan frammana sina egna droger, det där med endorfiner ni vet. Samtidigt är det lite lurigt. Jag minns en period då jag på något sätt var extra nere. Det var inget som jag egentligen märkte, i alla fall inte i början. Men det gjorde att jag för en ganska lång period inte tränade alls. När jag sen tog upp träningen igen var det extremt tungt första tiden. Fy fan, kändes bara uppförsbacke. Då var de där endorfinerna inte lätta att locka fram. Men jag hade den fördelen gentemot människor som aldrig tar ut sig fysiskt att jag visste att med tålamod så skulle det ge med sig och att den där härliga känslan snart skulle komma tillbaka.

Men att gå på gym för mig är så mycket mer. Det är som att röra sig i en mobil konsthall. Med alla speglar runt omkring kan man se sig själv och andra från alla möjliga vinklar och kropparna blir då som mönster i ett kalejdoskop där mönstren ständigt ändras. Kroppen, inte helt naken utan den där lite hemlighetsfulla och lockande draperingen i tajts och tunna minimala linnen, blir verkets centrum. Alla dessa vältränade, svettiga kroppar, där varje person å ena sidan fokuserar på sig själv, men å andra sidan medvetet gör sig publik för alla andra, och allt vävs ihop till en nästan erotisk dans.

Här ligger en del av mitt personliga dilemma. Jag blir attraherad av alla kroppar, vare sig det är mäns eller kvinnors. Jag tycker själv att det låter underbart, men när jag haft nära relationer till män tycker dom att det är besvärligt och likadant med kvinnor jag varit tillsammans med. Jag trodde från början när jag blev medveten om denna min läggning i äldre tonåren, att detta var enklare än att vara homosexuell, men numer undrar jag. Ofta får jag dölja ena sidan av min sexualitet och om hela bilden börjar kika fram känns det som den andra personen får svårt. Svartsjuka och ofta tankar om att jag måste ta ställning dyker upp och till slut skiter det sig. På så vis kan jag känna att det vore enklare att vara lesbisk, då var liksom gränsen given och klar. Mina gränser i andras ögon tycks därför bli flytande och därmed mer utmanande. Men som sagt, mina erotiska känslor har inga gränser. Det liknar devisen "Att gud är för stor för att kunna stängas in i en religion". Är ju inte religiös på något sätt men jag gillar den. Så för mig blir snarare individen i centrum än något annat.

Ja, när jag sprang på löpbandet, omgiven av alla andra, så for mina tankar omkring på det här viset. Samtidigt började historien som Grahn håller på att berätta för mig ta plats i huvudet. Märkte så klart att det blev en ganska grabbig historia, men berättelsen om den där kidnappningen gjorde att jag också förstod att utredningsarbete naturligtvis inte alltid var så enkelt.

Men just därför kan jag känna att de skulle behöva lite mer inspiration från annat håll, lätta lite på det invanda helt enkelt.

Jag tänkte också mer på det där med intuition. Ibland brukar det kallas för det sjätte sinnet, där vår hjärna kombinerar erfarenheter med känslor och intryck i nuet som gör att vi drar vissa slutsatser, men det går så fort att reaktionen blir på det omedvetna planet. Samtidigt säger en del att detta främst är en kvinnlig egenskap. Intressant, hm,vi får se vad det här leder till, Grahns historia verkar hur som helst långt ifrån slut.

Kapitel 5

Skottland/Aviemore

När vi reste oss upp för att kliva av tåget berättade Riddle att det här är nationalparken Cairngorm, en populär skidort på vintrarna och att det kryllade av cykel- och vandringsleder i bergen.

"Ni ville ju se lite av landet", fortsatte Riddle, "så jag tänkte att det blir lite mer rustikt och fysiskt nu. Vi ska bo på ett vandrarhem som heter Aviemore Bunkhouse, inte det flottaste precis men ligger perfekt för vad jag tänkte vi skulle göra idag. Har hyrt cyklar åt oss, så jag hoppas att ni inte har glömt hur man gör när man cyklar. Du Grahn, du sa i telefon att du kanske inte kan cykla speciellt bra med ditt ben, men ingen fara, vi ska bara cykla några kilometer på skogsstigar, så det kommer inte att gå speciellt fort. Och där det inte går att cykla får vi helt enkelt kliva av och gå. Kan vara lite blött här och där, det har regnat en del här uppe på höglandet sista dagarna, men vi har tur med vädret idag som ni ser."

"Okej Riddle, lite får vi väl anstränga oss för att komma Skottland in på livet, eller vad säger du Dunkel, extra spännande för dig, för ni har väl inte mycket till berg och skog i Danmark. Hört att det är nedförsbacke till ert högsta berg och tredje största skogen är planterad, stämmer det?" sa Barsk med ett brett grin.

149

"Ja det ligger något i det, men vi är överjävliga på att cykla, så ni får nog ligga i om ni ska hänga med mig när jag trampar loss, de kallar mig för "Polishusets Eddie Merckx" där hemma, bara så ni vet", sa Dunkel.

"Det återstår att se", fortsatte Barsk. "What ever, se till så ni får med era grejer, här Grahn, orkar inte få i mig sista slurken i ölen, ta den du."

På perrongen vid den lilla stationen utgjorde vi antagligen en lite absurd syn. I storstaden Edinburgh hade vi mer eller mindre smält in i vimlet av alla andra människor, men här på landsbygden verkade vi bli ovanligt synliga skulle man kunna säga. Fyra storvuxna män, grådaskiga och hålögda efter allt drickande, alla i trenchcoat med minimal packning. Vad fan ska de göra här bland alla vitala vandrare med rosiga kinder och välanpassad utrustning tänkte väl folk. Ungdomar och äldre par gick åt sidan i sina smarta jackor, dyra vandringskängor och slimmade ryggsäckar, och samtidigt sneglande lite nyfiket på oss. Som Riddle sa, det märks att dom tänker: "Har det hänt något speciellt här, har inte Scotland Yard råd att åka bil längre?"

Det må vara hur det vill med den saken. Riddle pekade på det pittoreska stationshuset och sa:

"Innan vi går ner till vårt härbärge och kastar oss på cyklarna vill jag visa er stationshuset. Detta är något som vi kan vara stolta över i Storbritannien, vår kärlek till vår järnväg, tillsammans med våra vackra papperskorgar och postlådor. Jag var för ett par år sedan till Sverige, jag har faktiskt en avlägsen släkting i staden Västerås. Det visste ni inte om mig va? Så jag åkte dit med tåg från Stockholm och såg ta mig fan den fulaste järnvägsstation jag sett i hela mitt liv.

Förvisso var det gamla stationshuset kvar men överskuggades helt av en mastodont till plåtkonstruktion som gjorde att passagerarna kunde ta sig över till de olika spåren. Men det var det jävligaste jag sett och min släkting sa att ungefär samma variant fanns på de flesta större stationer i Sverige nu för tiden. För i helvete, har ni inget skönhetsråd i det där landet Grahn?"

Jag sa att jag nog höll med honom fast att det faktiskt varit ändå värre.

"Under 1960-talet var funktionalismen allenarådande bland svenska politiker och arkitekter. Gammalt ska bort, in med det nya. Ibland säger man att Stockholms byggnation är den mest förstörda i Europa som inte bombades under Andra Världskriget."

"Ja, ja, kom så går vi in i huset så får ni se den lilla affären", fortsatte Riddle. "Kom med här."

151

Vi stövlade in och genast blev det trångt i den lilla lokalen. Utbölingar som vi är blev vi lite förvånade när vi kom in. Jag hade i tankarna våra järnvägsstationer, men det här var definitivt annorlunda, såg mer ut som en liten rar lanthandel. Här kunde man inte bara köpa biljetter, tidningar och lite vanliga kioskartiklar. Här fanns också en hel del annat och pricken över i:et var alla järnvägsgrejer. Nytryckta gamla biljetter, reklamskyltar och olika järnvägsmärken för samlare, flera DVD-filmer om den brittiska järnvägens historia, böcker om The Mallard och The Flying Scotsman, de gamla kända ångloken, för att inte tala om de fina lok- och tågmodellerna man kunde köpa. Hel enkelt ett litet paradis för järnvägsfreaks.

"Wow!", sa Dunkel. "Jag har en kompis i Köpenhamn som skulle älska de här grejerna, skulle kunna köpa det mesta åt honom, men fan vet om jag orkar släpa på saker på den här resan."

"Inga problem", sa Riddle, "det mesta kan köpas via nätet, jag ska visa dig vid tillfälle. Hör ni, innan vi går vidare måste vi köpa lite tilltugg och något att dricka. Sen föreslår jag att vi efter vår utflykt tar oss tillbaka hit till centrum framåtkvällen och går på restaurang, finns ett par riktigt schysta syltor."

Efter bunkringen gick vi ner längs vägen utefter spåret mot vandrarhemmet som låg 500 meter längre bort. Här tog bebyggelsen slut, och naturen tog över med lövskog på bägge sidor om vägen

152

och när vi närmade oss vandrarhemmet skymtade genom träden en liten flod fram på vänstra sidan av vägen. Omgivningarna är slående vackra där nationalparkens skogar och berg sträcker sig upp mot den idag helt klarblå himlen. Frisk luft och hänförande natur, här ska cyklas.

"Okej, då bär det iväg, kom igen nu, hoppas ni har fattat hur cyklarna fungerar, och kom ihåg, vi är i Skottland, så det är vänster-trafik som gäller", sa Riddle entusiastiskt. "Jag lägger mig sist så jag har lite koll på er. Cykla fram till vägen som går till vänster där framme, och fortsätt fram till den gamla bron och stanna där."

När vi stod på bron fortsatte Riddle. "Det gick ju bra det här, vi står nu på the Old Bridge och vattnet som rinner under oss är floden Spey. Vet ni vad den är mest känd för?"

"Nja", sa Dunkel, "men jag har lärt mig att allt i Skottland handlar om två saker, antingen blir det tal om de gamla klanerna eller handlar det om whisky, så om det inte gäller klanerna den här gången så är det whisky".

"Stämmer bra det Dunkel", svarade Riddle. "Den här regionen kallas för Speyside, där den här floden och dalgången är själva pulsådern. Här ligger flest whiskydestillerier i Skottland och det ligger flera bara inom några mils omkrets härifrån. Men vi tar mer

153

om det ikväll på restaurangen. Ni får för tillfället nöja er med den medhavda ölen, annars pallar vi nog inte dagens övningar. Nej, kom igen, vi måste vidare så våra gamla leder inte stelnar till."

Efter att ha kommit en bit bort från floden kom vi in i ett skogsområde, mest gran men här och var öppnare ytor av ljungtäckta små mossar. Här övergick den lilla vägen i mindre stigar, förvisso cykelbara, men för oss äldre herrar lite vanskligt ibland att guppa fram över rötter och stenar. Det märktes på stigarna att det är mycket folk som besöker det här området. Den här dagen var det också lite vattenpölar i sänkorna och på ett ställe, där det var en liten nedförsbacke var det en ganska stor pöl vi var tvungna att ta oss över. Riddle, som just då låg först stannade vid början av backen och sa: "Ta det lite piano här så ni inte vurpar gubbvrak."

"Inga problem", sa Dunkel och kastade sig i full fart nedför backen och swish for han över pölen med benen rakt ut och med ett stort leende befann han sig torrskodd på andra sidan. "Kom igen nu!", skrek han stolt. Först drog Barsk iväg med Riddle strax efter sig. De hade heller inga större problem, Riddle fick sätta ner foten i vattnet så lite blöt blev han, men ingen fara. Men jag, med mitt lite stela ben tvekade, men kunde ju inte gärna banga ur nu när alla andra stod där förväntansfulla på rätt sida pölen. Iväg bara, men lite försiktigt rullade jag ner mot vattnet, bra så långt, men när jag kom ut i pölen hade jag inte fart nog och råkade dessutom, för att hålla

154

balansen, luta mig åt samma håll som mitt dåliga ben, och plums ramlade jag omkull i vattnet.

"Jävlar i lådan!" skrek jag. "Fan i helvete!" Fumlade med både mig själv och cykeln, men fick upp ekipaget och klafsade mig ur pölen fram till de andra. Av artighet garvade de inte rakt ut, men nog såg jag att mungiporna ryckte på dem.

"Hur gick det?" frågade de i kör, sen började de tjuta.

"Vad fan tror ni? Blöt och jävlig men benet klarade sig i alla fall, så mig blir ni inte av med så lätt", fortsatte jag.

"Ja, nog ser du rolig ut nu, du har lera över hela rocken och i ansiktet också. Här, ta min näsduk, den är ren, och torka av dig lite", sa Barsk. "Resten får du borsta av när det torkat. Äh, kom igen, vi drar vidare, misströsta inte Grahn, nästa gång är det någon annans tur."

När vi hade cyklat en liten bit till utan fler missöden delade sig stigen. Till vänster gick en mindre stig och 50 meter längre bort skymtade blänket från en liten sjö.

"Hör ni, ställ ifrån er cyklarna så går vi fram och kikar på den där lilla sjön", sa Riddle.

"Ja jäklar, det här ser ju ut precis som hemma i Sverige", sa jag. "Var ofta ute med farsan och fiskade i små skogstjärnar när jag var barn. Finns det något vackrare än en liten sjö inne i skogen, ensam

155

i naturen, så långt från storstadens buller och bång, mörkt mystiskt vatten, lukten av tall och gran och ett öde fågelskri från storlommen en sensommarskymning. Nej hör ni, nu börjar jag längta hem."

"Men vänta nu, vad är det där vita som glänser mellan träden?", sa Dunkel, och pekade bort mot gläntan. "Där, lite till höger, vid sjö-kanten, ser ni?"

"Ja nu ser jag, det rör sig", sa Riddle och tog täten framåt. "Men vad fan!", fortsatte han, "Det är ju en människa som står där, och ser ni, han har brallorna neddragna. Det är hans arsel som skiner. Vad fan gör han? Kom, vi går närmare."

När vi smög fram till gläntan vid sjökanten ser vi att karlfan står och runkar. Han har inte hört oss än, men precis då klev jag på en torr gren så det knakade till. Mannen vände sig hastigt om, ögonen uppspärrade, helt överraskad. Med drulen i handen försökte han med ett ryck dra upp brallorna med den andra handen. Det gick så där. Nu tog Riddle täten igen och stövlade fram mot mannen med oss andra som en frustande tjurflock efter.

"Vad fan håller du på med? Står du här och runkar din jävla blottare och på offentlig plats dessutom? ", vrålade Riddle.

Fortfarande i mer eller mindre skräck lyckades ändå mannen få lite stabilitet i sitt sinne och sa: "Vadå offentlig plats, förutom er har jag inte sett en jäkel här i området sista timmen. Och förresten", fortsatte han men nu med byxorna hyfsat tillrätta, "vad är ni för ena lirare, ni ser ju ut att ha klivit direkt ur den där cowboyfilmen med Clint Eastwood och Gene Hackman, vad var det den hette, *De omutbara*, och du", fortsatte han pekande på mig, "har du gyttjebrottat nyligen, du ser för jävlig ut."

"Men vänta nu, jag känner igen dig" sa Riddle. "Är inte du den nya journalisten som börjat jobba med min journalistpolare i Edinburgh?"

"Nu känner jag igen dig också, du är ju Riddle, den gamla kriminalaren. Har du inte hamnat lite utanför dina vanliga jobbrutiner. Vad gör ni här?" sa journalisten med förvånad uppsyn.

"Jag ställer samma fråga till dig", svarade Riddle.

"Jag är här på ett litet uppdrag för tidningen om den här nationalparken. Är på väg till en större sjö en bit bort. Den heter Loch an Eilein. Reportaget ska handla om kommersialiseringen av nationalparker i landet. Tog bara en liten avstickare här en stund", fortsatte mannen med ett förläget flin.

"Ja, så farligt är det väl inte, men vi gubbar blev onekligen lite överraskade. De här tre herrarna är från Skandinavien, Dunkel här är ifrån Danmark, Barsk är från Norge, och vår lermaskerade man är från Sverige. Vi är inte på något uppdrag vill jag påpeka, ska bara visa dem runt lite i skotsk natur, då springer vi på dig, herre jävlar."

"Okej, fattar, men om ni tycker jag överraskade er, så måste ni nog själva ta det lite lugnt, ni kan ju skrämma skiten ur vilken vandrare som helst här i omgivningarna. Förresten, ska ni med till den där sjön, där är det ändå vackrare än här kan jag säga, det är bara att fortsätta stigen ett par kilometer bort. Den har vunnit pris som Storbritanniens vackraste picknickplats, det ni. Jag har min cykel i buskarna här bakom och jag misstänker att ni också cyklar eftersom ni har gummisnoddar kring era byxben" sa han och pekade ner mot våra skor.

"Stämmer", sa Riddle. "Vad säger ni grabbar, ska vi haka på? Jag tycker det låter bra, så slipper jag vara guide en stund."

En halvtimme senare nådde vi Loch an Eilein. Här är det lite mer öppna ytor runt sjön och man ser ut över markerna, mossarna och de täta granskogarna och längst bort i nordväst kan man se bergskedjan Monadliath, som betyder "Den gråa bergskedjan". Sjön har sin egen intressanta historia kring maktkamp mellan klaner och mellan skottar och engelsmän. Mitt i sjön, ett par hundra meter ut, syns en liten ö med ruinerna av en borg från 1200-talet. Man kan se sådana här borgar runtom i Skottland och var den tidens sätt att försvara sig och hämta kraft i de olika motsättningarna som då och då blossade upp mellan olika grupper. Den lilla ön har gett det namn som idag används på sjön och som helt enkelt betyder Ösjön.

"Här ser ni skälet till att jag är här", sa journalisten och pekade på en liten träkur på parkeringsplatsen. "Där sitter en parkvakt, kan ni tänk er, och hans uppgift är att ta betalt för att parkera här. Vad står det på skylten, få se, 4,50 pund för en bil och 15 pund för en minibuss, priset för att kunna parkera och njuta av platsen. Vi fick nys om det här och tyckte väl att här har man kanske gått lite väl långt, blir lite löjligt helt enkelt. Är det så här i Skandinavien också?"

"Nej det kan man inte säga, att slå mynt så här fräckt av att bara vistas i naturen vet jag inte om det finns någonstans i Sverige", svarade jag. "Fast det vore kanske inte en så tokig idé om vi ser det rent ekonomiskt. Vi har mer än hundra tusen sjöar i Sverige och skulle vi ta betalt för att parkera vid alla dem skulle staten få in lika mycket pengar som Norges oljeinkomster. Men det strider faktiskt mot vår idé om allemansrätt, där vi i stort sett har rätt att vistas var som helst i naturen, till och med om det råkar vara privat mark. Där skiljer vi oss från er i Storbritannien."

"Hör ni nini?", sa Riddle. "Ska vi sätta oss där borta och få i oss en öl och lite käk, eller vill ni gå till informationscentret, det lilla huset där borta, först?", fortsatte han och pekade.

En bit bort låg ett äldre litet vitkalkat hus där parkförvaltningen säljer en del souvenirer kopplat till parken och en liten utställning om naturen häromkring.

"Jag skulle nog föredra att ta en macka och öl nu", sa jag. "Jag är fortfarande ganska blöt och skulle vilja passa på att torka mig lite i solen."

"Inga problem för oss", sa Dunkel och Barsk nästan i kör.

"Okej grabbar, kom så sätter vi oss. Det räcker till dig också lilljournalisten", sa Riddle med ett inbjudande leende.

När jag suttit en stund och njutit av omgivningarna kunde jag inte komma ifrån att det såg ut som hemma i skogarna. Böljande berg, de stora skogarna och en mörk blänkande skogstjärn. Stilla och vackert som en varm och solig eftermiddag i Bergslagen. Lugnt och skönt, frid i hjärtat. Samtidigt när jag tittade ut mot borgruinen mitt i sjön började jag fantisera om hur det var på den tiden klanerna härskade här och då händer det. Vad är det där? Det kommer upp något ur vattnet, en man klädd i en rödrutig kilt med håret drypande av vatten och smetat kring ansiktet. Men herre gud, han liknar ju Riddle, Riddle med ett svärd i handen. Vad fan är det här? Samtidigt kommer två andra män med samma mundering springande strax bredvid honom och ytterligare ett gäng med klubbar och svärd, men de sista har blåmönstrade kiltar. De kommer i fatt de andra och börjar svinga sina vapen, oops, där rök en arm, aj då, där knäcktes en skalle, blodet sprutar, vattnet färgas rött, skrik och skrän, dödsvrål när ett huvud ryker, ajaj, helvete, var det Riddles huvud?

160

Men nu hör jag en röst högre än andras. Vad, vad är det? Ropar dom på mig?"

"Grahn? Grahn kom igen, hör du mig? Du nickade visst till", sa någon långt borta. "Vad, vad är det?", sa jag lite sömndrucket när jag fattade att det var Barsk som puttade på mig.

"Nickade visst till i solen, lite slut efter dagens strapatser", sa jag med blinkande ögon för att försöka återfå fokus. "Fan hör ni, efter allt snack om borgen där borta och skotska klanstrider skenade tankarna iväg", och så berättade jag min lilla dröm.

"Ja du Grahn, jag tror gubben börjar bli lite gammal", sa Dunkel med ett flin.

Alla skrattade och Barsk sa att jag såg lite skräckslagen ut, inte precis den där trygga kriminalaren som var känd för sitt orubbliga lugn i brännande situationer.

"Ja, ja, de må vara hur det vill med den saken, men på grund av min aktningsvärda ålder i det här gänget bestämmer jag att nu får det vara nog med lantliga utflykter. Låt oss ta sikte mot civilisationen och lite riktig mat och starkare drycker. Hör du chefen, led oss till Bachus källare och vidga våra vyer kring skottarnas förnöjelser", sa jag till Riddle, samtidigt som jag reste mig upp och svepte med armen ut mot sjön.

"Hej då natur, saddle up, come on boys, följ mig till hästarna".

När vi knallade bort mot cyklarna kom Riddle på att journalistens tidning faktiskt hade varit inblandad i kidnappningen av den där popstjärnan, så han vände sig till honom och frågade:

"Du journalistjocke, det var ju er redaktion kidnapparna kontaktade, kan inte du berätta vad som hände kring upplösningen av kidnappningen, du vet mer detaljer om det här än jag gör", sa Riddle och nickade mot journalisten.

"Visst", sa journalisten. "det kan jag väl göra. Det var så här, det gällde en av våra anställda, men ingen som jobbade direkt med tidningens redaktion och journalistik utan satt och lade in bilder i artiklarna. Hon hade enligt henne själv inte brytt sig så mycket om den här historien, även om hon hade sagt att hon känt Bob tidigare och blivit väldigt ledsen över hans död. Men när domen blev offentlig och man kunde läsa i tidningarna om kopplingen till konflikten på Nordirland ringde det en klocka i huvudet på henne. Hon pratade med en av våra journalister som rådde henne att gå direkt till polisen. Kunde det vara så att kidnapparna faktiskt var oskyldiga. Så hon började berätta om en person, Thomas Riley. Känner ni till honom?"

Vi andra tittade på varandra och alla skakade på huvudet.

"Thomas Riley", fortsatte journalisten, " var en roadie, en hjälpreda till popgrupper i London. 1983 blev han ihjälskjuten av brittiska soldater i Belfast. Detta skedde mitt upp i de våldsamma konflikterna mellan katolikerna och protestanterna i Nordirland. Kan låta lite långsökt men hänger faktiskt ihop med kidnappningen av popstjärnan. Riley blev också en del av pophistorien eftersom han under den här tiden hjälpte det kända Londonbandet Spandau Ballet under deras turneringar och en av deras mest berömda låtar *Through the Barricades* antas vara inspirerad av våldsamheterna i Belfast. Bland annat var sångaren Gary Kemp innan låten skrevs och besökte Falls Road, kärnan för det katolska motståndet i Belfast. Han var också med Rileys bror till Rileys grav. Det intressanta för oss här är att Bobs pappa var en nära vän till Riley och tog mordet på honom väldigt hårt. Denna koppling var, som sagt, väl långsökt för polisutredningen kring kidnappningen av Bob, och hade antagligen aldrig uppdagats om inte kvinnan, hon som jobbade med bildmonteringen på tidningen, hade varit en sådan besatt fan av popstjärnan och hans musik. Det visade sig att hon hade varit ett riktigt popfreak. Hon hade i bandets början varit en hängiven groupie och blivit kamrat med en av popstjärnans flickvänner under flera år. Så hon var en riktig insider, men hade de senaste åren i och med att hon fick jobbet på tidningen lugnat ner sig, skaffat en vanlig pojkvän och levde mer eller mindre familjeliv i Edinburgh.

Men många andra hade också personliga erfarenheter av bandet. De hade ju ändå turnerat många gånger över hela Storbritannien och varit i media och på tv mest för jämnan. Så liksom många andra kände hon inte att hon hade något att erbjuda polisutredningen. Hon reagerade mest som de flesta och undrade vad det var för idioter som utnyttjade honom för att komma över pengar. Skitstövlar tyckte hon, spåra upp dem och sätt dem i finkan.

Det var först när det stod i tidningarna att poliserna upptäckt en del konstiga banköverföringar från Bobs konton kopplade till Belfast och IRA som det klack till i hennes huvud. Så hon vände sig till journalistkollegan och berättade att Bobs pappa hade varit en nära kompis till Thomas Riley. Pappan hade svurit att på något vis hämnas Riley, trots att han egentligen inte var speciellt politisk. Så sa i alla fall Bob till henne, och hon berättade vidare att när hans pappa dog relativt ung i hjärtinfarkt så ärvde Bob hämnden. Han hade tagit sin fars tidiga död med stor sorg, de hade stått varandra mycket nära och hans far hade alltid stöttat honom i hans musikkarriär. I hans gäng så pratade de inte så mycket om det här, det mesta var ändå fokuserat kring bandet och musiken. Men en gång när han rökt på ordentligt hade han dragit en story för henne som gick ungefär så här:

"Jag har kommit på en idé om det där med Riley du vet, hur jag ska hämnas och hedra både honom och min pappas minne. Jag ska

164

stödja de som fortfarande inte lagt ned vapnen i Nordirland med pengar om vi blir rika i framtiden. Samtidigt vill jag inte alls bli kopplad till politiken kring detta, så en idé vore att fejka en kidnappning där det verkar som jag tvingas ge dem pengar. Vad tror du om det?"

Tjejen hade sagt till honom att idén var idiotisk och att så där tänker du bara för att du är så förbannat pårökt. De hade aldrig mer tagit upp frågan. Under den här tiden hade de inte heller slagit igenom, så idén om att ha så mycket pengar var ju bara nonsens. Hon visste inte om han sagt något liknande till andra, men hur som helst hade det aldrig kommit upp igen så länge hon hängde med bandet. Det var först när kidnappningen blev kopplad till händelserna i Nordirland som hon mindes samtalet.

När detta kom till polisens vetskap fanns det ändå anledning att kolla upp det lite noggrannare. Detta stämde ju ganska bra med vad Liam hade hävdat. Och faktum var att genom ännu en omgång av intervjuer med Bobs tidigare vänner kom det fram att flera hade hört något liknade från Bob. Men det var för många år sedan och de trodde alla att han bara dillade. När undersökningen gick vidare drog ändå polisen slutsatsen att Liam och hans vänner nog måste friges. Kamraten vars farfar varit med IRA gick inte alls att koppla ihop med Continuity IRA eller andra våldsamheter i Nordirland de sista årtiondena och slutsatsen blev att det enda de gjort sig skyldiga till var den fejkade överlämningen av pengar, falska nummerplåtar och att de hade orsakat allmän fara när de eldat upp den vita bilen. Nivån på dessa brott hade de utan tvekan redan suttit av. Inte ens bilen de eldat upp var olaglig. Den hade Liam köpt av en kompis med pengar som Bob hade gett dem i förskott. Det gällde också den blå vanen de använt under kidnappningen. Slutsatsen blev att de gick fria och där slutar historien.

"Oj", fnissade Grahn, "vilken sketen story, både knasig, tragisk och oförutsägbar", och de andra nickade instämmande.

"Det kan man säga", fortsatte Riddle, "men strunt i det. Varför jag berättat den är, som jag sa, att ni ska se den som en liten uppmjukning till konferensen. Hade utredningen kunnat läggas upp på ett annat sätt, var det för mycket hederligt polisarbete som vi brukar säga eller kunde man tänkt annorlunda, lite mer innovativt. Kom ihåg att det blev både ett dödsfall som möjligen hade kunnat undvikas och några ungdomar som satt av mer tid i fängelset än vad de hade gjort sig skyldiga till. Inte bra för synen på oss poliser, varken från allmänheten eller politikerna."

Skottland/Lewis Island

Under den här perioden när jag tyckte att Tosh personlighet hade börjat förändras och att den påverkades starkt av hans arbete, började jag fundera på hur jag bättre skulle förstå hans situation. När jag tog upp jobbet med honom var han i regel ganska avvisande och ville inte se jobbet utifrån någon slags allmän diskussion. Förstod så klart att de inte kunde prata om specifika fall. Där gällde tystnadsplikt. Samtidigt visste jag att de skulle ha behövt det, men det fick han väl göra med sina kolleger. En del poliser uttryckte att detta var ett problem och att relationen där hemma ibland blev som om de vore främlingar för varandra. Jag fattade detta, men arbetsrelationer borde man väl kunna prata om, tyckte jag. Då fick jag ofta svar i stil med: "Vad kan du förstå av det, du jobbar väl inte där." Han menade snarare att hans situation på jobbet var väl ungefär som för vem som helst. Han hade överhuvudtaget svårt att prata om sitt jobb som något speciellt och kände sig nästan kränkt eller förorättad när jag tog upp det. Att vi hade konflikter på grund av hans jobb ansåg han mer vara ett försvar från min sida för att slippa se mina egna svagheter.

En period försökte jag prata med hans kollegers fruar hur dom såg på vad jag kände. Men de tycktes inte uppfatta sin situation på samma sätt. Dessutom var det extremt känsligt om Tosh eller de andra manliga kollegerna han hade fick reda på att jag gick omkring och frågade ut andra om hans jobb. Här kände jag mig verkligen ensam, hade ingen förtrolig att vända mig till, kom inte i närheten av det jag hade kunnat säga till Balotelli och hans fru nere i Venedig, så denna metod gav jag upp efter ett tag.

Istället började jag söka svar i litteraturen, inte långsökt för en bibliotekarie, och på så vis började jag också läsa deckare. Jag byggde upp en ganska fin samling, mest fokuserad på svenska och brittiska författare. Jag tänkte att deras polisarbete låg närmast till hands i jämförelse med Tosh och min situation. Efter ett tag insåg jag också att kvalitén skiljde sig dramatiskt och jag kunde ganska snart avgöra vilka som var värda att läsa färdigt.

Med mina egna erfarenheter och andra skriverier om polisarbete och dessa deckare tyckte jag att jag fick en klarare insikt om Tosh arbete och vilka krav som ställdes på den typen av jobb, men också på Tosh personligen. Fast jag var väldigt skeptisk från början. Men succesivt byggdes det upp en bild av den typiska kriminalaren, en bild av en man som verkligen inte liknade den Tosh jag tyckte jag hade lärt känna under våra första år. Fram växte en person som var väldigt långt ifrån den store och starke, men ändå ödmjuka, lyssnande personen, en partner som alltid talade i vi-termer och sa att vi klarar allt och inget kan stoppa oss, vi kan skapa vad vi vill.

Det var som om han var klämd mellan två sätt att se på förhållandet mellan man och kvinna, ett sätt som var inskriven i hans egen kropp och historia och förstärkt av hans speciella arbetsplats och ett annat sätt som jag stod för. Fast å andra sidan kunde jag inte själv säga att denna bild av vår situation var glasklar, det är väl aldrig lätt för någon att se sig själv i ett så kallat klart eller med ett mer vetenskapligt ord objektivt ljus. Samtidigt, hur logiska vi än är, finns det ju också känslor och jag älskade verkligen Tosh. Så även om vår relation var strulig ibland fanns det också många ljusa punkter. Allt så väl.

Men sen kom ytterligare en svängning. Tosh har aldrig varit en nykterist och inte jag heller, men nu märkte jag att han började dricka mer och även gjorde det hemma. Ja, efter att jag läst om hur kriminalare brukade vara, borde det här kanske inte komma som en överraskning. Men det gjorde inte saken bättre och jag märkte att det påverkade hans humör.

När han skulle hålla med mig om saker blev det som att han kände sig omanlig och mer feminin, medan om han uttryckte stöd för hur de uppträdde mot varandra på arbetsplatsen var det mer en bekräftelse på hur en person borde uppträda, även om han kände att han inte alltid räckte till gentemot sina mer erfarna kolleger. I början när han drack så var det som att spriten mjuknade upp hans sinne och gränsen mellan min syn och hans syn på sakernas tillstånd. Men när den första euforin gått över och han drack mer, så förstärktes i stället den här gränsen och han började bli mer och mer oresonlig.

Och då ska vi inte tala om när han var bakfull. Då kom allt i en enda röra, där ångest och förvirring mot mig blandades med känslor av underlägsenhet mot sina arbetskamrater. Jag tyckte så småningom att han började tappa fotfästet.

Det för mig mest svårhanterliga i Tosh personlighetsutveckling tyckte jag var att ju mer vi bråkade i hemmet ju bättre tycktes det fungera för honom på jobbet. Men jag fick samtidigt en uppfattning att det sistnämnda berodde mest på att han tycktes ställa upp mer och mer på de krav som ställdes på honom där, som att han inte vågade säga emot för att inte passa in. Samtidigt är jag övertygad om att hans kamrater på jobbet visste väldigt lite om hur han hade det hemma. Det tycktes vara ett samtalsämne som de flesta män inte talade med varandra om här på Lewis, en slags tystnadens kultur.

Det var här någonstans som jag drevs till att bli mer självisk. Det insåg jag inte på en gång men det yttrade sig i att jag tog upp frågan om barn. Det föll inte i så god jord på en gång hos Tosh, men nu var det inte något han verkade vara emot i princip. Det var ju även här på Hebriderna en naturlig del av familjebildning. Han menade mest att vi skulle vänta lite tills hans befordran kom. Bättre ekonomi och bättre arbetsvillkor menade han. Jag tror att både han och jag såg ett barn som en möjlighet att överbrygga gapet mellan vår kärlek till varandra och vår rådande situation. Så var situationen när Tosh blev nedkallad till Venedig av Balotelli.

Stockholm/Södermalm

Ingemar och Anns lägenhet var ganska stor, de hade till och med ett separat matrum. En sak var tydlig, båda hade ett stort intresse för konst, det fanns tavlor och skulpturer i alla storlekar. Fast Ingemar hade en princip berättade han. Han föredrog att köpa konst som han och Ann gillade men av konstnärer som levde på den ekonomiska marginalen och definitivt inte hade förmåga att lansera sig själva. På så vis blev han som en mecenat för flera. Det var ett par mindre skulpturer på en hylla som jag speciellt fastnade för, så jag frågade Ingemar vem som gjort dem. Jo, sa Ingemar, de är verkligen mina favoriter, kul att du lade märke till dem. Alla var gjorda av samma konstnär, nämligen Lars Zackarias.

Honom hade jag aldrig hört talas om, men Ingemar skojade och sa att han var världsberömd runt Mariatorget och också en stammis på Half Way Inn. Om du varit där på den tiden kunde du säkert ha fått köpa något av honom sa han. Det var inte ovanligt att han sålde en tavla eller en mindre bronsstaty för en spottstyver för att få råd med en middag och ett par öl. Dock hade han tyvärr gått bort för ett par år sedan. Lars kom faktiskt från en mycket känd konstnärssläkt, Grünewald, Chagall och Fabergé ingick i den, om det ringer en klocka, hade Tore sagt med ett leende. Ja, om man inte har hört talas om dessa konstikoner var man ju inte speciellt intresserad av konst tänkte jag.

"Du", sa Ingemar, "jag ska presentera dig strax för killen därinne som sitter och snackar med Grahn, han är nog en kollega till dig, men låt mig citera en liten bit från en text, en slags hommage, som han skrev över Lars konstnärskap" och tog fram ett papper som låg bakom skulpturerna:

"Lars arbetade sällan med modeller utan tog fram människor ur sitt eget minne. Detta kommer i uttryck i en svit bronsfiguriner i halvfigur som han kallade Canettisviten där Lars, i form, försökte återge några av nobelpristagaren Elias Canettis femtio mänskliga karaktärer från boken *Ögonvittnet*."

"De här tre föreställer Skönhetstoken, Namnslickaren och Intrigfångaren. Vet inte om den här texten någonsin blev publicerad, men den fångade Lars konstnärliga gärning på ett elegant sätt tycker jag, du kan få läsa den om du är intresserad."

Vi blev ett litet gäng på sex personer som samlades runt matbordet för en trevlig middag, men det skulle strax komma ett par till. Fast en person reagerade jag lite negativt på ganska snart. Det var en kille som tydligen var konstnär, fast ingen jag kände till. Men han var väldigt snabb på att tala om att han verkligen var det. Lite väl snabb tyckte jag. Det var inte så farligt men påminde mig om den där typen av människor som var väldigt självupptagna, som tog varje tillfälle att prata om sig själva och sin egen förträfflighet och inte var speciellt intresserad av vad andra sa eller vilka erfarenheter de hade.

Vi var fyra män och två kvinnor och förutom Ingemar och Grahn var det den där killen som sen visade sig vara en kollega till mig. Vi var båda inom den akademiska världen men inom olika ämnen. Han var också en generation äldre än mig och vi hade aldrig jobbat på samma universitet. Men till skillnad mot den där konstnären var han både inlyssnande och frågvis om oss andra, speciellt mig och Grahn eftersom han aldrig träffat oss förut. Han utstrålade nyfikenhet och det menar jag är en viktig dimension för att utvecklas som människa. Som jag tidigare sa så gillar jag att läsa, men inte hur som helst. För att bibehålla nyfikenheten i mitt jobb, men också i livet i sin helhet, utvecklade jag mer eller mindre medvetet en lässtrategi.

Denna strategi går ut på att dela in mitt läsintresse i tre delar. Första delen har varit det jag måste läsa i mitt yrke, den andra delen har varit sådant jag läste som jag trodde jag kan ha användning för i mitt yrke. Den tredje delen och absolut inte den oviktigaste har varit att läsa precis det som verkar intressant för stunden utan att snegla mot om man har någon nytta av det, bara att det väckte ett intresse. Den sistnämnda läsningen känns alltid extra kul eftersom den bygger på spontanitet, vad som känns fint för stunden. Men samtidigt och det slår aldrig fel. Rätt var det är visar det sig att det sistnämnda ger nya impulser som också går att använda i de övriga sammanhangen.

Där har ni skälet till att jag började läsa om Andra Världskriget och senare att jag kom in på deckargenren, som verkligen inte hade någon direkt koppling till mina vetenskapliga skriverier. Självklart kanske denna tredelade lässtrategi inte direkt leder till en raketkarriär inom den akademiska världen, där det ju numer är knivskarp konkurrens om forskarpengar. Med min strategi händer det ju att en del tid också går åt till att hamna i återvändsgränder. Men på sikt passar det mig för det blir ett sätt att öppna upp sig mot omvärlden snarare än att bara trampa på efter utstakade väger. Detta gäller självklart också när vi inte läser utan i våra övriga vardagliga aktiviteter och umgängen. Därför var det spännande att komma till Ingemar den här kvällen trots att jag kände honom så lite och trots att den där konstnären verkade vara just en återvändsgränd.

Jag satt och grunnade lite på det här när tankarna avbröts av att de två sista personerna som var bjudna dök upp. Det var en äldre man med fru där det visade sig att han var en pensionerad redaktör från Det Stora Förlaget och som till min glädje satte sig bredvid mig. Samtalen gick lite hit och dit över bordet samtidigt som vi både åt och drack av det som bjöds. Sen kunde jag inte hålla mig längre utan vände mig mot redaktören och frågade vad han tyckte om deckarbranschen. Jo, sa han, jag är väl ingen större fan av den och har inget med den genren att göra, jag är redaktör för Det Stora Förlagets faktaböcker, så jag har inte kommit så mycket i kontakt

174

med deckare. Men jag kan säga så mycket med ett helt liv i branschen att den står sig väldigt stark idag.

"Men var kommer då den här starka trenden ifrån?", sa jag.

"Ja", sa han, "om vi ser till mer modern tid har vi ju i Sverige Trenter, Lang och Sjövall och Wahlöö, som var populära och föregångare. Vi ska också komma ihåg att vi i Sverige, speciellt efter Andra Världskriget, verkligen blev ett läsande folk, till exempel genom förlaget Folket i Bild och idén om bildning via läsning inom arbetarrörelsen. Därefter kom, vi kan nästan säga som brobyggare mellan det tidigare och det nya, författare som utvecklade just deckarbranschen. Jag tänker speciellt på Henning Mankell och Håkan Nesser."

"Men Stieg Larsson då?", hakade jag på. "Blev inte han viktig för dagens deckarexplosion?"

"Visst, men han red verkligen på den här traditionen. Men nu ser vi hur deckargenren utvecklas till det idag ganska accepterade begreppet Nordic Noir ute i världen."

"Nordic Noir, ja ha, vad står det för?", undrade jag.

"Man brukar säga att det står för mer realistiska historier byggda på enkelhet och exakthet och att de blivit så populära utomlands anses bero på kontrasten mellan det som utlänningar tycker är det välmående skandinaviska samhället och de mer mörka baksidorna som lyfts fram i deckarna, där exempelvis frågor kring pedofili, kvinno-förtryck och problematik kring invandring vävs in."

"Okej, fattar, men jag har en fråga till, har hört det där begreppet hybriddeckare också, vad menas med det då?"

"Ja, hybriddeckare är när författare blandar ihop i en och samma story olika typer av deckare, exempelvis polisroman och spök-historier eller mer fantasy eller med betoning på psykologi, alltså psykologiska thrillers. Men det finns också en annan variant av detta och det är när författare med en helt annan yrkesbakgrund blir deckarförfattare och placerar sin story inom ramen för den bak-grunden, exempelvis en historiker som förlägger ett kriminaldrama till en historisk tid som författaren är expert på.

Låt mig lägga till ytterligare en variant som liknar den sista men som kan räknas som väldigt extrem. Det är arkeologen Jonathan Lindströms bok *Bronsåldersmordet* som handlar om fyndet av en mördad man från bronsåldern och där författaren spekulerar kring vem som begått mordet och där han minutiöst via modern teknik låter läsaren följa hans arkeologiska tankar. I mångt och mycket samma tekniker som används av polisen för att lösa mordfall idag, DNA och så vidare, du vet. En riktig tegelsten till bok, men det måsta nog sägas att man orkar nog inte läsa hela boken utan att vara väldigt intresserad av arkeologi."

"Oj, det var värst vad jag får lära mig", sa jag till redaktören med beundran i rösten. "Du, jag kan inte låta en fråga lämnas i fred och det är ändå fenomenet Stieg Larsson. Kan du förklara det?"

"Nja, den frågan skulle vi nog kunna diskutera hela kvällen, men en sak är säker och det var hans förmåga att både behålla spänningen i sina böcker samtidigt som han lyckades föra in sina historier i en för läsaren trovärdig och bekant miljö. Sen, för att svära lite i kyrkan, har väl hajpen förstärkts av hans personlighet och för tidiga bortgång."

"Ja, en tragisk historia är det nog allt och vad fan är det där för något, tvisten om pengar. Girighet, huga. Men du, och kanske jag är lite väl fräck nu men kan inte låta bli när jag har en sådan trevlig representant från Det Stora Förlaget framför mig. Har hört att ni planerar att ge ut en fjärde bok grundad på ett ofärdigt manus av Stieg Larsson. Tycker du att det känns okej?"

"Ja du min vän, jag har inget med dom planerna att göra, men jag kan säga så mycket att det nog också är en ekonomisk fråga. Intresset är så stort att när förlaget lanserar den boken kommer det att göras i många länder samtidigt och blir antagligen deras största boklansering någonsin. Sen, om den tillför något nytt till Stieg Larssons författarskap är väl mer tveksamt."

177

Vid kaffet började folk sprida sig i lägenheten och när jag senare såg att Grahn satt lite för sig själv i vardagsrummet gick jag fram till honom.

"Hej", sa Grahn, "det var väl trevligt att vi hamnade på samma fest."

"Ja, det var verkligen rart av Ingemar att bjuda mig. Hur är det med dig då?", frågade jag samtidigt som Ann kom fram och fyllde på våra kaffekoppar.

"Utmärkt, men apropå vår historia så kanske vi inte blir tillräckligt lämnade i fred här för att fortsätta", sa Grahn, "men i morgon är det söndag och jag ska träffa en gammal vän vid Eriksdal borta vid Ringvägen runt lunch. Vi skulle kunna ses efteråt vid Wallins konditori om du vill. Vad säger du om det, vid tretiden?"

"Låter utmärkt tycker jag, vi säger så, men exakt var ligger Wallins?", nickade jag instämmande.

"Mittemot nedfarten till Eriksdalsbadet på Ringvägen."

Samtidigt kom Ingemar fram med den där mannen från universitetet. Vi pratade lite ditt och datt om jobbet och jag berättade om mitt senaste lilla amatörmässiga deckarprojekt. Då frågade han mig om jag visste att Ulf Hannerz, den mest kända antropologen i Sverige, hade skrivit en artikel om deckare. Inte en aning sa jag. Men, jo fan, det har han gjort och kollegan tyckte jag kanske skulle läsa den, en trevlig liten artikel.

Jag berättade att förlagsredaktören hade en del intressanta synpunkter om deckarbranschen, och också om Stieg Larssons succé. Då sa kollegan att Hannerz hade samma uppfattning om Larssons trilogi som han själv hade, att första boken var okej, men sen gick det bara utför. Hannerz uttryckte sig som så att de två sista böckerna bara skapade irritation hos honom, men utvecklade inte detta så tydligt. Det var inte heller artikelns kärna, men min kollega sa att i hans ögon blev tvåan och trean mer och mer en slags karikatyr, ja, som en väldigt lång serietidning där grädden på moset var att hjältinnan i princip hade både övernaturliga krafter och resurser. Fast, å andra sidan skrev Hannerz att ett möjligt skäl till att böckerna blivit en sådan internationell succé kan ha att göra med att den kvinnliga huvudrollsinnehavarens framställs som en slags transkulturell figur, slug, verkande vek men i själva verket stark, sexuellt tvetydig, emot auktoriteter och med en egen slags moral. Jag hade ju själv läst böckerna så det där tyckte jag Hannerz hade fångat bra. Efter ett tag kunde vi inte prata vidare på egen hand. Andra pockade på uppmärksamhet. Men den där artikeln skulle jag definitivt läsa och tog referensen av kollegan.

När det började bli dags att fundera på hemgång berättade jag för Ingemar om överfallet som hade hänt efter att vi sågs sist. Tackade

179

honom för hans hjälp. Han undrade vad det egentligen handlade om, det var ju andra gången, men jag sa att det inte var någon fara, skulle berätta för honom lite mer nästa gång vi sågs. Samtidigt undrade han hur jag skulle ta mig hem ikväll då. Då kom redaktören och frågade om jag skulle hänga med. Redan tidigare hade vi sagt att jag skulle åka med dom i taxi eftersom vi bodde åt samma håll på Söder. Jag såg på Ingemar och Ann att de kände sig lite lättade då och så blev det.

Kapitel 6

Skottland/Inverness

Utanför fönstren bredde de verkliga högländerna ut sig. Storslagna vyer med kala berg och breda dalgångar. I botten ringlade små floder fram, och här och där växte mindre bestånd av träd. Här kan vi inte tala om skogar utan det mesta är hedmarker med betande kor och får. Solen stod högt på himlen. Det var en fantastisk dag. Efter gårdagens äventyr var vi återigen på tåget.

"Jag tyckte det blev en intressant diskussion i går kväll", sa jag. "En skum historia den där kidnappningen, men egentligen inte så ovanlig. Det händer oss ganska ofta att det inte är som det verkar, eller hur?"

"Jo, det kan man nog hålla med om", fortsatte Dunkel. "Den där frågan om intuition är ju intressant. Att man då och då får en magkänsla, att det är något som talar till en fast man inte vet varför. Någonting som faller en in men man har inte några direkta fakta som pekar på det. I det här fallet tycktes den känslan inte ha dykt upp, eller vad säger du Riddle?"

"Nej det verkar inte så, men å andra sidan var jag inte med och hanterade fallet, så det går ju inte att i detalj veta hur de resonerade", sa Riddle med en fundersam min. "Men jag tror det är väldigt fruktbart att gå igenom olika fall i efterhand, speciellt om det är uppenbart att något gått snett."

"Jag tycker en sak är ganska tydlig i det här fallet", fortsatte Barsk, som annars nästan hade verkat sova i sin mer eller mindre utsträckta ställning. "Vilka vägar man väljer i början är helt avgörande. Här tycks dom i princip ha utgått ifrån ett klassiskt kidnappningsdrama. Och egentligen inget konstigt med det. Det var ju precis så som popstjärnan ville att de skulle tänka. Så där låg dom ju, förövarna så att säga, som vanligt ett steg före. Om vi säger att polisen hade vågat tvivla lite mer på äktheten här, inte för att jag kan se varför, så hade de kunnat gå ut mer brett och samtidigt mer intensivt för att kartlägga stjärnans omgivning och bakgrund."

"Visst", sa jag. "Men jag antar att vi alla vet att det kan vara väldigt svårt att argumentera för detta uppåt i organisationen utan att ha något ganska påtagligt på fötterna. Och har vi det kan vi knappast tala om intuition längre. Så en fråga är på vilken nivå i en utredning man kan tillåta intuition och en annan näraliggande fråga är hur man skapar utrymme för att agera utifrån intuition."

"Ja", hakade Dunkel på. "Hur många gånger har man inte sagt att jag har en känsla kring detta, vi borde titta på det. Sådana tankar kommer ju ofta upp i utredningsgruppen och där går det väl an. Men om man säger det till ledningen och det kräver stora resurser, blir det betydligt svårare."

"Ja, frågan kommer självklart att tas upp på konferensen", sa Riddle, "men vi verkar hyfsat överens om att intuition enklast kan hanteras när alla parter är insatta i det speciella fallet, alltså gäller det utredningsgruppen och också att intuition kopplat till öppenhet och kanske god fantasi är extra viktigt i början av ett fall."

"Låter rimligt", sa Barsk, som nu nästan glidit ner under bordet.

"Du Barsk", sa jag som satt mittemot honom, "strama upp dig lite, du vet mitt krånglande ben och nu får jag knappt plats med det längre."

"Oj då, förlåt", fortsatte Barsk och sträckte upp sig. "Men det är en sak jag tänkte på som jag också ibland i min egen självrannsakan funderat på. Vems intuition får komma till tals. I en utredningsgrupp har vi som ni vet olika kompetenser och olika uppgifter. Men vi jobbar också i grupp där vi alla överlappar varandra och i slutändan samarbetar mot ett gemensamt mål. Så en fråga blir då vems intuition lyssnar vi på. Jag har efter att vi tittade på de olika teman för konferensen börjat ana att det där temat om dolda strukturer handlar om detta."

"Det kan nog ligga något i vad du säger Barsk, men känner ni att det börjar gå utför nu, alltså inte vårt resonemang, utan att vi har passerat banans högsta punkt", konstaterade Riddle. "Här är järnvägsspåret 400 meter över havet. Häftigt va, men jag kan

183

försäkra er att det kan vara ett helvete om man på vintern åker riksvägen som går strax bredvid här mot de norra delarna av Skottland. Ibland blir det såna snöstormar att man måste stänga av vägen. Det är ju öppet åt alla håll här uppe."

"Kolla grabbar!", skrek Barsk plötsligt och pekade framåt. "Vilken häftig bro!". Det han såg var Findhornviadukten som tar oss över floden Findhorn. Här gör järnvägsspåret en häftig vänsterkurva. Därför får man en fantastisk vy av bron innan man åker över den. Precis efter ligger byn Tomutin, känd som så många andra orter häromkring för sitt whiskydestilleri."Fast det här bryggeriet ägsidag av japaner, kan ni tänka er", sa Riddle med en suck.

Det hade gått en dryg timme sedan starten från Aviemore. Vid en station hade ett helt gäng vandrare med utrustning vältrat in, och grejer hade staplats lite överallt. De var alla ungdomar och ljudvolymen och stojet ökade påtagligt. Dom var både svettiga och skitiga, pratade glatt och högljutt om dagens strapatser och verkade så där lyckliga som man bara brukar vara när man klarat av en ovanligt påfrestande fysisk prestation.

"Sorry boys, men vi får nog sluta snacket här för vi är strax framme i Inverness", fortsatte Riddle och drog på sig sin rock. "Om ni tittar ner där till vänster, så ser ni staden. Norra Skottlands stolta huvudstad."

Efter att vi checkat in på hotellet vid stationen satte vi oss för en tidig lunch på puben som låg i biljetthallen. Där berättade Riddle att vi idag skulle ut på ett nytt äventyr. Vi skulle träffa hans kollega och kompis Brendan.

"I hajars djupa vatten handlar det inte om. Men jag tror ändå att ni kommer att tycka att det här är lite spännande. Är det någon av er som är fiskeintresserad?", frågade Riddle.

Alla ruskade på huvudet men jag sa att jag fiskade ganska mycket med min pappa i min barndom, men det var mest metande och kastspö. Men sen hade det inte blivit så mycket mer.

"Okej, men eftersom ni är intresserad av skotsk historia och kultur så kan vi inte missa den möjlighet vi har idag", fortsatte Riddle. "Det här handlar om flugfiske, känner ni till något över huvud taget om den sortens fiske?"

"Nej", sa alla i kör. "Fast det är klart att vi hört talas om det", sa Barsk, samtidigt som han tog en klunk öl. Både Grahn och Dunkel nickade i samförstånd, fast de verkade mer intresserade av ölen än av fiskehistorier just nu.

"Fattar", sa Riddle till oss, "men vi kan inte prata om skotsk kultur utan att få i oss lite flugfiskekunskap, och ingen plats passar bättre

185

än Inverness. Min kompis är en överdjävul på sådant fiske. Två grejer är speciella här. Den första är att flugfiskets vagga är Skottland, det var här det började, och lite storys kring detta kan höja ert anseende när ni sitter med kompisarna där hemma och snackar skit. Det andra är att Inverness är en av få större städer där man faktiskt kan fiska med fluga inne i stan, så när vi druckit ur ska vi gå ner till floden och träffa min polare så ska ni få se på grejer. Floden heter Ness och Inverness betyder Ness mynning, bara så ni vet."

"Sjöstövlar på boys, sen går vi", sa Riddle. "Nä, bara skojade, men min kompis Brendan, han har ett par extra med sig om någon av er vill prova."

"Men du?", sa Dunkel när han kom ut från muggen. "Vi måste proviantera. Hur långt är det dit?"

"Ingen fara" fortsatte Riddle, "bara ett par kvarter, vi ska gå ner förbi Inverness Castle, sen följer vi floden några hundra meter, tar bara en kvart. Vi kan handla på vägen."

Med en flaska FamousGrouse i innerfickan på sin rock, marscherade Barsk i bredd med Riddle och med oss andra i släptåg ned mot floden. När vi kom fram till vattnet kunde vi se hur floden delar Inverness i två delar och en bit uppströms såg vi en rad små öar. Det var dit vi skulle och nu tog Riddle täten.

186

"De här miniöarna kallas Ness Island Walk och man har byggt små broar mellan dem", sa Riddle. "Någonstans där borde vi hitta Brendan."

Efter att gått ut på den första ön och sen en andra såg de en man stå ute i floden och fiska. Floden var strid men grund här och enligt förståsigpåare ett idealiskt ställe för flugfiske. Det stod ytterligare ett par fiskare närmare andra sidan, men mannen närmast vinkade, tog till sig spöet och kom mot oss vid stranden. När han klivit upp ur vattnet sträckte han fram handen och sa: "Brendan här, hoppas ni trivs i Skottland. Hej Riddle, hur är läget? Det var ett tag sen".

"Allt väl", svarade Riddle. "Här har du Grahn, Barsk och Dunkel, bra kolleger, inga fiskarexperter direkt, men annars finns det gott om flugfiskare i Skandinavien."

"Det vet jag nog", fortsatte Brendan. "Stöter ofta på dem, speciellt utefter Speyfloden, väldigt populärt ställe för turistande flugfiske i Skottland. Tidigare brukade jag guida gäster i flugfiske, men börjar bli lite för gammal för det numer", fortsatte Brendan.

"Missförstå mig inte pojkar, en liten stund med Riddle, då kan jag fortfarande ställa upp. Kommer du ihåg när du hjälpte mig med det där flugfiskarmysteriet kring den där tavlan som ansågs vara värd så mycket. Jävlar i min skäl, där höll jag på att gå på en mina. Tavlan ansågs vara målad av en berömd 1800-talskonstnär och föreställde

187

en flugfiskare in action. Med mitt intresse var jag naturligtvis beredd att betala rätt bra för den. Men sen kom det fram att det var en förfalskning och inte värd många kronor. Avslöjandet kom när det visade sig att om man tittade noga använde flugfiskaren på tavlan ett sorts kast som inte ens var uppfunnet när den påstådda kända konstnären levde. Så när jag och Riddle slog våra kloka huvuden ihop fick vi fatt i förfalskaren. Det var tider det Riddle, minns du?"

"Jo, för fan, nog minns jag det Brendan, men kom och sätt dig en stund, vi måste mjuka upp våra gommar lite", svarade Riddle. "Fick du med dig muggarna Dunkel?"

Dunkel grävde lite i rockfickan och upp kom plastmuggarna. Barsk halade upp flaskan och vips satt alla med varsin hutt Famous Grouse.

"Skål för Skottland", sa jag. "Det kan inte bli bättre och denna gång kommer vi vikingar bara med fredliga avsikter."

"Skål", sa alla och log lite mot varandra och blickade ut över floden och den klara sommareftermiddagen. Flodens porlande ljud blandades med blickarna längs Ness utlopp och bergen vid horisonten som viskade om Skottlands allra nordligaste delar. Lite svalt i luften, men whiskyn värmde och som man brukar säga i buskarna hemma i Sverige: "Det börjar ljumma i kindbenen."

188

Efter ett ögonblicks kontemplation frågade Barsk: "Du Brendan, vad är det för fisk man får här då?"

"Mest lax och havsöring, just nu är en bra årstid, så lite napp borde vi få", svarade han.

Efter lite snack och provfiske, det var bara Barsk som ville pröva, så njöt vi andra av situationen i all stillhet. Efter gårdagens cykeltur var det ingen som var alltför ivrig till fysisk aktivitet. För mig var det tillräckligt att lyssna på Brendans historier och se på när han och Barsk stod där ute i det strömmande vattnet.

"Hej, Brendan!"

Nu ropade en av fiskarna från andra sidan stranden på Brendan.

"Brendan, hur går det, har ni fått något?"

"Ett par stycken har det allt blivit, Hugh."

"Du, ta med dig dina kompisar och kom över på den här sidan", svarade Hugh och fortsatte. "Vi ska ha ett litet party om en timme, vi har grill och allting så kom, vi ska sitta i gräset där borta", och pekade med spöet upp utmed flodkanten.

En timme senare satt vi alla tillsammans på gräsmattan vid motsatta stranden. Vi var fler än tio stycken. Whisky och öl gick runt och alla lät sig smaka av de nygrillade fiskarna. Kunde livet bli bättre?

"Hör ni nordbor?", sa Hugh, "Vet ni skillnaden mellan skotskt och skandinaviskt flugfiske?"

"Du, Hugh", bröt Brendan in, "de här nissarna vet inte ett dyft om flugfiske, så det där lär de inte kunna svara på, men de är i alla fall jävliga på att lösa brott."

"Okej", fortsatte Hugh, "men med er tillåtelse kan jag berätta det, det är aldrig fel med lite sådan kunskap. Så här är det. Här i Skottland har vi det så kallade Spey casting style, D-loop, Roll cast och Reverse Double Spey."

Hugh stod upp med spöet i handen och demonstrerade både det ena och andra. Kanske inte de exakta rörelserna. Han, precis som vi andra, började bli lite lullig. Själv hade jag drömt mig bort en del och återigen börjat minnas min farsa när vi var ute i skogarna därhemma. Tänkte på att mat aldrig smakar så gott som när man är ute i naturen. Det sista jag hörde av Hughs berättande var något i stil med "Scandinavian eller Scandi style, som vi kallar det här, ser mer ut så...", jag hör svischandet av spöet, men sen måste jag ha nickat till.

Plötsligt vaknade jag av en massa skrik. När hjärnan hade klarnat upp lite såg jag hur Barsk rusade över vattnet mot nedre delen av ön som vi kommit ifrån. Samtidigt hade ett par andra sprungit uppåt mot sista lilla bron från ön till vår sida. Alla som är kvar står upp och stirrar över mot ön.

"Vad är det som står på?", frågade jag.

Dunkel, som stod närmast mig, förklarade att flugfiskaren som stod längre bort hade gått upp på öns strand på motsatta sidan då plötsligt en figur kom springande ut ur skogen, knuffade omkull honom och började rota bland hans grejer. Fiskaren hade skrikit ut sin ilska så att alla hörde det. Brendan hade sagt till Barsk att du som är yngst, spring över floden, den är ganska grund här som du märkt och genskjut tjuven vid nedre bron. Brendan tog ett par andra gubbar och sprang upp till den andra bron, så om Barsk är snabb nog så är tjuven instängd, eftersom det är bra djupt på andra sidan ön.

"Det var som fan", sa jag. "Kom så går vi upp till Brendan och de andra och ser efter vad som händer."

När vi kom upp till bron så hade två av de andra stuckit in längs stigen på ön för att leta efter tjuven och efter ett tag kom den bestulna fiskaren dit och svor och fräste.

"Det var den där galna Stinking Pete igen, fan att man inte kan få ha sina grejer i fred", sa han och slängde sina spön på backen.

"Lugn Darren", sa Brendan med ett grin, "vi har spärrat av broarna så vi kommer snart att hitta honom, öarna är ju inte så stora."

"Jaha, vem är den här Stinking Pete då, och varför kallas han Stinking?", frågade vi lite nyfiket.

"Pete är en av Inverness uteliggare", svarade Brendan. "Alla känner honom och fattig och nedsupen som han är så har han gjort som sin specialitet att ibland sno fisk av fiskarna under fiskesäsongen. Han är harmlös men a pain in the ass och ni förstår varför han kallas Stinking om vi får tag i honom. Fast många har överseende med honom för att han har haft en väl så olycklig bakgrund. Gäller också polisen som oftast bara ger honom en varning och låter han gå. De tycker inte att det är någon poäng att sätta honom i finkan. Dessutom skriker och gapar han mest för jämnan så ingen vill ha honom i sin närhet."

Och mycket riktigt. Tjugo minuter senare hörde de flera röster, men en röst höjde sig över de andra. Det var Stinking Pete som skrek som en stucken gris. Strax kom de ut från stigen mot bron. Barsk höll tjuven i ett stadigt grepp, högerhanden om nacken och vänsterhanden om hans vänstra arm, släpande Pete så han hela tiden snubblade framåt. I armvecket hade Barsk korgen med fisken. Han log som om han hade födelsedag.

"Fan, det var kul det här", sa Barsk. "Precis när jag kom fram till bron kom snubben kutande en bit ned på stigen. Jag hade några meter till själva brospannet och han kunde inte se mig för jag stod

192

bakom ett jätteträd precis bredvid. Killen ökade farten, han var ganska snabb den rackaren."

"Släpp för helvete, du tar livet av mig. Snälla Brendan, låt inte den där stora klumpen komma nära mig, han är ju livsfarlig", skrek Pete.

"Tyst nu Pete, Barsk, jag kan hålla honom och Pete, låt mannen få berätta färdigt så blir nog allt bra", sa Brendan lugnande.

"Jo fan", fortsatte Barsk, "jag fick först in en fin tackling så han föll som en fura. När jag reste upp honom började han vifta med armarna, så vadå, jag sänkte fanskapet, trodde det var en riktig rånare. Men när jag muddrade honom hade han ingenting, bara den här korgen med fisk", som Barsk räckte över till dess rättmätiga ägare.

"Helvete, den där djävulen är helt galen, håll han borta från mig, jag ska anmäla skitstöveln för misshandel", fortsatte Pete samtidigt som han försökte gömma sig bakom Brendan.

"Lugn nu Pete", sa Brendan. "Han är polis så jag tror inte det lönar sig att anmäla honom, dessutom ska du vara glad att du mötte en viking det här århundradet och inte för tusen år sedan. Då hade du inte haft något huvud kvar, nu fick du bara en liten blåtira. Du Darren, vill du anmäla honom?"

193

"Nej fan, vad hjälper det", suckade Darren. "Men kanske det är dags att ta in honom på något hem, han ser ju för jävlig ut."

"Okej Pete, din turdag, här har du några pund, gå och köp lite fish and chips i stan istället. Kila iväg nu, vill inte se dig på ett par dagar, och du, kan du inte tvätta dig någon gång i alla fall, du stinker ju som ett svin."

Pete ryckte åt sig pengarna när Brendan släppte taget på honom och stack som en vessla över bron och försvann längs stigen in i skogen på ön.

Lite senare frågade Riddle Brendan hur det låg till med knark-problemen i Inverness.

"Jo", svarade Brendan, "vi har väl det hyfsat under kontroll."

"Du vet knarkkungen i Edinburgh, han som vi har så svårt att få dit ordentligt, vi stötte på honom här om dagen. Har han tentakler hit upp också nu för tiden?", fortsatte Riddle.

"Jo fan, det har vi nog märkt, men det som tycks vara det stora problemet här uppe just nu är att vi har indikationer på att det smugglas in en hel del knark i landet via havet från Hebriderna. För bara ett par veckor sedan gjordes ett beslag av kustbevakningen nära Stornoway ute på Lewis Island."

"Tror du vår gentleman från Edinburgh är inblandad?", sa jag.

194

"Det skulle inte förvåna mig, han tycks på något sätt ha ett finger i det mesta som rör knark", svarade Brendan med en suck. "Du Riddle, du kan ju alltid kolla lite mer med våra kolleger i Stornoway när ni kommer dit."

"Ja, det ska jag fan göra", svarade Riddle när vi tog farväl av Brendan och resten av gänget. Sen tog vi våra pinaler och började gå ner längs floden mot stan.

"Du Riddle, jag kom på en sak nu när vi är här i Inverness. Jag har en gammal kollega från Sverige som för ganska många år sedan var just här i Inverness. Det gällde ett fall med svensk inblandning, tror det handlade om fiske och en koppling till Andra Världskriget. Känner du till det fallet?", frågade jag.

"När du säger det ringer det en klocka", svarade Riddle. "Vad hette svensken?"

"Få se nu, han heter Winter, Erik Winter, han är inte från Stockholm utan från vår andra största stad Göteborg", fortsatte jag.

"Ja nu minns jag, det var nog femton år sedan, en jävligt läskig och tragisk soppa, det var en av mina kompisar på den tiden, Steve Macdonald, som blev inblandad i fallet fast han egentligen arbetade och gör det fortfarande nere i Londontrakten. En bra kille, så har han sitt ursprung från Skottland också. Men han börjar väl också bli pensionsfärdig som vi andra", sa Riddle med ett litet avmätt skratt.

"Tala för er själva pojkar", bröt Barsk in. "Såg ni inte min action alldeles nyss, än är gubben inte helt borta i branschen. Några till ska man nog bryta ner innan det är dags att dra täcket över huvudet."

"Känner mig inte heller speciellt gammal", hakade Dunkel på. "Men skit i det. Hör ni, den där whiskyflaskan, den försvann ju som en avlöning bland alla fiskare. Ska vi inte ta en liten stänkare på puben där borta innan vi rumlar tillbaka till hotellet?"

"Kör för det, let's go!", sa Riddle, och vi genade över gatan.

Då tutade plötsligt en bil. Jag vinglade till och nästan ramlade omkull av överraskning.

"Fan, grabbar, börjar ni bli så sliriga", sa Brendan, som vevat ner rutan på sin bil. "Gå försiktigt, vi har inte råd att bli av med er för en simpel bilolycka. Vi hörs!" Så drog han iväg med sin gamla Vauxhall.

"Hej på dig! Ojojoj, vi får rycka upp oss lite. Nä, som sagt, en stödwhisky skulle inte sitta fel just nu", fortsatte jag.

När vi fått våra whiskyn började, som han lovat, Riddle att berätta lite om skotsk historia som hade anknytning till Inverness. Det mest kända var naturligtvis *Slaget vid Culloden* 1746 som ligger några kilometer utanför stan. Det var det sista slaget på brittisk mark och det slag som slutgiltigt inordnade Skottland i det brittiska riket.

Puben vi satt på hette Glenalbyn och är en känd fotbollsbar i Inverness. Som så många andra pubar i Skottland har den en lång historia. Här har funnits ett värdshus sedan 1600-talet och dagens pub byggdes om på 1950-talet. Just när vi var där pågick den skotska cupmatchen mellan Inverness och Celtic. Men om Celtic är ett populärt lag i både Skottland och ute i världen, så rådde det inga tvivel om vilka man höll på här. När Celticspelare fick bollen skrek man unisont "fucking bastards" och glädjen var stor när man denna dag lyckades få oavgjort och pressa Skottlands bästa lag till förlängning. Där blev det förvisso stryk, men det ansågs ändå som en seger bland Invernessanhängarna.

Skottland/Lewis Island

Ju närmare konferensen vi kommer, och nu är det bara några dagar kvar, ju sämre har jag mått. Har inte kunnat arbeta den sista veckan och har återigen tagit sömntabletter för att kunna sova. Extra svårt blev det sista helgen. Då kom Tosh bror hem till mig. Vi ses inte så ofta eftersom han och hans familj bor inne i stan. Dessutom är de mycket upptagna på sommaren och speciellt under Hebridean Celtic Festival. Den veckan är det alltid fullbokat på vandrarhemmet Heb Hostel som de driver inne i Stornoway. Den här brodern stod Tosh mycket nära när de var tonåringar och han hade hittat en del skolfoton och andra personliga grejer från Tosh som han tyckte jag skulle ha. Han sa att han hade vetat om de här grejerna en längre tid men ville vänta tills jag hade fått lite mer distans till alltihopa. Det var mycket rart av honom, men hade, trots hans hänsyn, en förödande effekt på mig. Jag visade inget när han var här och jag tittade inte ens på grejerna, fryste mina känslor och bara tackade och tog emot lådan. Men när han åkt och jag försiktigt började titta i lådan välde allt som jag lyckats tränga undan fram.

Ett andra skäl att Tosh bror kom var för att bjuda med mig till musikfestivalen. Han visste att jag och Tosh alltid brukade gå dit någon av dagarna, och att jag verkligen gillade musiken. Jag hade sett flera kanonband där genom åren, som Waterboys, Proclaimers och Van Morrison. Han tyckte inte att jag skulle behöva gå dit själv utan erbjöd sig att komma och hämta mig och gå tillsammans med hans familj. En av höjdpunkterna i år och som skulle spela sista kvällen var Red Hot Chilli Pipers, inte att förväxla med Red Hot Chili Peppers. Red Hot Chilli Pipers är ett slags skotsk/gaeliskt nationalistiskt band som spelar hårdrock. Bland annat spelar dom låtar som AC/DCs *Thunderstruck*, Queens *We Will Rock You* och Deep Purples *Smoke on the Water*, och lägger sen traditionella trummor och säckpipor ovanpå detta tillsammans med skotsk dans och skapar en infernalisk musikupplevelse. Bandet turnerar med sitt budskap jorden runt där det finns skottar, men anser att Hebridean Celtic Festival och Stornoway är att komma hem till den gaeliska moderplatsen. Varje gång de kommer blir det festivalens höjdpunkt, alltid sista bandet sista kvällen sent i mörkret med hamnen och havet glittrande utanför och den strålkastarbelysta borgen i bakgrunden. En hyllning till den gaeliska/skotska historien där alla tusentals i publiken som avslutning stämmer upp till sången *Auld Lang Syne*, skriven av den skotska nationalpoeten Robert Burns. Trots allt detta trevliga var jag tvungen att säga till honom att om jag vill följa med så ringer jag, så hör du inget betyder det att jag stannar hemma.

När jag återigen hamnade i mina tankar om Tosh och mitt liv kom jag på en annan situation som fick mig att se Tosh med andra ögon. Vi hade haft en liten fest hemma där en av hans kompisar var med som tillhörde McLeods, en annan lokal släkt än Tosh egen. Allting flöt på som vanligt, fast detta var under den perioden då Tosh hade börjat titta djupare i spritglaset. Folk satt och drog gamla berättelser från öns historia, det kunde handla om mirakel, sjöjungfrur och förvunna städer och andra typer av mysterier. Dom var ibland både underhållande och skrämmande. Jag kommer speciellt ihåg historien om *Spöket på Heden* och som folkminnet tillskrev tjugo mord, en slags sedelärande historia i stil med den mer kända *Baskervilles Hund*. I sådana här historier fanns det också ofta ett starkt drag av vidskepelse som påminde mig om mormors historier därhemma i Hälsingland. Stämningen var på topp och alla verkade ha det trevligt.

Men plötsligt ändrades tonläget. Först förstod jag inte varför för jag hade varit ute i köket en stund och blandat några drinkar. Men när jag kom tillbaka så hörde jag att ämnet nu hade glidit över till de gamla klanstriderna på öarna. Detta ämne var ju betydligt mer känsligt. Samtidigt började flera av männen bli ganska berusade, och man brukar säga att klandiskussioner och sprit aldrig går ihop. Och mycket riktigt, rätt var det var reste sig Tosh upp och började skälla och hota mannen som var en McLeods. Folk fick gå emellan och den hotade killen blev så förbannad att han bad Tosh fara åt helvete och lämnade tillställningen.

När det hela hade lagt sig och alla hade gått hem så var jag ganska förbannad på Tosh. Vad fan var det där frågan om undrade jag. Tosh satt i soffan och såg ut som ett oskyldigt barn. Trots att han satt och smuttade på en öl tycktes han ändå börja nyktra till och så berättade han en historia från sin barndom som jag aldrig hade hört förut.

Älskling sa han, förlåt, men det handlade egentligen inte om de där satans klanbråken förr i tiden. Det var bara så att de väckte gamla minnen i mig. Det var en gång, vi var väl runt tioårsåldern, då hela vår skolklass var ute en helg och fiskade. Vi var väl en tjugo stycken med två lärare. Vi var vid en av sjöarna söderöver och vi skulle tälta över natten. Vi tyckte alla att det skulle bli spännande. På eftermiddagen första dagen skulle vi ha fisketävling hade lärarna fått för sig. Vi fiskade för glatta livet och lärarna gick omkring och hjälpte till om det behövdes. Jag hade fått ett jättefint fiskespö av min pappa just för detta tillfälle. Det såg naturligtvis de andra och retade mig lite för det. Men jag tänkte bara att jag ska visa dom.

Medan vi stod där längs stranden såg jag hur flera andra lyckades få en del fisk och speciellt killarna. Jag kämpade på och tänkte att det ger sig, snart får jag också någonting. Då gick det där förbannade spöet av. Fan också, förstod nu att det förvisso var nytt, men oprövat. Farsan hade väl köpt något billigt skit. De andra sneglade på mig men visade inte så mycket just då, men jag förstod att de skrattade inombords. En av lärarna försökte fixa ihop spöet, men det sket sig ändå.

201

Det tokiga var att flera av mina kusiner som gick i samma klass hade av olika anledningar inte följt med. Samtidigt var McLeods full styrka, sex stycken. Våra familjer hade alltid gnabbats lite med varandra, det hade med historien att göra. Jag kanske i efterhand inte hade brytt mig så mycket om allt detta och hade säkert förträngt det så som barn ofta klarar av att göra. Men vi skulle ju inte åka hem förrän nästa kväll, så i över ett dygn fick jag stå ut med gliringar från alla andra med McLeods i spetsen. Lärarna försökte dämpa det hela, men på kvällen grät jag en hel del utan att de andra märkte det.

Den här händelsen påmindes jag ofta om under åren framöver. Det blev som en tagg i mig och jag blev som besatt av att en dag få revansch, fan jag ska visa dom tänkte jag. Det var dom minnena som kom upp när den där idioten McLeods började glappa med käften lite väl mycket i kväll. Förlåt mig Elisabeth, jag kunde bara inte hålla igen.

Jag sa till honom att jag mycket väl förstod honom. Men samtidigt sa jag att det var väl inte första gången du hamnat i liknade läge, men då brukade du kunna ignorera det. Om du drack mindre skulle det nog inte vara några problem. Samtidigt blev det allt klarare för mig varför Tosh valt polisens bana. Det var hans revansch, ett yrke som verkligen sponsrade hans manlighet om han lyckades och kunde kompensera för hans känsla av underlägsenhet genom åren.

Och nu, efter flera år i yrket, hägrade titeln kommissarie, det ultimata målet för min stackars Tosh. Ja, herre jävlar så det kan bli.

Stockholm/Södermalm

Hade suttit några minuter på Wallins konditori på Ringvägen när Grahn kom in. Efter att vi tagit en kopp kaffe säger Grahn:

"Du, det är så fint väder så varför inte ta en promenad längs Årstaviken. Jag har ju mest blivit innesittande hos min kompis idag så det vore skönt."

"Ja, inte mig emot", svarade jag och tog min sista slurk av kaffet.

Väl nere vid viken passerade vi det ganska nya utegymmet.

"Det här tycker jag är en kanonidé", sa Grahn, "Sett att dom satt upp sådana här lite varstans i stan numera. Duger ju utmärkt för de flesta istället för de där dyra stylade innegymmen, verkligen inget för mig."

"Håller med, det märks ju också att dom blivit populära, fast jag går faktiskt på de där innegymmen, men vi har det på jobbet också, så det blir billigt. Man måste ju hålla sig fräsch."

"Jag är lite för gammal för sånt, men i vårt arbete har det också ingått fysiskt träning, så där har vi haft en fördel", fortsatte Grahn.

"Du Grahn, det där ni pratade om sist i din historia, det där med intuitionens plats i utredningsarbetet tycker jag verkar intressant",

204

fortsatte jag medan vi passerade en restaurang vid en av båtklubbarna.

"Förstår jag er rätt om ni menar att det vanliga utredningsarbetet består av logiskt tänkande snarare än intuition?

"Ja det kan man nog säga", sa Grahn. "Det där jag sa till dig första gången vi träffades. Följa och knyta ihop fakta i någon slags logisk ordning, där det ena hänger ihop med det andra. Och när nya fakta dyker upp så försöker vi placera in det i det andra som leder arbetet framåt. Det betyder ju inte att allt går som på räls. Och ibland får vi in information som går stick i stäv med vad vi tidigare visste och som gör att utredningen helt måste byta spår. Så var ju fallet med kidnappningen som jag berättade om, även om man i efterhand kunde tjänat på att få detta skifte tidigare i utredningen. Men att utredningar får en förändrad inriktning efter hand är inget konstigt i sig, allt bygger ändå på samma princip om logiska slutsatser. Det är det centrala."

"Du, den där kvinnliga svenska forskaren som någon pratade om på er konferens, jag har hört talas om henne. Hon har väckt en ganska stor debatt på grund av sina åsikter. Känner du till den?"

"Nej fan, bara vad som sas där på konferensen."

"Hur reagerade folk kring det då?"

"Ja, det mesta på konferensen, trots konferensens titel, handlade om en presentation av de nyaste rönen kring ny teknik, och inget av det var speciellt kontroversiellt, det finns idag väldigt lite motstånd mot detta. Tvärtom så kan alla se hur ny teknik stadigt ökar våra möjligheter att lösa många fall. Här blev det en intressant diskussion om dess roll och plats i sammanhanget och också hur mycket tilltro man ska sätta till olika delar av den. Ett exempel är hur dörrknackningar och förhör mer och mer tas över av samtalslistor och olika dataregister. Det sistnämnda kallas för masstömning av telefontrafik och annan datatrafik. Men jag tycker att där brukar det oftast finnas en fruktbar dialog, speciellt på golvet.

Däremot kan vi stöta på patrull när det gäller kostnadsfrågan eftersom det ofta kan vara ganska dyrt och också ibland ställs mot mer konventionellt utredararbete. Här fanns dock en rörande enighet på konferensen. Men när vi kom in på hennes presentation och liknande frågor under det som kallades "dolda strukturer", då blev det liv i luckan kan man lugnt säga."

"Jaså, hur menar du då?"

"Vänta lite, förlåt", sa Grahn plötsligt. "Kom så går vi ut på bryggan där. Sonen till min kompis jag just varit hos står där, måste bara morsa på honom, känt honom och hans kompisar sen de var tonåringar", fortsatte Grahn och förde mig ut på bryggan.

Det var ett helt gäng män som hängde där i solen, någon satt och plaskade med benen i vattnet, en del med bar överkropp och flera med öl i händerna.

"Tjena Tommy, är ni här och steker er", sa Grahn och sträckte fram handen till en av männen.

"Grahn, är du på den här sidan stan, har du varit hos farsan?", sa mannen.

"Jamen", fortsatte Grahn och morsade på de andra snubbarna. "Hur är livet med er då?"

"Utmärkt, vi har ett litet bryggmöte här, har varit så varmt idag att det aldrig är fel att ta sig ett dopp", sa Kindblom, killen bredvid Tommy.

"Tjena Grahn", sa ytterligare en kille som precis kom upp ur vattnet. Det var Frasse.

"Kul att träffas, ska inte störa, vi är på en liten promenad, ska gå bort mot Hornstull nu, kan fan stå här mitt i solen."

"Okej, ha det, mors", sa Tommy och de andra och vi knallade vidare.

"Det där är bra grabbar, dom börjar också bli gamla nu, jag lärde känna dom redan på 70-talet när jag blev kompis med Tommys farsa. Dom var bara tonåringar då. Farsan var lite speciell, fotograf och hade känningar lite både här och där. Tommy berättade för mig att när han var liten kunde det sitta gubbar med turban i deras kök på Timotejgatan. Det var onekligen ovanligt på den tiden. Farsan hjälpte nämligen till att trycka broschyrer och flygblad till Mujaheddin i Iran. Det var på Shahens tid när Mujaheddin var förbjudna och ville störta shahen. Det var faktiskt på grund av det som jag lärde känna honom. Vi på polisen hade ju span på sådana saker, fast Tommys farsa gjorde egentligen inget olagligt. Bara lite känsligt.

Alla dom där grabbarna är uppväxta här i Eriksdal. Vi hade egentligen aldrig några problem med dom. Visst höll de på med braj och liknande, men inte i någon större skala. De drack mest öl. De var så pass innovativa trots sin ungdom att de hade en egen ölpub på gården till Vetegatan med det slående namnet Vetebomben. På den tiden, speciellt efter förbudet av mellanöl 1977, fanns det ju väldigt få ölpubar i stan jämfört med idag. Vi hade en viss span på deras ställe men det hände egentligen inget allvarligare än att grannarna ibland kände sig lite störda. En grej var att en av killarna brukade spela *Summertime Blues* på saxofon på gården lite väl sent. Men förlåt, vad var vi någonstans, vad pratade vi om?"

"Vi var inne på det där om intuition och logik tror jag".

"Ja visst ja, så var det, det blev ganska livligt under den där rubriken dolda strukturer och speciellt efter att den svenska damen sagt sitt. Först trodde jag att vad hon sa gick hem ganska bra, hon menade att vi män och kvinnor var så olika att det för henne var uppenbart att vi passade för olika arbetsuppgifter, vi var helt enkelt födda olika. Det verkade falla i god jord hos de flesta män, men när hon tog i och sa att män inte kan hantera barn, att dom till och med kunde vara farliga för barn, då blev en del lite tveksamma. Fast några skämtade så klart till det då och sa: "Det har jag alltid sagt till frugan att det är bättre du sköter barnen medan jag sköter snacket på puben, ha, ha". Lite jubel blev det, men nu började ett par kvinnor höja sina röster."

"Vad var det dom reagerade på?", frågade jag.

"Ja, om jag förstod den där kvinnliga forskaren rätt menade hon att kvinnor var mer känsliga, mer omhändertagande och mer förstående än män, medan män var mer logiska och rationella. Detta menade hon fanns belägg för i hur våra hjärnor var konstruerade, ingenting vi kunde göra något åt. Detta var mer eller mindre medfött. Därför hennes rubrik att könet sitter i hjärnan. Jag, precis som många andra tyckte det lät rimligt. Men när hon sa att våra arbetsuppgifter inom utredningarbetet därför bör vara anpassade till detta blev det liv i luckan."

"Ja, det kan jag nog förstå, men egentligen förde hon inte fram något nytt tycker jag, men hennes argument var kanske väl starka och i den svenska debatten har forskaren hon refererade till fått mycket stryk för att hon som professor inte kunnat vetenskapligt styrka påståendet att våra hjärnor är så olika som hon påstår och detta krävs ju om man som vetenskapsperson hävdar något. Därmed menar många att vad hon för fram är bara hennes egen konservativa uppfattning om det manliga och kvinnliga."

"Okej, men samtidigt var det någon annan på konferensen som hört att kvinnor faktiskt är mer intuitiva än män och då skulle, i alla fall delvis, den där kvinnliga forskaren få rätt", fortsatte Grahn.

"Ja, det där har jag också hört", sa jag, "men det finns också dom som tror att den uppfattningen beror på att män undertrycker denna förmåga, fast de har den, och dom gör det just för att den anses kvinnlig och inte maskulin. Då får forskardamen fel ändå. Dom hävdar att idén om en speciell kvinnlig intuition egentligen är en manlig nutida myt, ja, egentligen ett rent påhitt bara."

"Jaha, men riktigt på den nivån var inte kritiken på konferensen", fortsatte Grahn. "Den var mer praktiskt inriktad. Det var ingen där som kunde ifrågasätta hennes vetenskapliga resonemang om olika typer av hormoner och hur de fungerade i hjärnan. Däremot ville speciellt en del kvinnor fråga sig vilka slutsatser man skulle dra av detta och då kommer vi tillbaka till frågan om intuition och logiskt

210

tänkande. Men du innan vi pratar vidare om det, kan du förklara vad man menar med dolda strukturer, tyckte inte det blev riktigt tydligt på konferensen."

"Ja", sa jag, "det är ju ett vanligt sätt att prata inom min bransch. Strukturer är ju saker eller beteenden omkring oss som hänger ihop, bildar mönster skulle vi kunna säga. En del är väldigt synliga. Till exempel i ert jobb är er arbetsorganisation antagligen väldigt synlig, vem som ska göra vad och så vidare. Likadant med er fysiska miljö, era lokaler och vad som ska göras på vilken plats.

Men det finns också strukturer som inte är lika synliga utan uttrycks i våra beteenden, som exempelvis synen på man och kvinna och vilka förväntningar som ställs på oss utifrån denna syn. Det är den strukturen som kallas genusordning och som forskardamens idéer hänger ihop med. Arbetsorganisation är intressant för att den ganska tydligt ofta också markerar en maktstruktur, en slags hierarki kring ansvar och vem som får säga och göra vad eller ta beslut. Sen kan det finnas andra strukturer som exempelvis idéer om religion eller kultur och etnisk bakgrund. Tanken här är att vi alla som individer påverkas och måste förhålla oss till dessa strukturer.

En poäng med dessa strukturer, vare sig de är synliga eller dolda, är också att de inte förändras över tid hur som helst, därför kallas dom ofta för sega. Så även om vi har en fri vilja så begränsas den också av dessa strukturer och om de dessutom är dolda, så kan vår anpass-

211

ning ofta ske omedvetet. Blir det konflikter på en arbetsplats kan det då vara svårt att veta orsaken. Hänger du med Grahn?"

"Tror det", sa Grahn, men han såg ändå lite fundersam ut. "På konferensen handlade diskussionen mest om det där med man och kvinna och när diskussionen började bli mer konkret tyckte jag att man också kom in på frågan om makt. Vilket utrymme skulle man som individ ha i ett utredningsarbete. Ja, det var mest några av de kvinnliga deltagarna som blev upprörda. De menade att vad den där damen hävdade var att det fanns en biologisk skillnad mellan män och kvinnor som yttrade sig på det sättet att män är mer objektiva, rationellt kyliga och kvinnan mer känslig, har svårt att inte privatisera och gör intryck personliga. Detta menade dom uttryckte då att män är professionella i arbetslivet medan kvinnor är mer amatörmässiga. Därav fick då männens behandling av kvinnor inom vårt jobb vatten på sin kvarn och då blev kvinnorna riktigt förbannade och ställde frågan: "Ska vi då känna oss som andra klassens anställda?" Nja, hade folk sagt, vi kanske inte riktigt menade så och sen bröt det ut en vild debatt, rena polska riksdagen, som i princip rann ut i sanden."

"Där ser man. Ja, jag har inte svårt att förstå kvinnornas reaktion, låter som något slags könsapartheid i mina öron. Du Grahn, ska vi sätta oss en stund där på bänken?", föreslog jag och tänkte på hur vacker den här strandpromenaden längs Årstaviken är och ändå är det mitt i stan.

Det är faktiskt så här fint hela vägen förbi Liljeholmsbron till Långholmen och början på norra sidan av Södermalm. Sen har vi den fantastiska utsikten från Mariaberget över Riddarfjärden och innerstan. Även om utsikten fortsätter att vara vacker blir stranden efter Slussen mer industriell med Stadsgårdsleden och Finlandsbåtarna. Från Danvikstull och vidare är det numera bara nybyggen ända bort till Skanstullsbron. En sak som lyfter det hela och är mycket populär numer är färjan som går till gamla Lumafabriken på Hammarbysjöstadssidan. Där har man i stort sett förvandlat hela industriområdet till bostäder, men något som har förvånat mig är att klassiska torg ser ut att vara tabu inom modern stadsplanering av idag.

I Hammarby Sjöstad finns inte ett enda, allt tycks stimulera flöden av trafik och människor istället för möten. Jämför hur det ser ut en solig sommardag på Mariatorget och Nytorget med Skanstull och Hornstull så förstår du. Och när man sett modellen för nya Slussen känns det verkligen inte uppmuntrande, kommersialism och trafik tycks prioriteras.

"Du, du försvann lite", sa Grahn och petade mig lite på axeln.

"Jo, jo, tankarna flöt iväg lite, bara njöt av värmen och utsikten", svarade jag. "Du, nu kom jag att tänka på din kompis Ingemars prat om hur han ändrade arbetsorganisationen på ett av de sjukhus han ägde. Han pratade om en platt organisation, där ingen yrkesgrupp egentligen hade mer inflytande än någon annan grupp, istället pratade han om ansvarsområden."

"Jo, det där har han predikat under lång tid", hummade Grahn.

"Men Grahn, varför tror du att han inte pratade om män och kvinnor, som även i den branschen är en het potatis?"

"Jaaa", sa Grahn tvekande, "vad tror du?"

"Jag tolkade det så att han menade att det egentligen inte finns någon större skillnad mellan män och kvinnor, utan att vissa organisationsstrukturer helt enkelt hämmar individen, oavsett man eller kvinna och om man ska utveckla en arbetsplats i positiv riktning måste individen frigöras. Slutsatsen skulle då bli, logiskt alltså", sa jag lite fnissande och sneglade på Grahn för att se om han fattade att jag retades lite, "att om ni i ert kriminalarbete vill utveckla frågan om intuition så kanske problemet egentligen ligger i hur ni ser på man respektive kvinna, alltså en av dessa så förrädiska dolda strukturer. Låt mig vara lite extra tydlig här, tror det är viktigt. I era utredningsgrupper tycks ni ju ändå ha en ganska platt organi-

214

sation så till vida att ni har olika ansvarsområden och era respektive specialkunskaper ska förenas i samarbete mot ett gemensamt mål. Så långt allt väl. Men om utrymmet i dessa grupper delvis styrs av huruvida du är man eller kvinna hämmas ju den ena parten."

"Hm, det ligger kanske något i vad du säger, rent logiskt alltså", svarade Grahn med ett leende. "Tolkar jag dig rätt om du menar att man på en arbetsplats behöver ha en mer öppen tillåtande attityd. Lyssna mer på andra, så att säga."

"Ja det tror jag, för på så vis utnyttjar man väl flera personers kunskap och deras olika erfarenheter. Men det kräver ju att man anser att alla inblandade har något att bidra med och det är här dolda strukturer kan hämma en del personer, vissa kanske inte ens vågar säga vad dom tycker om dom förväntar sig att tystas ner. Därmed kan det väl lätt bli att de som dominerar bara trampar på i ullstrumporna och inget egentligen nytt händer. Vad jag förstod var det Riddles idé att se om konferensen ni hade där i Stornoway kunde ändra på detta. Jag tror också det är Ingemars idé om platt organisation."

"Fan, du skulle ju varit med på konferensen", svarade Grahn.

"Får väl komma på nästa, men du, kom så går vi vidare bort mot Tantolunden, börjar bli sugen på en fika igen" och så tog jag Grahn i armen och drog upp honom från bänken.

Kapitel 7

Skottland/till Stornoway på Lewis Island

Utanför fönstret rullade de skotska högländerna fram. Vädret var okej, halvmulet med lite småregn då och då, men också sol som gav solglitter i de små sjöarna vi for förbi. Men det blåste ganska rejält och ibland krängde bussen till. Det var verkligen fritt spelrum för vindarna. Karga hedmarker och kala berg, inte mycket till växtlighet här på vägen ut mot Ullapool. Krängningarna hade känts i våra tunga huvuden efter gårdagens festande. Trots att vi kommit i säng i kristlig tid blev det inte så mycket sömn för vi var tvungna att ta morgonbussen för att hinna med färjan till Stornoway samma dag. Resan gick mot nordväst från Inverness ut mot kusten. Det enda som bröt av den enformiga naturen var en vindkraftspark och ett dammbygge. Vindkraftverken hade varit en lång stridsfråga här i Skottland och speciellt ute på öarna. Miljöaktivister och lokalbefolkning hade varit mycket motsträviga mot vindkraftens utbyggnad. Trots att man gillade vindkraft som energikälla ansåg man att den förstörde natursceneriet som lockade så många vandringsturister, men framförallt för att den mesta energin ändå skulle skickas ned till England berättade Riddle.

"Hör ni pojkar, nu får ni piggna till lite", hade Riddle sagt efter att vi skumpat fram i en timme på bussen. Alla hade slumrat, men sträckt upp sig när han hojtade till.

"Vi har ungefär en halvtimme kvar och vattnet ni ser på vänstra sidan är inte längre en av alla dessa små sjöarna utan Atlanten, alltså inre delen av den vik där Ullapool ligger", fortsatte Riddle. "Och nu är vi verkligen i gamla vikingaland. Det märks om inte annat på namnet Ullapool. Som ni naturligtvis vet är Ulla ett typiskt skandinaviskt kvinnonamn. Därför kopplar vi det till vikingatiden."

"Men vet du vad Ulla står för Riddle?", undrade jag.

"Ingen aning, men pool betyder farm, det vet jag", svarade Riddle.

"En trolig betydelse är att Ulla är en form av namnet Ull, solguden i fornnordisk mytologi. Det har jag läst mig till", sa jag.

"Ursäkta om jag stör", sa då en äldre gentleman på stark skotska som satt mitt över gången jämsides med Riddle. "Jag är född och uppvuxen här i trakten, och vi översätter namnet till Vargens farm, precis som Ulladale en bit härifrån betyder Vargens dal och Ulva nära ön Mull betyder Vargens ö."

"Aha", sa jag, "det kan nog också stämma eftersom ett annat namn för varg hos oss är Ulv, tack för upplysningen."

"Ingen orsak", sa mannen.

217

"Där ser man", fortsatte Riddle. "Men låt mig ge er en idé om vikingarnas kolonialisering av dessa områden. Från början, slutet av 700-talet och mer än hundra år framåt rövade man mest skatter från kloster i området. Klostren hade på den tiden samlat på sig mycket guldföremål, ofta med infattningar av ädelstenar. Senare började många vikingar slå sig ner och kolonisera områdena. En orsak kan ha varit, har jag hört, att de bördiga områdena i Skandinavien började bli överbefolkade och många såg en bättre möjlighet genom att bosätta sig i främmande land. Som ni säkert vet bedrev vikingarna en väldigt expansiv politik åt alla håll och kanter från Skandinavien. Förutom öarna norr om Skottland, som Orkney- och Shetlandsöarna, kontrollerade man så småningom också delar av Irland, Dublin brukar ju sägas vara byggd av vikingar. Dessutom stora delar av östra England. När det gäller Skottland var det främst de norra öarna och Hebriderna som blev ett kungadöme styrd av vikingar. Men det var ofta konflikter med kungamakterna på skotska fastlandet och man brukar säga att slaget vid Large 1263 blev slutet på vikingarnas makt på Hebriderna. Den norska kungen Håkon tänkte en gång för alla kväsa den dåtida skotska kungens armé och kom med en flotta på runt 50 skepp till kustområdet vid Large, ungefär tjugo mil söder om där vi är nu. Allt gick åt skogen och på grund av ett djävulskt hårt väder gick många skepp på grund och snabbt gick slaget förlorat. Håkon lyckades dock ta sig därifrån till det mer trygga Orkneyöarna. Men där dog han innan han kunde ta sig hem till Norge och hans son som tog över kronan hade nog

218

med problem hemmavid. Så några större politiska ambitioner vad gäller Hebriderna blev det aldrig mer och därmed tog mer än fyra hundra års skandinavisk närvaro slut.

Samtidigt försvann så klart inte vikingarna. Det vanligaste beviset för det är de skandinaviska inslagen i språket, men också arkeologiska fynd tillsammans med alla historier och myter kring vikingarna som florerar bland folk. Nyligen har ytterligare bevis för vårt vikingaursprung kommit fram från DNA-studier. På Orkney är till exempel en tredjedel av dagens befolkning av vikingaursprung och på Shetlandsöarna till och med hälften. På Hebriderna är siffran runt en femtedel, tjugo procent. Jag läste det här i en artikel och något som var lite extra intressant var att bland kvinnorna på Hebriderna var det bara tio procent. Det visar på, enligt artikelförfattaren, att många vikingar gifte sig med keltiska kvinnor på den tiden.

"Vad du kan, du är för fan rena föreläsaren", hojtade Barsk som tydligen vaknat upp ur sin slummer. Han hade annars i stort sett varit tyst hela resan.

"Tja, sa Riddle, "jag lovade att berätta en del, så jag har läst på lite och en fördel med pensionering är ju att man hinner läsa en hel del mer än tidigare. Med min gamla militära bakgrund är det väl inte heller så konstigt att det är spännande med vikingatiden. Vikingarna var ju onekligen både innovativa och framgångsrika i sin krigskonst."

"En sak som jag undrar över", fortsatte jag, "är varför det talas så positivt om vikingar här i Skottland och som jag också förstått spillt över på dagens skandinaver. Man har märkt att folk är mycket stolta över detta ursprung och ofta, även om dom inte är säkra, ändå säger att de har någon procent skandinaviskt blod i ådrorna. Och detta trots att vikingarna också stod för mycket ond bråd död för människor där de drog fram."

"Ja, där är jag nog egentligen inte rätt man att fråga", sa Riddle. "Men jag känner en person som vi kan höra med i Stornoway, som jobbar på deras historiska museum. Om ni vill borde vi hinna med ett besök där också."

"Självklart", sa vi alla, samtidigt som vi nu började närma oss mer bebyggelse. En bit fram kunde vi se Ullapool på en udde på samma sida av viken som vi själva kom åkande på. En tajt liten stad där gatorna och de låga vitrappade tvåvåningshöga kvarteren låg utspridda som en solfjäder kring hamnen.

"Hörru Dunkel, hur lång tid ska det ta att köpa ett par öl och whisky egentligen", sa jag.

Vi hade nu satt oss tillrätta vid ett bord i baren på färjan.

"Lugn nu grabbar, gubben är kyssbar", svarade Dunkel balanserande med all dricka på en bricka.

"Det var fan vad du ser uppspelt ut", sa Barsk med ett flin.

"Vad dåkyssbar?", fortsatte jag.

"Kär så klart", svarade Dunkel. "Ett uttryck vi brukade använda i min ungdom i Köpenhamn. Vilken dam!"

"Va?", säger Barsk. "Menar du ruggugglan i baren?"

"Hör du Dunkel", avbröt jag, "hur kysser egentligen danska kvinnor?"

"Va fan är det för en fråga?", svarade Dunkel lite irriterat.

"Bara så ni vet pojkar, svenska flickor kysser med öppen mun och italienskan när hon kysser sneglar samtidigt på helgonbilden. Hur gör engelskor Riddle?", frågade jag lite skämtsamt.

"Fan vet", svarade han.

"Jag vet", fortsatte jag. "Dom kysser som om dom sippade på dåligt te."

"Nej, kom igen nu", fortsatte Riddle.

"Å du Dunkel, nu vet du varför världen står i kö för att träffa svenska tjejer", sa jag med ett flin, "och förresten kan jag upplysa er om att danska flickor kysser med mat i mun."

"Ge dig nu, du är ju för fan sjuk i huvudet Grahn", sa Dunkel ännu lite mer irriterad.

"Kom igen nu, jag bara skojade lite", flinade jag. "Det här är från en gammal schlager med Anita Lindblom, *Svenska flickor kysser med öppen mun*, men hon är mer känd för låten *Sånt är livet.*

"Ja den känner jag till", hakade Barsk på. "Men var schyssta nu och låt Dunkel snacka, märks att han vill säga något allvarligt här."

"Tack Barsk. Så här är det sluskar", fortsatte Dunkel. "Allt sitter inte på utsidan, det borde ni ha lärt er, men kolla lökarna, bara en sån sak. Bardamen var först lite förlägen, hon ursäktade sig och sa att hon såg för rufsig ut just nu och att hon var lite omtumlad. Tycker ni att det gungar och stöter lite väl mycket i blåsten nu så var det ingenting mot hur det var i morse när båten kom från Stornoway. Jävlar i min själ, sa hon, trots alla mina år på färjor här på Skottlands västkust var morgonens resa bland det värsta jag varit med om. Betydligt lugnare nu tyckte hon. Jag sa att hon såg bra ut i alla fall, charmig som jag är, och att jag var från Danmark. Då sa hon att hennes far var från Södra Uist och hennes mor från Barra vid södra delen av Hebriderna. Fan vet var dom ställena ligger. Men sen sa

222

hon något om att hennes farfar var med och hittade den där lasten av whisky från någon båt som gick på grund där på 40-talet. Sen sa hon att det fortfarande påstås att det finns flaskor kvar från skeppsbrottet och om jag någon gång kom ner dit och hälsade på skulle hon försöka fixa fram en. Det var då jag blev kär. Jag tror jag hört om den där storyn, blev det inte en film av det också?"

"Stämmer", sa Riddle. "Vill ni höra lite mer kan jag berätta", fortsatte Riddle. "Det blev en stor händelse på den tiden, sedermera både bok och film, och det som kanske mest gav händelsen uppmärksamhet bland folk var att det blev en kamp mellan den lilla människan, alltså öborna och myndigheten, den skotska och engelska eliten. Folk där ute gjorde sitt bästa för att lägga beslag på dryckesvarorna medan polisen bedrev en häxjakt för att beslagta alkoholen. Trängde in i folks hem och vända upp ner på deras enkla boningar och använde både kollaboratörer och spioner. Det var ett herrans liv därute under en period. Men även om myndigheterna fick tillbaka en del, var folk tillräckligt uppfinningsrika för att lyckas gömma undan det mesta.

Det här med att lokalbefolkningarna längs kusterna bärgade vrakgods var naturligtvis inget nytt. Det hade man gjort så länge vrak och fraktgods dykt upp på stränderna. Det var till och med så att man ansåg sig ha en slags lokal rätt till varorna, något som myndigheterna och båt- och fraktägarna borde respektera tyckte man. Lokalt sågs det ofta som en rättmätig betalning för att man räddade liv vid skeppsbrotten. Det sägs också att när man började bygga fyrar längs kusterna var öborna så förbannade för att vraken minskade att man ibland försökte förstöra fyrarna. Och det stämmer, som damen säger, att det fortfarande ryktas om att det finns flaskor kvar. Boken heter *Whisky Galore*, betyder whisky i överflöd och skrevs av den skotska författaren Compton Mackenzie och kom ut på slutet av 1940-talet, men finns i många nyutgåvor. Filmen har samma namn.

Båten hette SS Politician och det finns idag en pub med det namnet på ön Eriskay som slår mynt av historien. Värt ett besök om ni någon gång vill utvidga era äventyr på Hebriderna. Själva skeppsbrottet var något längre söderut utanför Barras nordöstra kust. Det var 1941 och bland annat fanns det mer än 200,000 whiskyflaskor ombord. Fatta det grabbar, 200,000 pavor. Jävlar i min själ. Skulle under brinnande kriget till törstiga kolonialherrar på den dåvarande brittiska kolonin Jamaica. Besättningen räddades av de närmaste öborna. Men djungeltelegrafen gick snabbt och snart fanns det småbåtar från varenda ö, från Vatersay i söder till södra Uist i norr. Man vet inte hur många flaskor som räddades men någonstans runt 25-30,000 tror man. Man höll på hela våren och in på sommaren. Man kan se framför sig hur alla män som galningar tog sig fram och tillbaka till vraket och fyllde sina små båtar och andra flytetyg till bredden med flaskor. Rena guldgruvan och man kan anta att det inte blev så mycket annat gjort under denna tid. Kvinnorna fick väl stå för hemarbetet antar jag. Till slut tröttnade myndigheterna och för att sätta stopp för det hela bestämde man sig för att spränga båten och resten av flaskorna gick upp i rök. Av de som blev tagna för innehav av stulen whisky fick ungefär tjugo personer några veckors fängelse. Mycket ståhej för så lite, men man får nog se det hela som ett mer politiskt beslut för att i största allmänhet från myndigheternas sida hålla en annars ganska bångstyrig och egensinnig befolkningen i strama tyglar.

En sak som kanske inte blev allmänt känt ute i världen var att detta också skapade osämja lokalt under lång tid eftersom polismyndigheten från fastlandet var beroende av den lokala polisen. Dom var ju släkt med många i trakterna och var oftast väldigt motvilliga, men tvungna, att ställa upp på raiderna mot bond-gårdarna. Men man kan anta att många av dessa var på de anklagades sida, de gillade så klart också whisky, och såg mellan fingrarna om de kunde.

En lite rolig detalj i sammanhanget och som myndigheterna från fastlandet först inte förstod var varför det verkade vara mest katoliker som lyckades få fatt i spriten. Men med lite lokalkännedom löste sig mysteriet. Öarna har ju både en protestantisk och katolsk befolkning. Det hörde till saken att SS Politician gick på grund tidigt en morgon på en söndag. Eftersom öarna är kända för sitt strikta

225

förhållningssätt till religiös moral var protestanterna bundna till reglerna kring sabbaten, söndagen som vilodag alltså. Rädda liv fick man, där tog andra regler över, men att ge sig ut på sabbaten för att bärga whisky, det var rent och skärt arbete. Så protestanterna fick snällt vänta till tolv på natten, medan katolikerna, som hade en betydligt friare syn på sabbaten kunde ge sig iväg så fort de fick nyheten under dagen.

Men fan vet om det var sant att protestanterna kunde hålla sig. Det hade ju i princip varit torrlagt på whisky på öarna under ett par år på grund av kriget. Och då ska vi komma ihåg vilken betydelse whiskyn har i Skottland i allmänhet och öarna och bergen i synnerhet. Inte så att folk drack sprit hela tiden, men man brukar säga så här. En fisk dricker inte vatten hela tiden, men om du tar upp en fisk ur vattnet, vad händer? Det är samma sak med folket. Dom vill inte dricka whisky hela tiden, men dom vill känna att den alltid finns tillgänglig. Däremot, när vi kommer iland i Stornoway kommer ni att märka att regler kring sabbaten fortfarande gör sig gällande på vissa sätt. På Lewisön som är i princip hundra procent protestantisk går exempelvis inga bussar på söndagar och mataffärerna är också stängda då."

"Ursäkta grabbar, jag måste gå och slå en drill", sa då Barsk medan de andra fortsatte att surra.

"Fan, har du pissat på dig", sa Dunkel till Barsk när han kom vaggande tillbaka från muggen med våta fläckar kring gylfen.

"Jävlar i min skäl vad det gungar. Precis när jag stod där som bäst dunsade det till utav bara fan. Höll nästan på att ramla omkull. Drulen for omkring åt alla håll, ungefär som en lössläppt brandslang och jag är glad att ingen stod bredvid mig. Men hör ni, det var något konstigt, en känsla jag fick när jag kom ut från muggen och gick i korridoren. Det kändes som att jag var iakttagen, som om någon verkligen spanade in mig."

"Faktum är att jag kände något liknande på bussen", sa Dunkel. "Jag hade slumrat till och så vaknade jag med ett ryck, det var när vi passerade dom där vindkraftverken. Jag tittade runt mig och stirrade på de andra passagerarna, men jag märkte ingenting. Alla såg lika halvdåsiga ut som jag kände mig, så jag bara struntade i det. Men nu när du säger det så vete fan."

"Ja, ja, svårt att ha någon koll på det där", sa jag. "Det är ju bra mycket folk här på båten och bussen, den var ju i princip fullsatt. Är det alltid så här mycket folk Riddle?"

"Nej, det kan jag inte tänka mig, samtidigt kan inte vår konferens dra så mycket människor", sa Riddle. "Har heller inte sett en enda kollega, men vi är ju några dagar tidiga, så just det är nog inte så konstigt."

Riddle vände sig då om mot ett gäng ungdomar som satt vid bordet bakom oss. Alla hade olika musikinstrument med sig. Han frågade den närmaste om det är något speciellt som ska hända i Stornoway.

Först blev grabben lite förskräckt, Riddle var inte direkt den typ han gillade. Hade säkert "snutjävel" i tankarna. Men sen samlade han sig och sa:

"Vet du inte det, det är den årliga HebCelt-festivalen den här veckan."

"HebCelt, vad står det för?", fortsatte Riddle.

"Hebridean Celtic Festival. En musikfestival som hyllar vårt keltiska ursprung. Det kommer band från hela Skottland, men också band med skottar som emigrerat ut i världen, från USA, Kanada och Australien."

"Å fan!", sa Riddle. "Hörde ni boys, låter kul. Kommer det mycket folk?"

"Det drar massor, det bor väl ungefär 6,000 i Stornoway, men till festivalen blir det mer än 20,000 i stan. Hoppas ni har fixat hotellrum annars får ni problem. Brukar vara fullt på vartenda ställe."

"Det som drar är bland annat att det kommer många kända band också, som Waterboys från Irland och Runrig härifrån Skottland",

228

sa en av tjejerna som satt bredvid killen och hade ett litet dragspel i famnen.

"Men i år är nog den största attraktionen Red Hot Chilli Pipers. Det är hårdrock à la AC/DC, om ni känner till dom, blandat med säckpipor, alltså ett bagpipehardrock band", fnissade tjejen.

"Visst har vi hört AC/DC. Kanske inte mannen bredvid mig här", sa Barsk och puffade till mig på axeln, "men vi andra är inte så gamla."

"Ska ni också spela där?", fortsatte Barsk, med anspelning på deras instrument.

"Nej, nej", fortsatte tjejen. "Men det är också en massa spelningar på pubarna under eftermiddagar och kvällar, och ofta så kallade *sit-ins*, där musiker bara dyker upp och ansluter sig till de som för stunden spelar. Det kallas för en *ceilidh* på gaeliska. Kom gärna, blir alltid bra drag om ni gillar folkmusik."

"Tack för informationen", sa Riddle och vände sig till grabbarna igen.

"Hör ni, innan vi går i land låt mig berätta en av de mest tragiska historierna jag känner till om folk på Lewis", avbröt Riddle plötsligt vårt allmänna snack. "För att förstå hur människor är här ute på öarna bör man veta en del om vad de genomlidit under åren. Här gällde, precis, som på Irland, mycket svält och elände på 1800-talet. Folk tvingades bort från sina gårdar för att jordägarna hellre ville ha fårfarmer än små jordbruk på sina marker. Det var under denna period som många emigrerade. Men en av de jävligaste historierna utspelades precis här, där vi är nu, i inloppet till Stornoway. Tänk er följande. Första Världskriget har precis tagit slut och de soldater som överlevt blev hemförlovade. Mer än 6,000 unga män hade varit med i kriget från Lewis och 1,000 hade fått sätta livet till. Det var många om vi tänker oss att det bara bodde 30,000 på ön. Trots detta var glädjen hög denna dag. Kriget hade vunnits och man väntade hem de överlevande. Hemmen hade dekorerats och folk, både gamla och unga, hade förhoppningsfulla samlats på kajen i stan. Båten Iolaire, Örnen på gaeliska, var fylld med soldaterna på väg in från det skotska fastlandet mot hamnen. Tiden var mitt i natten, kolsvart och med en bitande stark vind när båten plötsligt, som ni ser, bara några hundra meter från land, går på grund på några av klipporna där borta. Kaos uppstår, flytvästar saknas för de flesta, folk kan inte simma och vattnet är isande kallt. Över 200 unga män drunknar inför ögonen på sina nära och kära på kajen och det blir sorg i princip i varje hem på ön. Tragik med stort T kan man säga."

"Huga, vilken hemsk historia Riddle", sa Dunkel och vi alla nickade medhållande.

"Ja, fy fan, faktiskt den värsta båtkatastrofen efter Titanic sju år tidigare för Storbritannien", svarade Riddle.

Skottland/Lewis Island

Plötsligt tvärnitar en bil och jag får hjärtat i halsgropen. Vad är det som händer. Då hoppar en av mina grannar ur bilen och springer fram till mig.

"Vad gör du vännen, höll på att köra på dig", sa han. "Såg att du gick här längs vägen, men plötsligt vinglade du ut rakt framför mig. Kom, sätt dig här på sidan. Hur är det fatt?"

Mitt huvud kändes helt förvirrat, måste ha drunknat helt i mina egna tankar. Märkte ingenting. Hade tänkt på Tosh och varit nedstämd hela dagen och därför tagit en promenad för att lätta på tankarna. Men tydligen hade jag återigen sjunkit ner i ett slags koma.

"Du, du ser ganska eländig ut, förlåt att jag säger det, men äter du ordentligt?"

"Nja, det är väl lite si och så med den saken, känner mig inget vidare", fortsatte jag.

"Vi förstår dig alla", underströk grannen, "men du måste låta livet gå vidare. Går du omkring så här blir du ju en risk för dig själv."

"Hör vad du säger, ska försöka ta mig i kragen."

"Vill du ha skjuts hem?", frågade han.

"Nej, jag ska gå direkt hem, jag lovar, men behöver lite frisk luft också, blir nästan tokig ibland när jag går omkring därhemma i huset."

Minns att jag hade gått och grunnat på den där konferensen och om jag skulle ställa upp. Just nu kändes det verkligen inte okej. Känns inte som jag vill träffa någon överhuvudtaget och snart är musikfestivalen också över. I morgon är det sista kvällen. Känns egentligen för djävligt, har ju gått på den varje år, känts som årets stora festdagar, bland de lyckligaste stunder som Tosh och jag haft här på ön. Om jag bara kunde knäppa med fingrarna och vips vara där skulle det nog funka, men åka dit, behöva konversera med Tosh bror och hans familj i bilen, nej, vet inte om jag klarar det. Vi får se.

Men jag inser att något måste hända, något radikalt. Om jag tidigare kunnat, åtminstone till och från, ändå känna en viss idé om någon slags framtid, har de sista dagarna varit mörkare än någonsin. Hjärnan har känts som i mentalt skruv-städ, mörker och mer mörker. Hur jag än har försökt slingra mig ur det har jag ständigt halkat dit igen. Det är bara när jag mer eller mindre utmattad somnat på kvällarna som det släppt lite. Men så fort jag vaknar igen på morgnarna så griper det tag i mig. Har tagit mina lugnande piller men de lindrar bara tillfälligt. Jag borde kanske ändå åka på den där festivalen, i alla fall en liten stund. Men fan, jag vet inte.

233

När jag senare på kvällen satt i min ensamhet, drack en kopp te och stirrade ut mot det ödsliga havet genom vardagsrumsfönstret tänkte jag på vår senaste tid. Under den här tiden tyckte jag ändå att jag närmade mig Tosh, tyckte åtminstone att jag förstod honom bättre. Fast Tosh tolkade ibland mina reaktioner på honom som om jag såg ner på män i allmänhet här på Lewis. Han sa till och med att jag lät som en sådan där feminist. Men egentligen var det inte alls min mening. Men jag kan förstå att det kunde låta så. Därför försökte jag bättre komma underfund med hur människor i allmänhet tänkte här.

Att kvinnor inte bara var en undanskuffad kategori i detta samhälle kanske symboliseras bäst av statyerna *The Herring Girls* som står på två ställen nere i Stornoways hamn, personifierad av den ryktbara Henny NicKenny. Jag läste i en bok på biblioteket att under 1800-talet och 1900-talet var sillfisket den viktigaste industrin på ön och mängder av Lewisflickor arbetade där. Som exempel, 1914 använde den tjugo procent av öns befolkning och dubbelt så många kvinnor som män, cirka 3000 kvinnor. Ett mycket tufft och krävande arbete, men den viktigaste inkomstkällan för många familjer på ön under denna epok. Där var alltså kvinnan den huvudsakliga försörjaren och utan tvivel hyllad med respekt av alla, män så väl som kvinnor. Så trots alla idéer om manligt och kvinnligt var också Lewiskvinnan känd för sin styrka och ärlighet, liksom hennes stolthet och villighet att arbeta. Henny NicKenny uttryckte

234

sig också så här: "Jag gillade främlingen men jag står vid min Lewismans sida." Detta bör man känna till.

Vi ska också komma ihåg att historiskt har naturen hos människor här på Lewis en tydlig genusuppdelning. Havet är maskulint och hedarna anses feminint, byggd på att den ena brukas av männen och den andra av kvinnorna, och fiske och boskap tillsammans gav familjen sin försörjning. Båten symboliserade mannen och fäboden kvinnan, fisken från havet, mjölk, smör och ost från hedarna. Detta med fäbod kom verkligen som en överraskning för mig. Här fann jag en självklar gemenskap med kvinnorna här på ön. Min mormor och hennes tvillingsyster hade under sin uppväxt följt med min gammelmormor upp till fäbodarna hemma i Hälsingland. Så många var historierna om livet där uppe på vallarna som berättades för oss små flickor.

Man kan knappast se någon egentlig hierarki här om man jämför med de absurda klasskillnaderna mellan rik och fattig, båda sidorna var avgörande för familjens försörjning genom historien. Så förhållandet mellan män och kvinnor tycks, som antagligen överallt annars, vuxit fram ur nödvändigheten av en arbetsfördelning baserad på ren överlevnad. Speciellt så i ett område med så pass knappa resurser som Lewisön kunde erbjuda folk de sista århundradena. Självklart fanns det säkert motsättningar på den tiden som också kan räknas till synen på mannen och kvinnan,

235

motsättningar som blev en viktig följeslagare i vardagen. Men det är också uppenbart att dessa relationer får en ny dimension med framväxandet av ett välfärdssamhälle så som vi uppfattar ett sådant samhälle idag, med nya krav och förväntningar. De här kraven, men också de nya möjligheterna, ställer till det i våra hjärnor. De historiska rollerna tycks utmanas och både man och kvinna börjar känna sig vilsna. Här verkar det inte vara någon större skillnad jämfört med mina erfarenheter från Sverige.

En sak som har slagit mig så här i efterhand är hela den här diskussionen i vår nutid om manligt och kvinnligt. Ofta ställs männen mot kvinnan och tvärtom. Men när jag tänker på Tosh och hans förändring blir det för mig lika uppenbart att det också handlar om hur män uppträder mot män, hur vissa män driver andra män i en viss riktning även om en del män innerst inne skulle vilja något annat och det är kanske likadant med kvinnor. Då blir ju frågan inte bara en enkel genusfråga utifrån olika genusbundna beteenden utan också en fråga om makt. Vilka mäns och vilka kvinnors åsikter och beteenden blir vägledande och skit också, då blir frågan betydligt mer komplicerad. När jag försöker intellektualisera mina tankar så här, som på sätt och vis är ett sätt att distansera mig från nuet och bättre hantera mina känslor, slår det också tillbaka mot mig med en fruktansvärd kraft. När jag tidigare tänkte att Tosh och jag, om han fått levt lite till, kanske hade kunnat komma förbi det mest akuta, känns det nu, i mina mörkaste stunder, som att vi aldrig hade en chans. Denna känsla är så djup i mig att jag undrar om man någonsin har en chans. Är nästa gång ingen gång?

Stockholm/Södermalm

Den här dagen var en fin dag. Tog på förmiddagen en promenad över nya Årstabron och fortsatte längs Årstasidan mot Skanstullsbron. Hade gått och grunnat på Grahns historia och vårt samtal. Han hade inte riktigt gillat när jag hade påstått, kanske lite provocerande, att det bara fanns manliga kriminalare och manliga deckarförfattare.

Så nu när jag kommit hem så tittade jag igenom en del av mina deckare, visste så klart att det fanns kvinnliga deckarförfattare, sådana som Läckberg, Marklund och Ljungstedt. Det kan man knappast ha missat, så mycket medial uppmärksamhet som dom fått. Ur ren litterär synvinkel måste jag säga att speciellt Läckberg och Ljungstedts böcker är ganska mediokra, ingen riktig spänst, odynamiska helt enkelt och är även vid en andra genomgång väldigt stereotypiska. Fast det är ju bara minuppfattning, jag som akademiker kanske är lite väl känslig. Men samtidigt vill jag inte gå så långt som den där kriminologen och tv-kändisen en gång gjorde, då han jämförde Läckbergs böcker med noveller i *Min Häst* och hur Nicke Lilltroll pratar. Har märkt att speciellt en del manliga författare störs av dessa kvinnors framgångar.

Visst finns det också en och annan kvinnlig huvudkaraktär i en del deckare, till och med kvinnliga kommissarier. Den där matkufen och deckarförfattaren som har Linköping och Östergötland som geografisk kuliss är ett bra exempel. Här finns en kvinnlig kommis-

238

sarie, men hon är helt modellerad på en stereotypisk man, alkoholiserad, burdus och relationssvag. Kom igen nu, bättre borde ni kunna.

Trots detta har många av dessa författare haft enorma kommersiella framgångar, så någon slags resonans med förväntningar finns ju där. Kanske kan man säga att de motsvarar devisen "en medioker aktör kräver bara en medioker publik för att det ska fungera", fast nu är jag kanske lite elak mot folk. Jag skulle nog också vilja säga att deckarbranschens syn på män och kvinnor ändå motsvarar en generell samhällssyn på man/kvinna och det är säkert en del av nyckeln till framgångarna. Så min slutsats, men det kanske bara är min, blir att de i alla fall inte är utmanande på något sätt. Helt enkelt bara underhållning, men man kanske inte ska begära mer, det får andra typer av författarskap stå för. Men ändå?

Samtidigt hade jag inte kunnat släppa tanken på att jag överdrivit när jag sagt till Grahn att deckargenren domineras av män och att jag kanske mer gått på en känsla snarare än fakta. Ett sådant förhållningssätt till vad som händer runt omkring tycks vara ganska vanligt idag, speciellt i heta och kontroversiella frågor där också all typ av media är med och konstruerar och förstärker bilder av verkligheten. Hur ofta har man inte suttit med kompisar som gör den ena efter den andra knasiga utsagan om dagens tillvaro och jag frågar: "Vad har du fått det där ifrån?" Då svarar dom: "Det vet man väl" eller "Det lästa jag i tidningen" och i bästa fall lägger dom till ett exempel, lösryckt från sitt sammanhang och där man lika gärna kan lyfta fram ett motexempel och så börjar kacklet. En sådan här vardagsanalys i all ära, men ofta tycker jag den baseras mer på känslor än verklig kunskap eller något som hänt dem själva. Om vi tar invandrarfrågan, där detta idag kanske är mest tydligt, blir folks uppfattning snarare en mätare av känslor och allmän oro omvandlad till framkastande av olika typer av obekräftade påståenden. Nu tänker jag, gör jag likadant i min iver att få bekräfta min mer feministiska läggning. Den fällan ville jag inte gå i.

Därför funderade jag lite på om det gick att på något sätt bekräfta min känsla av att deckarbranschen domineras av män. Eftersom jag ändå var kopplad till universitetet tänkte jag att någon där borde väl ha studerat detta. När jag gick in på databaser på universitetets bibliotek och slog in ordet "deckare" så blev det bingo. Det fanns faktiskt en hel del och bland annat en forskare som skrivit en bok som heter *Deckarboomen under lupp*, där han tittat på den svenska deckarbranschen från slutet av 1970-talet till nutid. Fan tänkte jag, det låter verkligen intressant, så jag ringde upp honom men tyvärr svarade han aldrig vid den tiden, men jag fick höra att den Engelska institutionen på Stockholms universitet, som sysslar mycket med litteraturstudier, hade ett projekt kring Deckarbranschen. Där fick jag kontakt med en forskare som var väl insatt i frågan.

När vi sågs över en fika gick jag rakt på sak: "Är det så att deckarbranschen domineras av män?"

Som typisk akademiker ville han först inte svara rakt på sak. Han sa att det berodde på vad inom branschen man fokuserade på, exempelvis om man talade om förlags- och marknadsföringsdelen, produktionsdelen, litteraturpriser eller recensenter och media.

"Ja, ja det fattar jag, men…"

Då avbröt han mig och sa: "För att inte tala om internationell spridning och läsare."

"O Jesus! Okej, jag fattar, men jag ska inte skriva någon avhandling i ämnet utan vill bara höra om det är fler män än kvinnor som skriver dessa böcker", sa jag för att specificera min fråga.

"Vad man kan säga är att det fanns väldigt få kvinnliga deckarförfattare i Sverige fram till slutet av 1990-talet. De var så få faktiskt att man instiftade ett speciellt litteraturpris enbart för lovande kvinnor, Polonipriset, 1997. Den första som fick det var Liza Marklund. Sedan dess har kvinnors andel ökat markant."

"Så hur ser det ut idag då?", fortsatte jag med lite iver i rösten. Ville ju gärna få min känsla, min vardagsteori, bekräftad.

"Ja, om vi går till hur media uppmärksammar deckarförfattare är det nog inte så konstigt om vi tror att det är ganska jämt fördelat

241

eller till och med att "deckardrottningarna" tagit över. Uppenbart så har i alla fall branschen sett detta som en viktig marknadsförings-strategi och den blir inte mindre medial av att vissa av dessa kvinnor tycks älska att var i rampljuset. Marklund, till exempel, har till och med en bild av sig själv på framsidan av sina böcker. Men om vi går till hard facts så stämmer det inte."

"Nähä", sa jag med lyster i blicken. "Låt höra."

"Mer än två tredjedelar är skrivna av män, kvinnor utgör endast en femtedel, alltså 70 mot 20 procent, resten är andra författar-konstellationer. Så på varje kvinna går det mer än tre män. En rejäl snedfördelning skulle man kunna säga."

"Skulle du då tycka att jag har fel om jag påstod lite så där slarvigt att deckarbranschen domineras av män."

"Nej", sa han, "som en allmän fingervisning ligger det mycket i det, även om kvinnornas andel har ökat kraftigt, speciellt under första delen av 2000-talet."

Så går mina tankar den här dagen, fast nu började de glida iväg åt ett annat håll och jag kände mig ganska spänd. När jag såg på klockan skulle hon komma strax. Precis när jag skulle ställa tillbaka böckerna i bokhyllan ringde det på dörren. Jag ryckte till så kraftigt att flera böcker ramlade ner på golvet. Strunt samma, tog mig fram till dörren, öppnade, och där stod hon. Det ryste till i kroppen. Hon var ju så förbannat vacker. Kommer på mig med att jag faktiskt saknat henne. Samtidigt tog hennes nästan svarta ögon överhanden och det första hon sa med skärpa i rösten var:

"Vad fan håller du på med?"

"Lugn nu, kom in, vi kan inte stå här i trappen och skrika."

Väl inne fick jag henne att sätta sig ner i soffan. Jag frågade om hon vill ha te och medan jag pysslade med det i köket ropade jag: "Ja, vad fan håller du själv på med, slå mig och hoppa på mig på det där viset, har du blivit helt galen?"

När jag kom in med brickan sa hon: "Fattar du inte, först säger du att du inte vill vara med mig längre, sen ser jag dig med dom där jävla gubbarna, har du blivit helt sjuk i huvudet?"

"Du vännen, ta det lugnt nu", fortsatte jag och satte mig bredvid henne i soffan.

"Jag har försökt förklara förut för dig att min sexualitet inte riktigt ser ut som din. Så länge vårt förhållande fungerade sköt du bara undan det. Du är lesbisk, men jag är bisexuell och har alltid varit. Kan du fatta det?"

"Men du sa ju att du älskade mig."

243

"Det var då det, men livet går vidare och om du förstod bättre känslan av bisexualitet så kanske du också skulle förstå att det verkligen kan vara svårt för oss i vårt sökande, kanske svårare än när man är lesbisk, jag tror det i alla fall. En annan sak som jag undrar över är om jag över huvud taget är skapad för tvåsamhet."

"Ja, men om man älskar någon är det väl naturligt att vara tillsammans, eller?"

"Ja, vi är ju i alla fall uppfostrade på det viset, men ibland tycker jag det känns lite mossigt, borgerligt du vet."

"Vad då borgerligt, vi är väl inte som andra."

"Men känner du inte ibland att det lätt slår över till något slags ägande av varandra. Om utgångspunkten är att man blir starkare tillsammans, att man blir säkrare när man är med någon annan, så ibland känns det som att båda istället blir svagare och snarare beroende av varandra, som ett fängelse."

"Men då får man väl kämpa emot det."

"Ja, men då måste nog kärleken vara jävligt stark. Men de där herrarna du sett mig med sista tiden har ingenting med det här att göra. Allt handlar inte om sexualitet förstår du, lilla gumman. Dom stimulerar mig intellektuellt och trots att många så kallade sexuellt avvikande, sådana som du och jag, också ofta hävdar att dom är mer frigjorda än andra, så måste jag säga att det är ren nonsens, vi är varken mer eller mindre frigjorda än andra. Frigjordhet för mig har inget nödvändigtvis med sexuell läggning att göra. Det är mer en individuell förmåga i största allmänhet tycker jag. Så även om du tycker att det är svårt att förstå ska du veta att jag inte är en kvinna som hatar män. Jag har sagt det till dig förut, jag hatar översittare oavsett sort. That's it."

"Fy fan, det är det här jag hatar med dig. Du blir så förbannat klok jämt, du får mig att känna mig underlägsen mest hela tiden."

"Är det därför du tar till våld?"

"Vet inte, blir bara så förbannat provocerad", svarade hon med ett litet ursäktande uttryck.

"Men har du tänkt på att om dina ord inte räcker och du tar till våld i stället, då är du ju som vilken mansgris som helst."

"Ja, men tänk dig in i min situation, först är det du som driver på och i princip förför mig och sen är det du som gör slut. Va, tänk dig själv, jag blir ju bara ett jävla offer."

"Det kan jag fatta, men har du rätt till våld för det, borde du inte skaffa dig ett bättre självförtroende i stället. Dessutom kan jag säga att de män som slår, de flesta av dem, tycks vakna upp och skärpa sig efter första gången, det är bara ett fåtal som alltid slår. Men du, du har slagit mig två gånger."

"Vadå två gånger, vad fan säger du, den enda gång jag slagit dig var härom veckan när den där killen kom och räddade dig."

"Men vänta nu, jag blev nedslagen veckan innan och det var också här i närheten. Då hade jag ingen aning om vem det var, men efter ditt överfall där killen sa att det var en tjej fattade jag och tog för givet att det var du båda gångerna. Fan också, vem var den andra då, det här känns verkligen inte bra."

När jag sa det kröp hon närmare mig, började kramas och sen kysste hon mig med öppen mun.

"Skit i det nu, du vet att jag älskar dig, jag struntar i vad du säger, vill alltid ha dig din jävla översittare", sa hon med ett litet leende och ett sådant där sexuellt sug i blicken som jag har så svårt att motstå. Sen började hon dra min tröja över huvudet. Jag borde så klart stå emot, det här gjorde inte saken bättre, men som så många gånger förr smälte jag bara i hennes armar. Åt helvete med förnuftet.

Kapitel 8

Skottland/Lewis Island

Sist Grahn och jag sågs lovade han mig att nästa gång vi träffades borde vi kunna komma till slutet av hans historia. Det hade gått två veckor sedan dess, hade skjutit undan det lite grann i mitt huvud, men härom dagen tänkte jag att det vore på tiden att avsluta det hela. Jag var lite extra motiverad efter att ha träffat den där universitetskillen och snackat om deckarbranschen och också läst ytterligare några artiklar om saken. Skulle vara spännande att se om Grahn och jag kunde komma på några intressanta slutsatser. När jag till slut ringde honom sa han att det gick fint att träffas om jag ville.

"Du vet hur det är", sa han, "som pensionär är tid allt man har."

Han undrade om vi kunde träffas inne i stan den här gången, så det blev Kungsträdgården, på en bänk vid den porlande dammen.

"Om du kommer ihåg så klev vi av färjan och hamnade på den där Lewisön och sent om sider kom vi till hotellet i Stornoway", började Grahn.

"Satan i gatan, nästa morgon minns jag allt för väl. Vaknade upp med världens baksmälla. Visst, vi hade hinkat lite mest för jämnan

247

sen vi kom till Skottland, men det hade ändå varit ganska lugnt, inte grävt riktigt i de nedre regionerna, alltså det hade aldrig varit någon riktig blecka. Förstår du vad jag menar, har du supit dig rejält full någon gång?"

"Nja, i mina tonår kanske, men det kan jag egentligen inte säga", sa jag. "Jag brukar vara ganska försiktig med alkohol, något glas vin eller en öl kan det bli ibland, men inte mer än det. Gillar nog inte att tappa kontrollen."

"Låter som en bra egenskap", konstaterade Grahn och fortsatte.

Hur som helst. Huvudet var som ett kompressorrum, varenda polyp i skallen flimrade och dånade, tungan torr som Gobiöknen och törsten kröp liksom på knä in till toaletten. Min första morgon på Lewis Island var helt enkelt ingen lek. Igår, när vi hade kommit fram till hamnen efter att Riddle dragit den där hemska historien om de återvändande från Första Världskriget, stötte han på en gammal kompis från Stornoway när vi gick iland och kompisen insisterade på att vi skulle gå till närmaste pub och få oss lite till livs. Det var så klart svårt för oss att säga nej och dom hade så mycket att snacka om så vi andra bara njöt av musiken och stojet och all öl och whisky som kom i strid ström, så timmarna rullade bara på. När vi så småningom pallrade oss till hotellet, som i för sig bara låg en liten bit bort, Stornoway är ju inte precis en stor stad, blev det så klart ett par stänkare i baren där också.

Dunkel, han blev redan så packad på puben att vi hade fått stötta honom på vägen till hotellet. Han lullade mest om damen på båten, men Riddle hade med viss möda fått upp honom på hans rum direkt efter in-checkningen. Den unga tjejen i receptionen såg dock lite konfunderad ut. Tänkte väl att vad fan är det här för ett gubbgäng, fulla, slitna och skitiga som vi var. Det lustiga var att jag på morgonen knivskarpt kom ihåg att jag tänkt på att tvätta min rock så fort tillfälle gavs när jag såg receptionistens blick på oss på kvällen. Men vad Riddle hade sagt om dagens planer mindes jag inte ett dyft av. Fylla och minne tycks ha sin egen speciella rationalitet. I efterhand borde jag naturligtvis ha skippat dom sista glasen, men som det brukar vara i det tillståndet, öppna spjäll och raka rör, och där någonstans slocknade lampan.

Vad Riddle hade bestämt på kvällen, fast egentligen var det på vår tidigare begäran om att få lite sightseeing och skotsk kultur till livs, var att vi skulle ta en åktur runt ön under dagen. Som sagt, mindes inte alls detta, men när vi väl hade lyckats släpa oss ner till frukosten, ivrigt assisterad av Riddle, så berättade han att han fixat en hyrbil åt oss, som vi kunde använda under våra dagar här. Den här dagen var planen att vi alla tillsammans skulle ta oss upp till öns norra sida, till det som kallas Butt of Lewis, fyren som markerar Yttre Hebridernas nordligaste utpost.

Väl där kan man lugnt säga att bakfyllan blåste all världens väg. Jävlar i nådan vad det ven runt öronen. Det var inte tal om att stå nära de branta stupen. Att se fyrar på bilder är en sak, men när man står bredvid dem inser man hur höga de är. Den här fyren stod som en envis väktare och sträckte sig 37 meter rakt upp i vinden ovanför klipporna och stoiskt trotsade larmet från vågorna och dom skränande sjöfåglarna. Och det har den gjort i mer än hundrafemtio år. Det här kunde man läsa sig till på en skylt på fyrbyggnaden. Fyren byggdes av David Stevenson och om efternamnet är bekant så är det inte så konstigt. David var farbror till Robert Louis Stevenson, han som skrev *Skattkammarön* och *Dr Jekyll & Mr Hyde*, dom borde du hört talas om. Stevensonfamiljen byggde faktiskt många fyrar utefter kusterna i Storbritannien.

Ja, det var hav åt all håll och västerut bredde sig Atlanten ut hundratals mil bort mot närmaste land som är New Foundland i Kanada. Så snacka om öppna landskap. Härifrån sträcker sig sen Yttre Hebriderna söderut med mer än hundra öar där de sydligast bebodda heter Barra och Vatersay. Riddle berättade att idag är det mest de större öarna som har en permanent befolkning. Många är de historier om hur familjer var tvungna att överge sina hem på de mindre öarna på grund av de hårda livsvillkoren och en ofta okänslig politisk överhöghet och denna avfolkningsprocess pågår tydligen fortfarande.

På tillbakavägen var vi lite mer pigga och kunde också se vad som fanns utanför bilfönstret. Vid närmaste by när vi tog oss från fyren såg jag högar med staplade svarta lerklumpar utanför de typiskt vita och grårappade villorna."

"Vad är det där?", frågade jag Riddle.

"Jo", sa Riddle, "torvbitar som folk torkar och eldar med i kaminerna."

"Åh fan", svarade Barsk.

"När vi åkte från Stornoway i morse passerade vi den heden som täcker större delen av ön, minns ni det?", fortsatte Riddle."

"Du", flikade Dunkel in, "tror inte det, i alla fall var mitt huvud någon annanstans just då."

"Okej, jag ska visa er när vi åker förbi där igen. Men hur som helst så är det så att folk fortfarande ofta använder torv för uppvärmning. Varje familj har sitt eget torvställe ute på heden och orkar man bara gräva upp den, som i och för sig är ett ganska hårt arbete, så är det alltså gratis energi. Bra va?"

"Jo det låter ju fiffigt, men hörru Riddle, nog för att vi är väldigt tacksamma för dina små historiska anekdoter, men nu börjar magen kurra ordentligt", sa jag. "Ska du inte trampa lite mer på gasen så vi kan få oss en matbit i stan?"

251

Den här dagen tog vi en tupplur på eftermiddagen. Det var verkligen något som behövdes. Vid fem-tiden på eftermiddagen knackade Dunkel och Barsk på min dörr.

"Du Grahn, jag och Barsk tänkte gå på den där musikfestivalen borta vid borgen, ska du med?", frågade Dunkel.

"Nej fan, det skiter jag i, det är inte precis min musikstil, så det där får ni nog klara av själva. Riddle är ute på sina egna äventyr så jag tänkte nog gå ner och ta en öl på den där puben vi var på igår, vad var det den hette, Nils någonting?", sa jag.

"Nils, vad fan Grahn, din skotska är usel, McNeills heter den", rättade Barsk.

"Ja, ja, var inte så petig, skit samma, dit går jag iallafall, tröttnar ni på skotsk knätofs kan ni ju alltid dyka upp, sitter väl där någon timme", fortsatte jag.

"Du gör som du vill, vi drar, morsning."

Det kändes skönt att kunna gå ut en del på egen hand. Hade blivit lite väl mycket kamratskap de sista dagarna, behövde lite lugn och ro och egna tankar. Även om jag kan ta en rackabajsare då och då

252

hemma, är jag inte van att härja runt så mycket ute på lokal med andra i släptåg. Innan jag gick på puben tog jag en sväng på stan och hamnade så småningom nere i den inre hamnen. Där trängdes mängder av båtar. Tänkte på det som Riddles kollega hade sagt om knarksmuggling in i landet via fiskebåtar här utifrån. På ett ställe låg det massor av hummertinor travade och jag antog att de fiskebåtar som låg där fiskade hummer och krabbor i vattnen runt Hebriderna.

Vid en av båtarna var det ganska stor aktivitet. Flera män lyfte upp lådor från båtens inre som sen bars över till en väntande skåpbil. Tyckte väl inte det var något speciellt med det, männen jobbade på och verkade inte direkt bry som om mig. Fan vet jag hur det ser ut när de lastar av och på en hummerbåt. Om det inte hade varit för det som Riddles kollega hade sagt hade jag säkert inte brytt mig något mer. Men jag fick en känsla av att allt inte stod rätt till, så jag slog en signal till Riddle, gav han platsen och bilens registrerings-nummer. Han sa att han skulle föra informationen vidare så fick dom kolla upp det hela. Men han trodde inte det var något egentligen, för erfarenheten sa att om det gällde knark brukar dom inte vara så fräcka att omlastningen sker inne i Stornoway och framförallt inte på dagtid, men vem vet sa han, kostar inte att kolla.

Som sagt, Dunkel och Barsk hade bestämt sig för att besöka den pågående musikfestivalen. För att ta sig dit måste man gå ner mot den inre hamnen, samma del av hamnen där fiskebåtarna ligger och där den lilla floden i staden rinner ut. När man går längs hamnen ligger festivalområdet bara ett par hundra meter bort på andra sidan floden. Området är jättevackert där själva festivalområdet med sina två stora musiktält ligger på den breda gräsmattan nedanför Lews Castle, en borg som byggdes på 1800-talet av Sir James Matheson, som hade köpt hela ön med pengar han hade gjort på opiumhandeln mellan Indien och Kina när det begav sig. Ibland kallade man honom lite skämtsamt McDrug. Idag ägs det av Stornoways kommun. Runt om kan vi också se den planterade blandskogen, ett egentligen helt exotiskt inslag på dessa öar som annars mest består av karga hedlandlandskap förutom odlade enformiga mindre barrskogsområden här och där. Den inre hamnen är också till för småbåtar och de längst in ligger nu på sniskan eftersom det är ebb på kvällen. Den gyttjiga havsbottnen blir då helt synlig.

Trots närheten till festivalområdet måste ändå Dunkel och Barsk ta en liten rundtur ner till den lilla stenbron som för dem över till andra sidan. När de kom fram till grindarna växlade de några ord med vakterna. Här fanns också polis med knarkhund och till och med folk från kustbevakningen. Ordning och reda kan man lugnt säga. Det visade sig att några av bevakningen också skulle på vår konferens, så inträde behövde de inte betala. Det var nu ganska mycket folk, man räknade med flera tusen under kvällen eftersom det var festivalens final. När de stod där inne på festivalområdet och dividerade om hur de skulle hantera det hela, fixa en öl och så vidare, kom en av vakterna inne på området fram. Han hade en sådan där tunn gul väst på sig som är så vanlig idag när man pysslar med något där poängen är att man ska synas.

"Ursäkta att jag stör, men jag hör att ni talar norska", sa han.

"Va, pratar du svenska?", sa Barsk. "Jag trodde alla som jobbade här var skottar".

"Nej, faktiskt inte", fortsatte vakten, "fast de flesta är det, men bland oss som är vakter eller snarare festivalguider, se här vad som står på min rygg, Steward, finns en hel del volontärer från andra länder. Vi gör det för att vi gillar musiken och kulturen här i Skottland. Det är också ett trevligt sätt att komma närmare och lära känna människor här."

"Jaha!" sa Dunkel. "Där ser man."

"Och vad har fört herrarna hit då, gillar ni skotsk folkmusik?"

"Nja" sa Barsk, "vi är väl inte direkt några kännare av den sortens musik, men i alla fall har jag inget emot den heller, ska bli kul att lyssna lite. Däremot är vi här för att det ska vara en konferens om kriminalutredningar i stan och hur man löser mordfall."

"Den har jag hört talas om", sa vakten. "Jag bor på ett vandrarhem inne i stan, Heb Hostel, precis bredvid kulturcentret och där har jag sett affischer om konferensen. Jaha, är ni sådana där kriminalare?"

"Jajamän" sa Dunkel. "Faktiskt är vi en lirare till från Skandinavien, en svensk, fast han sa att den där musiken skiter jag i, inte min stil, jag gillar mer schlager, gå själva ni, jag sätter mig på en pub och njuter lite av ett par öl istället. Fast han hade nog gillat att träffa dig, vi kanske kan stråla samman när du inte jobbar här, en annan dag kanske."

"Inga problem" sa vakten. "Vore trevligt, festivalen är slut i kväll, så någon av de närmaste dagarna går bra. Var bor ni?"

"Vi bor på ett hotell som heter något i stil med Kalle Inn, vet du var det ligger?" fortsatteBarsk med frågande min.

"Ja, det tror jag nog, stan är så liten att man snart lär sig de flesta ställena, men ert hotell heter nog Caladh Inn, inte lätt att uttala dessa gaeliska ord. Det är bara några hundra meter från där jag bor, här är mitt mobilnummer, hör gärna av er ", sa vakten.

"Förresten", frågade Dunkel, "var kan man få sig en öl här?"

"Enkelt, ser ni det där lilla gula tältet där borta i sluttningen, där kan ni växla till er plastbrickor, tokens kallas de här. Sen går ni ner dit bort till de större vita tälten", han pekade nu ned mot vattnet.

"Ni ser köerna, där kan ni köpa öl för de där brickorna och även en del sprit finns för den som känner för det. Förresten, se till att stanna till slutet av kvällen. Eftersom det är sista kvällen så blir det extra drag om ett par timmar, då äntrar bandet Red Hot Chilli Pipers scenen i det stora blågula tältet där, som avslutning. Ett helvetes drag med en kombination av hårdrock och säckpipor, en riktig skotsk nationalistisk fest som ni aldrig kan uppleva någon annan stans. Som ni ser, det börjar redan komma en massa folk. Jag rekommenderar er också att gå till det lilla musiktältet i änden där borta, där ska strax ett riktigt coolt band från Prince Edward Island i Kanada spela, Gordie MacKeeman and his Rhythm Boys heter dom, kör en slags skotsk folkrockmusik och ledaren i bandet som sjunger och spelar fiol är överjävlig på att steppa samtidigt. Hur häftigt som helst."

"Fan vad folk tjatar om det där Chillipeppargänget, vi borde nog lyssna på dom. Men först hörru Dunkel, let's get beer, tack för tipsen vi hörs", sa Barsk till den svenska vakten och drog iväg med Dunkel bort mot växlingsstället.

Mer och mer människor strömmade till och en halvtimme senare kom Barsk och Dunkel knallande, men nu med varsin plastmugg med öl i sina händer på väg bort mot det lilla musiktältet. När de gick förbi den svenska vakten igen stod han och pratade med en kvinna.

"Hej igen på dig du, det gick ju smidigt det där, vi fick oss en whisky också, satt fint", sa Barsk.

"Vad bra" svarade vakten. "Idag verkar det vara er turdag, får jag presentera denna dam för er", fortsatte han och nickade mot kvinnan.

"Hej, hur står det till?" sa hon lite förläget. Det hade egentligen verkat som om hon inte ville ha kontakt med oss utan sa det bara av ren artighet i och med att vakten verkade lycklig över sammanförandet.

"Är du också svensk?" sa Dunkel med förvånad min. "Det var fan vad det var svenskar här".

"Jaa, så farligt många är det nog inte, men om några finns så har vi en tendens att dras till varandra, om inte annat så för en liten stund, känns skönt att bryta av vardagen här och få prata lite på sitt eget språk. Vad har fört er till dessa trakter då, ni ser inte direkt ut som den vanliga besökaren", sa hon med en lite undrande uppsyn.

"Nej, kan nog stämma, vi är kriminalare från Oslo och Köpenhamn, och vi är hitbjudna på en konferens om kriminalutredningar, har du hört talas om den?" sa Barsk.

För den uppmärksamme och den som känner kvinnan skulle nog ha sett hur hennes ögon ett kort ögonblick spärrades upp, stelnade liksom till, men snabbt återtog den normala blicken.

Hon säger sen: "Ja, något har jag nog hört, det är ju så få saker som händer här så när det händer något utöver det vanliga, nästan oavsett vad det är, så sprids det snabbt."

"Hör ni grabbar, antar att ni inte bara är hårdföra deckare, utan kanske också är lite intresserade av lokal hebridisk kultur", bryter vakten in. "För då har ni kommit rätt, damen här, för att vara en utomstående, är vad jag förstått en hejare på det, stämmer inte det?" sa vakten och vände sig med ett leende mot kvinnan.

"Ja, nu ska vi inte ta i, men lite stämmer det nog, jag har intresserat mig en del i den traditionella keltiska kulturen här på öarna", sa hon. "Ni vet, druider, keltiska kors, stenstoder, begravningsplatser och så vidare."

Samtidigt kom det ett äldre par fram till vakten och frågade var toaletterna ligger.

"Ursäkta mig", sa vakten, "jag ska bara visa det här äldre paret till toaletterna, så jag lämnar er en liten stund."

När vakten gick iväg uppför slänten bort mot toaletterna med det äldre paret efter sig pratade kvinnan vidare med Barsk och Dunkel.

Hon berättade lite om sitt arbete och grabbarna visade ett artigt intresse. Om det berodde på att de var genuint intresserade eller bara fascinerade av kvinnans utstrålning var svårt att säga. Men samtalet rundades av med att hon gav dem ett erbjudande.

"I morgon kväll ska jag göra en del iakttagelser vid det mest kända fornminnet här på ön, Callanish heter det, i princip lika mäktiga stående stenar som Stonehenge nere i England. Känner ni till det stället?"

"Nja, det kan jag nog inte säga", svarade Barsk.

"Inte jag heller", fyllde Dunkel i.

"Hur som helst, påminner en del om våra runstenar men resta långt före vikingatiden", fortsatte hon.

"Är ni intresserade får ni gärna möta upp mig där så kan ni få veta lite mer intimt om dess historia. Ni sa att ni hade hyrbil, så det är inga problem att hitta. Har ni GPS i bilen, okej, då är det lätt, det är bara att åka ut ur Stornoway mot söder, finns bara en väg. Efter cirka femton minuter är det skyltat till höger, Callanish står det. Därifrån är det ytterligare ungefär en kvarts bilresa. När ni närmar er så pekar en skylt till vänster mot platsen och ni åker sen på en mindre väg några hundra meter till. Då kommer ni till en par-keringsplats strax bredvid själva informationscentret. Nedanför er kommer ni att ha en fantastisk utsikt över en av atlantvikarna på den

260

yttre sidan av ön. Kom dit runt nio-tiden imorgon kväll och gå upp mot stenarna, ni ser dem en bit bortanför centret. Jag kommer att vara där. Jag håller till på andra sidan ön och kommer att komma dit från det hållet. Det jag håller på med passar bäst att göra i skymningen, därför denna tid och när ni väl är där ska jag förklara lite mer."

"Låter kul, eller vad säger du Dunkel?", sa Barsk och klappade polaren på axeln så han skvimpade ut lite öl på kvinnans kappa.

"Oops!", sa Dunkel. "Förlåt."

"Ingen fara" sa kvinnan. "Ska vi säga så?"

"Absolut, vi kanske kan få ta med vår svenska polare också, han sitter väl på McNeills och tar en öl just nu, är det okej?" svarade Dunkel.

"Inga problem, var bara noga med tiden", sa damen och lämnade sällskapet och gick bort mot ett av musiktälten.

"Vilken pudding, eller vad säger du Dunkel?", sa en leende Barsk och puffade till Dunkel i sidan.

"Jo, men på det planet verkade hon lite för allvarlig för min smak", sa Dunkel. "Såg du hur hon hade ganska kalla, men samtidigt lite sorgsna ögon."

"Äsch, du har bara den där damen på färjan i huvudet, tror du inte jag har märkt det", retades Barsk lite.

"Men skit i det, den här tjejen verkade ändå trevlig, kanske bara lite blyg i början, du vet hur damer är. Med lite lirkande brukar dom öppna upp sig. Se det som ett äventyr innan vi ska plågas med en massa babbel på konferensen. När jag tänker på den ångrar jag nästan att jag åkt hit. Vi tar ett snack med Grahn när vi träffar honom. Tjingelitjong, nu släpper vi den här grejen och går och lyssnar på den där stepparen och hans band."

Det här hade Barsk och Dunkel berättat för mig i efterhand. Som jag redan antytt följde jag inte grabbarna till festivalen. Istället gick jag en sväng ner till hamnen och en barrunda inne i stan och hamnade så småningom på den där puben McNisse eller vad det nu var den hette. Här var det nu som på så många andra ställen full fart med musik. Man spelade skotsk folkmusik så det tjongade om det, folk anslöt och stämde in med de instrument de hade med sig, andra gick när de spelat av sig det värsta. Inte direkt min musik men trevlig stämning var det.

Bredvid mig satt en stund en äldre snubbe som såg ut som en äkta skotte. Han hade hela kiltutrustningen på sig toppat med en sån där typisk skotsk mössa, bonnet hade jag lärt mig att den hette. Han

262

presenterade sig som träsnidare och berättade att många av de större träsniderierna runt om i Stornoways stadsmiljö var hans verk. Det var som fan hade jag sagt och frågade om han också hade gjort den där stora kossan vid utfarten från stan som jag såg tidigare i dag när vi åkte ut till den där fyren. Stämde bra det, men det är ingen ko utan en tjur sa han.

Jag passade också på att fråga varför folk var så positiva till oss skandinaver trots att vi har varit här och härjat förr i tiden. Han tyckte inte det var så konstigt. Dels hade ju många vikingar slagit sig ner här i Skottland, så många var släkt med dom. Samtidigt hade styret på den tiden varit relativt jämlikt och så småningom ganska lugnt. Speciellt om vi tänker på vad som kom sedan, med klanfejder och engelsmän. Med det perspektivet menade han är det nog inte så konstigt att vi här ute på öarna och i bergen i Skottland har ljuva minnen av vikingatiden, förvisso en hel del romantiserat, men ändå. Tänk bara på att den här kilten jag har på mig idag, den var förbjuden att bära under lång tid av engelsmännen.

Trevlig man, minst sagt, tyckte jag. Sen sa han att nu började festligheterna ta ut sin rätt för honom och han tackade för sig.

Sittande en stund i eftertanke och med ytterligare ett par whisky och öl innanför västen så kände jag mig så där lagom lullig. Då, klockan hade kanske blivit runt tio-tiden, kolsvart ute i alla fall, kom det in en kvinna som gick fram till baren och växlade några ord med bardamen och sen gick fram till mitt bord.

Vad dom sagt till varandra visste jag naturligtvis inte just då, men i efterhand fick jag veta följande: "Hej, visst är du är svensk va?", sa bardamen till kvinnan. "Ja, vi har ju setts någon gång förut, så det stämmer", sa hon.

"Ser du den äldre mannen i rocken som sitter där i hörnet?", fortsatte bardamen. "Han presenterade sig som svensk, han är rätt packad nu och hans engelska är inte den mest avancerade, skulle du kunna snacka med honom och se till att han kommer hem ordentligt, inga problem egentligen, han är trevlig men har suttit här ett tag och fått i sig en hel del, börjar bli förvirrad. Han bor på Calidh Inn tror jag, du vet runt hörnet bara."

"Visst, inga problem, jag går och sätter mig hos honom, kan du komma med en Fosters till mig, tack?"

"Hej där, är det okej om jag sätter mig ner här?" Det var ju ganska fullt men ledigt bredvid mig, så det verkade inget mystiskt med det tyckte jag.

"Yes, no problems", svarade jag lite svajigt. Det gungade lite i skallen men annars mådde jag bra.

"Förlåt att jag frågar, din brytning gör att jag undrar om du inte kommer från Sverige", sa hon med ett litet leende.

"Jaså, hörs det så tydligt, det var värst, då är du också svenska, sätt dig. Får jag bjuda på något?"

"Nej tack, det går bra ändå, jag har en öl på väg och här kommer den, tack."

"Ursäkta min förvåning, men vad gör en sådan stilig svensk dam som du här i denna, får man säga håla?"

"Tänkte fråga detsamma, inte många svenskar dyker upp här och speciellt inte din typ."

"Min typ? Jaha, vad är jag för en typ då kan man undra?"

"Jag tänkte nog mer på din ålder, de flesta turister som kommer hit ser lite annorlunda ut och är dessutom ofta yngre. Jag befinner mig här av lite olika anledningar men är intresserad av keltisk kultur, och du?"

"Ja, att jag är här är nog mer av en slump, jag är en avdankad kriminalare från Stockholm som råkar vara här för att det är en konferens om kriminalutredningar här i stan de kommande dagarna."

"Jaha, hörde nyligen något om den, då är du nog kompis med de andra två kriminalarna jag träffade tidigare i kväll på musikfestivalen."

"Jaså, du har mött Barsk och Dunkel, det var som rackarns, hur stötte du på dom om man får fråga?"

"Ja du, det var en svensk kille som jobbade där som mer av en tillfällighet råkade föra oss samman."

"Åhå, där ser man, slumpens skördar, kul."

"Ja det var okej, vi ska faktiskt mötas imorgon kväll ute vid ett av fornminnena här på ön, Callanish heter stället, där finns så kallade standing stones, uppställda stenar, lika pampiga och gamla som det mer kända Stonehenge i England. Det ligger en dryg halvtimme med bil härifrån, du kanske har lust att hänga på."

"Kanske det, känner mig lite bladig just nu, men är det på kvällen i morgon borde det inte vara några problem", fortsatte jag.

"Jag har varit intresserad av keltiska fornminnen en längre tid så jag erbjöd mig att berätta lite mer om dem, kanske vore lite kul for er att få lite kultur också som omväxling."

"Vi har förvisso redan fått en del till livs av vår skotska vän som guidat oss hit från Edinburgh, men varför inte, låter som en bra idé", sa jag och tittade med vajande blick ner i mitt tomma glas. "Va fan, här sitter jag utan dricka, det här går inte. Hej, tror du man kan få en till, samma som förut?", ropade jag till damen i baren.

Kvinnan vid bardisken tittade upp och på den svenska kvinnan och de nickade i samförstånd, typ "Sista ölen va, okej?", har jag förstått i efterhand, sen fick jag min öl.

Vi konverserade lite hit och dit, jag berättade om min karriär som kriminalare och varför vi var här. Hon verkade ganska intresserad av detta och jag kom ihåg att jag tyckte det var lite ovanligt, nästan konstigt faktiskt. Min uppfattning om damer var att de ofta brukade vara lite avståndstagande när jag berättade om mitt jobb. Sen måste jag erkänna att efter sista ölen började det snurra till ordentligt och det sista jag minns tydligt är att hon tog mig under armen och att vi hamnade på gatan utanför. Antagligen hade musikfestivalen avslutats för det var drängfullt med folk på gatorna, sen minns jag inget mer.

Dunkel och Barsk berättade för mig efteråt att när festivalen var slut och de gick med lämmeltåget mot stan hade de letat efter mig. Dom hade frågat på McNeills, men tydligen inte pratat med bardamen utan med någon annan i baren. Han sa att med så mycket folk som det hade varit under kvällen var det omöjligt att svara på om jag hade varit där. Dom hade fortsatt runt på gatorna och tittat in på flera andra ställen. Samtidigt hade festen börjat avta och det var mest ungdomar som blev kvar frampå småtimmarna. Så dom antog att jag var hemma på hotellet och sov av mig ruset.

Men på morgonen blev de lite mer oroliga för när de knackade på min dörr var det inget svar. De kollade med receptionen, men eftersom ingen här tycktes lämna in sin nyckel kunde receptionisten inte vara säker på om jag var ute eller inne. Riddle hade inte heller hört något, men alla antog att jag var ute på ett eget äventyr och tänkte att jag var väl kapabel att ta hand om mig själv. Grahn är vuxen och hör väl av sig vad det lider, tyckte Riddle som själv var upptagen med förberedelser inför konferensen till helgen. Samtidigt slog det Riddle att jag hade ringt honom om den där fiskebåten i går kväll. Han berättade det för Barsk och Dunkel och dom undrade lite om det ändå inte kunde ha hänt mig något kopplat till den där knarksmugglingen. Hur som helst hade Riddle sagt, det blir ändå ett fall för lokala polisen. Inget vi kan göra just nu tyckte han, men han skulle hålla oss informerade.

Dunkel och Barsk hade sagt till Riddle att de tänkte ta det lugnt under dagen, gå runt lite på stan, och kanske skulle de stöta på mig senare. Om inget hörts av mig efter att de varit ut till det där fornminnet på kvällen skulle de träffas på hotellet igen. Under tiden skulle de hålla kontakt via mobilerna om något dök upp.

Och nu min vän ska du få höra hur en lustiger dans började rullas upp. På kvällen tog Dunkel och Barsk hyrbilen och körde ut ur stan. De var båda ovanlig pigga eftersom de skulle köra bil. De hade hört att dagen efter festivalen var polisen ovanligt alert mot fyllekörningar, och här spelade det nog ingen roll om föraren var en skandinavisk kriminalare. Dessutom skulle det inte se så bra ut att åka dit för ett brott precis innan konferensen. Så Barsk drack inte en droppe under dagen och solidarisk som han var avstod också Dunkel. Mig hade de inte sett skymten av och det gnagde lite i dom, som dom sa till mig efteråt. När de kontaktade Riddle på eftermiddagen var svaret detsamma, inget nytt från polisen, jag var som bortblåst. Men, som dom redan bestämt, dom fick ta tag i det på allvar när de kom tillbaka. Grahn kanske ändå behövde få vara i fred lite, resonerade de.

På vägen hade dom konverserat lite, det var fortfarande ganska ljust och dom konstaterade att dom borde komma fram till fornminnet lagom till den tid som damen hade bestämt. När de tittade ut på vidderna omkring sig var dom bra överens om att landskapet här var väl kargt och öde för deras smak. De ödsliga hedarna bröts förvisso av med små svarta, men i solen vackra sjöar här och där, men egentligen ingen växtlighet runt dem, bara ett eländigt stenlandskap. Det enda annorlunda åt det här hållet var kala höga berg långt bort mot söder som sträckte sig tvärs över ön. Vad dom inte visste då var att dessa berg markerar gränsen mellan norra delen av ön som just kallas Lewis, och den södra delen som kallas Harris. Vana storstadsbor som både Dunkel och Barsk var, förstärkte bergen ytterligare ödsligheten.

"Uj,uj, uj", sa Dunkel, "en sak är då klar, ska man bo här krävs ett jävla självförtroende. Jag kan inte tänka mig en annan plats där man riskerar att bli så själv med sina tankar."

"Jag tänkte på samma sak", replikerade Barsk. "Även om man behöver sin egen tid och i lugn och ro själv då och då få sortera sina tankar, ger stadens puls också den där njutningen av att få spegla sig i andra, vare sig det är vänner eller okända. Men tänk dig här, en inåtvänd kuf som är van att i stort sett bara sköta sitt, där umgänget endast är dom här vilda elementen och som bara har en annan likadan kuf någon kilometer bort. Man kan ju undra hur ett sådant samtal skulle låta om de råkade mötas. Tänk dig att Paddy kuf står och bökar med något vid stenmuren nere vid infarten till hans gård. Samtidigt kommer Andy kuf, som måste gå förbi Paddy kufs ställe för att ta sig ned till sin båt vid havet. En svag nick koordinerat med en nästan osynlig rörelse med handen mot kepsen och ett litet muttrandetyp "Aaaj" från den ena och motsvarande från den andra. Och jag ser framför mig hur båda två i sitt inre tycker att det var ett jävla rännande nere vid vägen den här dagen. Får man aldrig vara i fred. I norra Sverige och Norge finns det väl något liknande, men vår uppfattning om er danskar tycks utesluta det."

"Nja", svarade Dunkel, "ute på den jylländska landsbygden, i de inre delarna kan man nog fortfarande stöta på en och annan liknande figur. Fast så här extrema vete fan."

"Apropå det", fortsatte Dunkel, "har du tänkt på att det moderna samhället och all urbanisering gör att vi ständigt möter främmande människor. Det var ju stor skillnad bara för en generation sen. När jag var liten på 50-talet tycktes de flesta människor man stötte på vara kända personer och farsan hade i princip bara ett jobb i hela sitt liv. Sen dess flyttar vi runt mer och mer, byter jobb mest hela tiden och i slutändan verkar våra relationer bli helt annorlunda, gränsen så att säga mellan en själv och andra tycks bli annorlunda."

"Det var värst vad du blev filosofisk, men det ligger något i det, ett slags evigt uttryckande om att det här är jag, här går min gräns och att den ständigt måste nyetableras. Kanske gör det folk mer ängsliga. Tror inte våra två kufar har det problemet i alla fall. Men du, här verkar vägen gå in till de där stenarna, det är nog här vi ska svänga av", sa Barsk och styrde in på avfarten.

En bit upp efter vägen låg parkeringen vid Callanish. Det var fortfarande tillräckligt ljust för att de skulle kunna se både själva informationscentret och de stående stenarna drygt hundra meter upp till höger. Det fanns inte en enda bil på parkeringen, så båda började undra om kvinnan egentligen var här.

På stigen upp såg de en fantastik vy över havsviken nedanför och bergen de tidigare hade sett söderöver. Även åt andra hållet bredde vidderna ut sig med enstaka gårdar och hus spridda över hedmarkerna.

"Man kan verkligen förstå varför de där människorna som en gång reste de här stenarna som sitt monument valde den här platsen", sa Barsk.

"Ja, det är en lite förunderlig känsla att stå så här, människans litenhet ökar liksom", svarade Dunkel, "samtidigt som man kan tänka sig att dom som organiserade och kontrollerade vad de nu gjorde här, på ett dramatiskt sätt förvandlade naturens storhet till sig själva och därmed etablerade sin makt över andra, samtidigt som de utgjorde ett slags skydd mot naturen och andra svårkontrollerade krafter. Vad tror du om det Barsk?"

"Fan vad du lät klok helt plötsligt", fnissade Barsk. "Är det inte så våra präster också fungerar, för att inte tala om våra politiker? Här utstrålar naturen verkligen makt, antar att det också har varit idén med kyrkor och andra byggnader i vår historia."

"Jo, det kan man nog säga, men strunt samma, jag ger inget för någon av dom där typerna, gå på nu så får vi se om damen är här, hon borde nog kunna berätta mer", sa Dunkel som med stora kliv lufsade vidare upp för den lilla backen mot stenarna.

272

En fantastisk syn mötte dem. Platsen är den högsta punkten i omgivningarna och stenarna bredde ut sig i ett slags ringmönster, med långa utlöpare av stenar i alla väderstreck där de största stenarna var mer än tre meter höga. Vi hade fått höra av Riddle att om man såg platsen från luften ser stenarnas placering ut som ett keltiskt kors och platsen kallades ibland för druidernas katedral. Nog var stället imponerande, speciellt en sådan här dag med klar gnistrande himmel när solen är på väg ner. Där hade hon helt rätt den där damen som lockat dit dem.

Barsk hamnade några meter efter Dunkel. När han klev på hade Dunkel plötsligt tvärstannat så att han nästan snubblade in i honom. Dunkel sa:

"Du, det står en man där borta mellan stenarna, ser du Barsk?", pekande med ena handen.

"Jo fan, visst fan."

"Hallå där!", skrek personen med gäll och lite konstig röst. "Gå på lite till."

Dom lydde uppmaningen och gick framåt ytterligare några steg, först Barsk och sen Dunkel direkt efter. Dunkel tänkte: "Vad är det här för sketen teater?"

Då plötsligt, mitt i berättelsen på bänken i Kungsträdgården, avbröts vi av att Grahns mobiltelefon ringde.

"Fan också!" tänkte jag. Nu när det började likna något.

Grahn tittade på displayen och svarade, samtidigt som han sa till mig: "Måste ta det här."

"Ja", sa Grahn till telefonen. "Stämmer", fortsatte han. "Mm, mm, mm.... Jag kan komma förbi vid fyra-tiden om det är okej."

"Bra, då säger vi det", avslutade Grahn och tittade upp på mig.

"Förlåt mig, det var en kollega som ringde, måste upp till polishuset på ett förhör senare. Men inga problem, jag hinner dra färdigt historien innan dess."

Nyfiken som jag var, fast jag inte hade något med saken att göra, frågade jag vad det gällde.

"Jo", sa Grahn, "för ett par år sedan utredde jag en snubbe som sprang omkring på Söder och slog ner kvinnor."

"Jaha", sa jag samtidigt som jag tyckte att det där lät bekant.

"Han fick sitta inne ett tag för det, var också anklagad för våldtäkter, men nu har han tydligen satt igång igen. Dom har haffat mannen och ville att jag skulle vara med på ett förhör eftersom jag redan kände honom."

"Du Grahn, jag blev faktiskt också nedslagen av någon idiot härom veckan, det var borta vid Zinken, samma dag faktiskt som vi sågs på Gunnarssons."

"Åh fan, kan du beskriva mannen?"

"Ja, nu såg jag honom inte ordentligt, jag trodde i alla fall att det var en man och det gick väldigt fort. Jag svimmade till en kort stund och när jag fick hjälp att komma till sans var han borta. Det som jag tyckte var konstigt var att det skedde helt utan anledning, vi bara gick förbi varandra på trottoaren. Han hade mössa och rock och var av medellängd, men ganska smal minns jag."

"Du, det där stämmer rätt bra på vår kille. Gjorde du en polis-anmälan?"

"Nej det blev aldrig av, hände en del andra grejer senare som gjorde att jag trodde jag visste vem det var. Sen när det visade sig att mina misstankar var fel rann det ut i sanden. Men jag har varit fundersam på om det var någon jag kände. Jag tänkte att om det var det kunde det ju hända igen, samtidigt som jag inte kunde komma på att jag hade något trubbel med en man. Fast just osäkerheten gjorde att jag har känt mig ängslig sista tiden, speciellt när jag gått hem ensam på kvällarna."

"Okej, kollegerna berättade att dom hade flera bra vittnesmål mot honom, så jag ser ingen poäng med att du vittnar."

"Men Grahn, tror du att det kan vara samma man?"

"Det mesta talar nog för det, så många idioter som dräller omkring och slår ner folk utan anledning brukar vi inte ha och en sak är klar, den här vändan har han hoppat på tillräckligt många kvinnor för att han kommer att få skaka galler ett bra tag."

"Å vad skönt om det stämmer, då slipper jag gå och grunna på det här i fortsättningen", sa jag med viss lättnad.

"Jag kan fixa fram ett foto på mannen till nästa gång vi ses, så kanske du kan få det ytterligare bekräftat."

"Låter kanon Grahn", sa jag med en känsla av befrielse. Vi satt så en stund, lite så där eftertänksamt, när jag tittade på Grahn igen och kom tillbaka till nuet.

"Du, jag kan inte ge mig till tåls mer, nu måste du fortsätta din historia så att vi hinner klart innan du drar till polishuset."

"Okej, visst. Som sagt, Barsk och Dunkel stod där på kvällen drygt 35 meter från mannen vid de stående stenarna, när Barsk plötsligt skrek till:

"Men vad fan!", och Dunkel såg nu också vad han menade.

"För helvete, det är någon som är bunden där, där vid stenen", fortsatte Barsk med hög och spänd röst. "Ser du inte?", fortsatte han viftande med armen.

"Jo, jo, jag ser", underströk Dunkel.

Det hade börjat skymma ytterligare nu men det var fortfarande inte mörkt när de till sin fasa såg att det var Grahn som var fastbunden.

"Grahn, för i helvete, det är ju Grahn!", sa de nästan i kör och skulle precis ta sig närmare. Då skrek mannen igen:

"Stanna, inte ett steg till om ni vill att er vän ska klara sig."

Nu ser de att framför Grahn ligger det utspritt en hög kvistar och ved om vartannat, men också en massa böcker överst. Det ser helt enkelt ut som ett bål. För en sekund dyker bilden upp för Dunkel av han som brändes på bål i Umberto Ecos film *Rosens Namn*, men den försvinner snabbt som blixten när mannen återigen tar till orda.

"Som jag sa, inte ett steg till, som ni ser har jag en dunk bensin i handen och jag har redan hällt det mesta på brasan. Om jag tänder på blir er kompis ett minne blott. Så rör inte en fena utan nu ska ni lyssna på mig."

Tiden stannade liksom upp och det snurrade runt i huvudena på Barsk och Dunkel, men sakta tycktes bitarna falla på plats. Det är den där förbannade knarkligan, mannen där är troligen en kumpan

277

till knarkkungen i Edinburgh som vi träffade på the Grapes. Han hade ju sagt att vi inte skulle komma för nära honom och tydligen hade vi, eller i alla fall Grahn, gjort det. Samtidigt verkade den där kvinnan på festivalen helt trovärdig och dessutom svenska, nä fan, det här verkar lite långsökt ändå. Men, vänta, nu tog personen av sig sin rock och hatt och vi såg då att det faktiskt var kvinnan från i går. Faktum var att de hade tyckt att rösten lät lite konstig, men hade inte hunnit reagera på det. Istället undrade de i förvirringen vad fan hon höll på med.

De såg nu också att Grahn verkade helt borta, han hängde en del med huvudet, ögonen var öppna men han var inte närvarande, som om han var drogad. Det verkade bara vara repen som han var bunden med som höll honom uppe.

"Så här är det herrar kriminalare, er bransch och ni som personer har gjort mitt liv till ett helvete. Mitt liv är i uppror och allt beror på er. Kan ni fatta hur det känns? Jag tror inte det. Vi hade våra diskussioner och bråk och jag försökte göra allt för att det skulle fungera, men verkligheten kom ifatt oss. Ert jobb och synsätt drev allt mot stupets brant och därför har den som stod mig närmast lämnat jordelivet. Jag är så förtvivlad nu att jag tänker försvinna, klarar inte mer. Men det sista jag vill göra är denna markering mot er och er värld. Jag vill helt enkelt hämnas och om ni håller er vän kär lyssnar ni noga på mig. Jag har ett speciellt skäl till att välja denna plats. Denna plats symboliserar en annan tid då människan tänkte annorlunda, en tid där människan förenades med stjärnorna, stenarna och markerna, med livet helt enkelt. Här visade druider, eller vi kan kalla dom medier om det passar er bättre, hur man kunde förena inte bara det fysiska utan också det spirituella och att detta var viktigt för harmonin i tillvaron, något som i mångt och mycket gått förlorad i dag. Se på er och er sketna bransch, se på er syn på det omkring er, som män bejakar ni en snedvriden syn på naturen och dess roll, och speciellt som kriminalare göder ni en kvinnosyn där kvinnan bara blir ett bihang för er tillfredsställelse och era tillkortakommanden. Om ni hade lyssnat mer på det kvinnliga hade ni varit mer öppna för era instinkter och insikter, vågat öppna upp era känslor.

Istället klampar ni på som om ert tolkningsföreträde och er uppfattning på något sätt är självklar. Därmed är det inte bara så att ni lever i en evigt förljugen värld, där ni ständigt tvingas bära er egen förtvivlan. Ni driver också er motpart till en marginaliserad och underordnad roll. Se på mitt liv, på grund av er blindhet har inte bara en person dött, det har också gjort mitt liv till ett helvete. Denna utsatthet som kvinnor får stå ut med tycks aldrig ta slut, därför har jag bett er att komma hit denna kväll.

Eftersom ingenting tycks hjälpa, decennier av diskussioner kring frågan om man och kvinna inte har förändrat sakernas tillstånd

279

speciellt mycket, har jag kommit till slutsatsen, när jag nu får chansen, att straffa er som ett sätt att försöka få er att förstå, och ingen plats passar bättre än denna. Detta är platsen för rannsakan och med era egna typiskt vulgära ord: It´spaytime mina herrar. Jag är så in i helvete förbannad över sakernas tillstånd att jag utan att blinka skulle kunna elda upp er polare här, men jag har ännu inte bestämt mig, först måste ni i vilket fall som helst lyssna på mina sista ord."

"Vad är det som händer?", sa Barsk viskande till Dunkel. Men sen gick det upp ett ljus för dom. Nu förstod dom plötsligt vem det var, ingen hantlangare till knarkkungen, nej fan, det var ju Tosh fru och hon har tydligen fullständigt tappat koncepten. Hon har blivit galen.

"Men du, ta det lite lugnt nu, det kan väl aldrig vara värt att döda någon, speciellt en person som du inte känner, en oskyldig, du är väl ingen mörderska ", sa Barsk med stressad röst.

"Du, håll käften, ett ord till och han går upp i rök", svarade kvinnan rappt. Bensindunken hade hon släppt när hon tog av sig rocken, men nu tog hon fram en tändare.

Både Barsk och Dunkel insåg att de inte hade en chans att hinna fram innan hon skulle tända på och med tanke på hur lätt dunken verkade vara hade hon säkert, som hon sa, hällt det mesta av bensin på bålet. Dom kunde inte chansa, elden skulle braka loss direkt. Samtidigt tog hon till orda igen.

"Jag har inte kommit hit för att lyssna på er, det blir bara samma gamla argument igen, nu är det jag som håller i trådarna. Känn på det era manschauvinistiska svin. På den här platsen har mycket rättvisa skipats genom århundraden, här finns en urkraft, här kan man, om man har ett öppet sinne inte bara se landskapet och människorna utan också det levande genom vattnet och vindens ljud, intryck som finns här som vittnen till den värld ni som män har drivit fram, där känslor ska undertryckas för er egoism och självcentrering och era kortsiktiga materiella mål. Så se mina sista ord som ett rättesnöre, ett sätt att försöka återkoppla till det vi förlorat, helheten mellan liv och känslor, mellan människa och tillvarons andra världar, att åter vakna och uppleva."

Nu började det bli allt mörkare och de kunde knappt se Grahns ansikte. Om en halvtimme skulle det bli kolmörkt. Varken Barsk eller Dunkel kunde komma på någon idé om hur de skulle fixa det här. De fick helt enkelt avvakta och ge sig till tåls. Dom kunde inte heller, som dom sa till mig efteråt, på ett vettigt sätt diskutera med varandra. Det skulle damen genast upptäcka, möjligen om en liten stund, då det blev mörkare. Inte heller hände något när Barsk försökte knappa på mobiltelefonen han hade i fickan.

"Men vad fan gör hon nu?" viskade Barsk nervöst till Dunkel. "Tänder hon på?"

De såg med uppspärrade ögon hur hon böjde sig ned med tändaren i handen, men istället för att tända på brasan tog hon upp och tände en fackla. Hon förde den mot Grahns ansikte som lystes upp som en glorifierad mask, en mask vars ögon tittade utan fokus. Grahn ryckte till och vred sig i sina rep. Kvällen var annars helt tyst när mörkret så sakteliga la sig över markerna. Men mitt i tystnaden hördes ett djupt ljud, ett strupljud som succesivt steg som ett avgrundsvrål. Först förstod Dunkel och Barsk ingenting. Sen fattade dom, det var Grahn.

"Fan också, Grahn måste ha vaknat till av ljuset och hettan", viskade Barsk till Dunkel.

Vi måste göra något tänkte Barsk, det här går inte.

Då skrek plötsligt Dunkel till kvinnan: "Du, kom igen, ta bort facklan från Grahns ansikte, det här hedrar verkligen inte din man, gör bara saken värre."

"Vad vet du om det, sa jag inte att ni skulle hålla käften, behöver inga råd av er", svarade hon med en isande röst och fortsatte: "Ni vill bara att vi kvinnor ska vara er till behag när det passar. Annars ska vi hålla oss i bakgrunden. Ni är båda löjliga machopittar, feta fyllon och sociala fiaskon. Samtidigt ska ni vara så jävla förnuftiga

282

fast ni är arroganta skitstövlar. Men vi, vi kvinnor, vi känner och därför ser vi. Å Gud, kan vi ha förbarmande över dessa vilsna själar och eller ska vi låta dom brinna i helvete?"

Hon höll fortfarande facklan nära Grahns ansikte och Barsk och Dunkel var som fastfrusna. Mörkret hade sänkts ytterligare och allt blev helt tyst när kvinnans sista ord ekade över vidderna. Hon tog ett steg från Grahn och då gick det inte att se honom längre. Plötsligt sänkte hon facklan mot bålet och som en blixt flammade det upp och kvinnan och Grahn framträdde som i ett strålkastarljus på en scen.

"Helvete!!", skrek dom båda två, "Skit i kärringen!!", vrålade Barsk, och båda rusade som vinthundar fram mot Grahn. Lågorna flammade upp i ett hiskeligt sprakande. Fan vad bensinen hjälpte till. Dom kastade sig mot Grahn trots lågorna och började försöka lossa hans rep.

"Såg du vart hon tog vägen?", flämtade Dunkel.

"Skit i det, vi får ta det sen", svarade Barsk ivrigt, slitande i repen runt Grahn.

Samtidigt, en bit därifrån, satt gamle Angus Morrisson sin vana trogen vid sitt köksbord och tittade ut mot solnedgången och viken

283

ned mot havet bortanför. Han brukade sitta här på kvällarna med en kopp te och fundera lite på tillvaron, det hade bara blivit så och speciellt efter att hans fru Mary hade gått bort. Han hade tidigare på kvällen sett att en bil kört upp till parkeringsplatsen. Han bodde i byn Callanish som ligger på motsatta sidan av stenarna i förhållande till informations-centret. Hans hus var det sista mot stenarna så det låg bara hundra meter därifrån. Han var van vid att folk kom dit på alla möjliga tider, både vanliga turister och sådana som verkade mera betuttade i ställets historier och myter. Inget han egentligen brydde sig om, han hade bott här hela sitt liv så han hade sin egen relation till platsen. Men vad han nu fick syn på hade han aldrig varit med om förut, någon idiot hade tänt ett stort bål bland stenarna. Först hade han hört ett skrik och sen elden. Inte alls bra tänkte han, och med en snabbhet som inte riktigt tycktes stämma med hans ålder, ryckte han åt sig en brandsläckare som hängde på väggen innanför ytterdörren och med raska steg sprang han ut och upp mot stenarna.

"Vad är det som händer här?", skrek han flåsande till Barsk och Dunkel när han kom fram. Men innan de hann svara hade gubben släckt det mesta av elden med sin brandsläckare.

Jag såg för jävlig ut kan jag lova, svedd och hostande och allmänt förvirrad. När de väl fått loss mig såg de ändå att jag klarat mig ganska bra, och jag började klarna lite i skallen.

Utan att förklara för mannen vad som hänt frågade Barsk om han hade mött en kvinna på vägen hit. Men mannen svarade nekande men sa att han sett en bil åka från parkeringen ner genom byn precis innan. Antagligen var det kvinnan de frågade efter, svarade han.

"Du", fortsatte Barsk, "har du en fungerande telefon, vi måste ringa polisen i Stornoway, det är fan så bråttom."

Vi är själva poliser, förklarade de. Då sa mannen att vi skulle ta oss ned den lilla biten till parkeringen på den här sidan, bredvid hans hus. Där skulle mobilen fungera. Att den inte gick att använda vid stenarna var medvetet, mobilsignaler anses störa områdets mytiska aura.

Kapitel 9

Skottland/Lewis Island/Stockholm

"Men du Grahn?", avbröt jag när vi satt där i solgasset i Kungsan. "Du sa att du hade träffat den här damen kvällen innan på puben. Visste du inte vem hon var då?"

"Ingen aning, jag hade ju aldrig sett henne förut, att hon var svenska fattade jag så klart, men hade ingen anledning att koppla ihop henne med den där kriminalaren Tosh. Förvisso tror jag att en tanke var åt det hållet ett kort ögonblick. Men å andra sidan var jag så packad att vi bara pratade på om ditt och datt, kändes inte som det var så viktigt just då. I det här läget i historien, när Dunkel och Barsk lossade mig från stenen, visste jag det inte heller, då var jag helt förvirrad, men när jag berättar vidare får du höra när jag förstod det."

"Men vad hände egentligen på natten och fram till händelsen vid de där stenarna, du sa inget om det tidigare mer än att du inte mindes?"

"Ja, det stämmer, men tydligen hade vi åkt till ett hus någonstans, i efterhand minns jag att vi hamnade i en bil, och vad jag fick höra av kriminalteknikerna senare så visade det sig att jag hade varit i hennes hus, de hade hittat fibrer från mina kläder och troligen lera från min rock i sovrummet. Om du minns, jag hade inte tvättat den

286

där rocken på hela resan. Men ska du förstå vad som egentligen hände måste jag dra det sista nu."

"Ja, okej, låt oss höra slutet?"

"Ja, så här var det. När de hade lossat mig från stenen och den där gubben Angus hade släckt brasan tog Barsk och gubben mig under armarna och stödde mig medan jag stapplade ut ur stenraderna. Jag började försöka säga något, men röken jag hade fått i mig gjorde att det mest bara blev ett kraxande. Barsk sa till mig att ta det lugnt och gubben sa att han skulle fixa lite te om vi följde med honom till hans hus. Dunkel sprang tillbaka för att hämta deras bil vid den andra parkeringsplatsen. När Dunkel hade kört runt området och stannat utanför gubbens hus, kom vi ut därifrån. Jag mådde bättre men hade fortfarande lite svårt att prata trots att jag fått te med honung att dricka. Barsk tog kommandot.

"Dunkel, jag har precis fått kontakt med Riddle. Jag hade först tänkt att vi skulle ta oss in till Stornoway, till sjukhuset, för att kolla upp Grahn. Men Riddle sa att de hade fått ett larm från platsen där Macintosh och hans fru har sitt hem."

Grannen hade ringt in till polisen och larmat om att det var något konstigt med kvinnan i huset. Han hade inte sett henne på ett par dagar och till slut hade han gått dit nu på kvällen och ringt på. Han hade också ringt på hennes mobil och hört hur signalen gått fram inne i huset men inget svar. Eftersom han mycket väl kände till hennes prekära läge och sinnestillstånd efter sin mans död, så tänkte han till slut att det är lika bra att ringa polisen så kan de i alla fall komma och kolla upp saken. Han sa också att när poliserna hade kommit till platsen hade de hittat henne död inne i vardagsrummet. Gardinerna i fönstret ut mot vägen hade varit fördragna så det hade inte gått att se henne utifrån. Både Riddle och rättsläkare hade blivit ditkallade tillsammans med kommissarie Stewart från polisstationen i Stornoway för tjugo minuter sedan.

"Så Riddle sa att vi kan mötas där och läkaren kan kolla på Grahn samtidigt. Du, vet du var den där byn Arnol ligger?", fortsatte Barsk och vände sig mot gubben Angus.

"Visst", svarade Angus med en nyfiken blick. "Det ligger längs kustvägen norrut, däröver, tar högst en timme dit", fortsatte han och pekade bortöver.

"Bra, vi skulle nog behöva att du följde med oss och visade vägen. Är det okej?", fortsatte Barsk.

"Inga problem", svarade Angus och såg lite väl glad ut med tanke på situationen. Han tyckte väl helt enkelt att det här var spännande, ett trevligt avbrott på vardagslunken.

"Du blir tillbakaskjutsad senare av polisen, så det är lugnt", lovade Dunkel och Angus gick snabbt in och drog på sig en jacka, låste dörren och hoppade in i deras hyrda bil.

I bilen började jag sen kunna prata, lite stakande i början men sen gick det bättre.

"Ja jävlar", sa jag, "satt på den där puben inne i stan när hon kom fram och började prata med mig. Visste inte alls vem hon var, mer än att hon var svenska, hade blivit bra packad så att jag minns knappt vad hon hade sagt. Sen vaknade jag på ett rum i ett hus någonstans, ingen aning var, bunden och allt det där. Jag fick någon slags drog ett par gånger så jag var helt lealös. Sen släpade hon in mig i sin bil och så småningom hamnade vi här ute. Men hur fan kunde ni dyka upp?"

"Vi hade träffat henne på festivalen i går kväll och hon lovade att visa oss stenmonumentet och berätta om det. Hon verkade känna en vakt där som också var svensk så det fanns ingen anledning att misstänka något. Tvärtom, vi tyckte det verkade både lite intressant och spännande, så vi hakade på. Vi hade ju inte så mycket annat att göra under dagen. Vi tänkte fiska upp dig också men vi hittade dig ingenstans", sa Barsk.

"Men när fattade ni att det var Macintosh fru?", fortsatte jag.

"Det förstod vi först vid stenarna, när hon började prata, då förstod vi. Hörde du vad hon sa?"

"Nja, bara brottstycken, började klarna till en del på slutet", sa jag och hostade upp lite slem som jag torkade bort med min näsduk.

"Men det var som fan, hon måste ha brutit ihop helt enkelt, hon orkade väl inte längre", konstaterade jag.

"Efter att hon stack iväg från stenarna måste hon ha åkt raka vägen hem och tagit livet av sig", sa Barsk. "Hon sa i sitt snack att efter att hon pratat färdigt med oss skulle hon försvinna. Och det kan man ju säga att hon verkligen gjorde. Vilken tragedi."

"Angus, kände du henne?", flikade Dunkel in.

"Nej det kan jag inte påstå", svarade Angus som satt hopklämd tillsammans med Dunkel i det trånga baksätet.

"Men hennes man visste ju alla vem det var, vi har inte så många poliser här, och är de också Lewisfolk som Tosh, då vet vi det mesta om dem. Vi visste att han hade dött, men jag ingick inte i den närmaste bekantskapskretsen, men förstod så klart att hennes situation efteråt inte var enkel. Ond bråd död och annat elände är vi ju vana vid här, men det är lika jobbigt varje gång och man måste vara hårdhudad och både tålmodig och förlåtande över tid. Det kan vara nog så svårt för oss men antagligen betydligt värre för den som inte är uppväxt här och inte har det historiska eländet i blodet, om jag säger så. Menar ni att det var hans fru som hittat på det här galna spektaklet?"

"Japp, det verkar inte bättre, spektakel var ordet", sa jag.

"Det var som fan", fortsatte Angus. "Sakta ner farten lite här, strax, bakom krönet där, ska vi ta av till vänster. En kilometer in på den vägen ligger Arnol. Vet ni i vilket hus hon bor i? Dom ligger lite utspridda förutom ett gäng hus en bit fram som ligger tillsammans som ett litet kvarter?"

"Nej", sa Barsk, "men Riddle hade sagt att bara vi kommer in på vägen ner mot havet kan vi inte missa det för polisen är redan på plats och kanske kommissarieRiddle och läkaren också dykt upp så här dags. De var redan på väg från Stornoway när jag nådde dem på telefonen."

När vi väl kom fram visade det sig att dom ännu inte kommit. De hade ringt till poliserna på plats för en stund sedan och meddelat att de hade fått punktering mitt ute på heden, men de skulle klara av att fixa det själva. Uppe på det hade det nu också börjat regna och blåsa en del.

Utanför dörren till huset träffade vi polisen som hade befälet över uttryckningen. Han stod där med grannen som hade ringt in anmälan.

"Ja, som jag förstår har ni redan hört att kvinnan här inne är död", sa han och nickade mot dörren. "När vi tog oss in fann vi henne i vardagsrummet. Vi har inte rört något alls utan avvaktar kommissarie Stewart från Stornoway och polisläkarens ankomst. Kriminaltekniker är också på väg. Min kollega håller koll där inne och en annan står där borta vid grannhuset och håller de andra nyfikna borta. Han tar deras uppgifter och vi får väl höra dem senare."

"Varför ligger det en massa böcker här?", uppmärksammade Dunkel de andra på och pekade på backen omkring oss. Faktum var att böckerna nästan bildade ett spår från ytterdörren ut mot gatan.

"Vi vet faktiskt inte ännu, men rör inget snälla, det kan vara bevismaterial", fortsatte polisen.

Dunkel gick runt och då och då böjde han sig ner och sa: "Vad fan, om jag ser rätt är alla olika sorters deckare. Inte för att jag har läst så många, men titlarna säger en del. Känner ni till Rankin eller Cleeves?"

"Jo fan, Rankin är ju han som skriver om kriminell miljö i Edinburgh, fråga Riddle när han kommer, han är en jävel på allt om

292

Rankins historier har jag hört och Cleeves, hon skriver också deckare, men då med Shetlandsöarna som miljö", sa polismannen. "Här ligger en av Peter May, ojdå, flera av hans deckare handlar ju om det här området. Det verkar vara deckare allihop, precis som du säger", sa polismannen till Dunkel.

"Ja, verkligen, jag ser en bok här av Jo Nesbö, han som skrivit en hel räcka av deckare utifrån min hemstad Oslo", fortsatte Barsk.

"Och här ligger en Roslund& Hellströmdeckare om Stockholm", ropar Grahn.

"Hö, hö", hör vi då Dunkel grymta en bit bort. "Tro inte att Danmark inte är representerat. Här ligger en deckare som heter *Kvinnan i Rummet*. Den har jag faktiskt hört talas om. Den är skriven av Adler-Olsen, en deckare med Köpenhamn som utgångspunkt och hör ni", fortsatte Dunkel. "när jag tänker på det, var det inte en massa böcker på bålet också."

"Nu när ni säger det så minns jag faktiskt en sak", sa jag. "När jag var utslagen där i bilen, så låg jag på flera böcker och kommer tydligt ihåg hur ansiktet trycktes mot en bok jag kände igen, jag kunde läsa titeln i ögonvrån, *Den vita lejoninnan* av Henning Mankell, ni vet den om kriminalaren Kurt Wallander, blev väl film också. Fan, minns att jag nästan tyckte det var komiskt i min situation."

"Ojdå, fattar ni, det verkar som hela grejen var en handling mot oss och vårt yrke och deckarböckerna kanske ytterst symboliserade det, ett bokbål mot oliktänkande. Fan det är inte förstå gången böcker på det sättet fått stå i centrum för ideologiska motsättningar. Hur man än tänker så var Macintosh fru i alla fall en jävel på dramatik", sa Dunkel.

"Ja, ja", sa polisen, "ni får väl fundera vidare på det men kan du berätta din historia som du berättade den för mig", sa polisen till grannen som ringt in. "Dessa herrar är kriminalare så det är bra om du gör det."

"Jo", sa grannen, "det var så här att jag hade inte sett henne på ett par dagar, visste hur hon mådde och så, jag är ju kusin med hennes man Tosh, alltså Andrew Macintosh, det är en tragedi för oss alla. Jag hade ringt någon gång på dagen i förrgår, vi hade tidigare pratat om musikfestivalen inne i Stornoway och hon hade sagt att hon kanske skulle åka med Tosh bror dit. Men nu var det inget svar. Sen ikväll när jag gick ut med hunden och förbi här, reagerade jycken lite konstigt och dessutom såg jag de här böckerna och fattade ingenting. Då gick jag fram till dörren och knackade på, men inget svar nu heller. Allt var mörkt i huset, men jag tänkte att det inte kunde skada att försöka ringa igen. Då hörde jag att signalen gick fram inne i huset, men ändå inget svar. Det var då jag blev orolig och ringde till er."

"Det var vettigt gjort, men en fråga", sa jag. "I vilket hus bor ni?"

"Jag bor rakt över, på andra sidan där", fortsatte grannen och pekade förbi gruppen av människor som stod en bit bort vid uppfarten.

"Okej", sa jag och vände mig mot polisen. "Har ni kollat med närmaste grannen här bredvid?"

"Nej inte än", svarade han.

Då bröt grannen in i samtalet igen och sa: "Dom kan säkert inte hjälpa till så mycket. Dom har också en lägenhet inne i Stornoway och är hårt engagerade i musikfestivalen och har därför bott där de senaste dagarna."

"Okej, vi får ta det senare", sa polisen. "Vi får tacka dig så länge. Du kan gå hem nu så hör vi av oss igen under morgondagen."

Samtidigt som grannen troppade av kom kommissarien från Stornoway genom gruppen av människor vid uppfarten upp mot huset med Riddle, rättsläkaren och kriminaltekniker i släptåg.

Polisen gav en snabb rapport till kommissarien och blev presenterad för grabbarna av Riddle. Efter några ord gick rättsläkaren och kriminalteknikerna in i huset och kommissarien tog befälet.

"Verkar vara en krånglig soppa det här. Hör ni, det börjar regna så jävligt så låt oss alla gå in i huset", sen vände han sig till polisen och bad honom hjälpa sin kollega att få bort folket och sen stanna utanför huset och hålla koll.

När vi kom in i huset fick vi gå direkt in till högeroch sätta oss i köket. Kommissarien hade sagt han inte ville ha en massa folk inne i vardagsrummet där fru Macintosh fanns förrän han och rättsläkaren kunde skaffa sig en preliminär överblick och kriminalteknikerna säkrat bevis.

Nu hade det gått mer än tre timmar sen Macintosh fru tände på bålet vid stenarna. Vi försökte få lite ordning på våra tankar men jag kände mig för jävligt vissen.

"Hur är det egentligen Grahn?", frågade Riddle.

"Okej med halsen som ni hör", svarade jag, "men känner mig som en svedd gris. Så fort läkaren där inne är klar behöver han nog titta till mina sår lite, kläderna tog ju upp det mesta, men halsen och blessyrerna i ansiktet behöver nog fixas till. Annars är det lugnt, har varit med om värre saker som ni säkert vet."

"Men vad var det som hände med dig egentligen Grahn?", frågade Riddle. "Först trodde vi att du var ute och slog runt på egen hand, men efter ditt telefonsamtal igår kunde vi inte utesluta något allvarligare heller. Polisen gjorde några kollar, men den där bilen du rapporterade in har vi inte lyckats hitta ännu och vid ett kort förhör med fiskebåtsägaren och besättningen blev vi inget klokare.

Dom får nog följa upp det ytterligare. Sen, när jag pratade med Barsk när vi var på väg hit ut fattade jag ingenting."

Då kom kommissarien tillbaka från rummet och sa:

"Okej, kan ni dra hela historien för mig nu, så vi får lite klarhet i det hela."

När vi hade gjort det tittade kommissarien på oss med en fundersam min.

"Ni har ju inte varit in i vardagsrummet och sett fru Macintosh, men så mycket kan jag säga att det är något skumt här".

"Hur menar du nu?", frågade Riddle.

"Vi kan ännu inte fastställa dödsorsaken men enligt rättsläkaren tyder det mesta på självmord. Hon har helt enkelt hängt sig. Blir man strypt av en snara så blir det tydliga blåmärken på både halsen och nacken, precis som hon har. Men det konstiga är att hon har blivit nedskuren från snaran som fortfarande hänger i lampkroken, samtidigt som en stol ligger omkullvällt mitt på golvet. En bokhylla är också nerriven och en hel del böcker ligger på golvet. När polisen kom in låg hon i soffan, händerna lagda på bröstet och ögonen slutna. Ungefär så där som när man ligger i en kista. Dessutom låg det en bok på hennes bröst, den hade en titel i stil med *Hämnden är ljuv oavsett sätt*. Säger den er något?"

"Inte det blekaste", sa jag och de andra höll med.

"Hur som helst", fortsatte kommissarien. "Det har varit någon annan här, det är helt uppenbart."

"Det var som fan", sa jag. "Då måste allt ha skett jävligt fort, det är inte mer än, få se, högst tre-fyra timmar sedan hon stack från stenarna. Att både hinna ta sig hit, ta livet av sig och någon upptäcker det efteråt, snacka om snabbt jobbat."

"Låter jävligt konstigt i mina öron", sa Barsk. "Men rent teoretiskt går det väl."

Då stod plötsligt rättsläkaren i köket och avbröt oss:

"Jag har ju inte hört allt ni sagt, men en sak är säker, den här kvinnan har varit död i minst ett dygn. Hon..."

"Vad, vad i helvete säger du?", avbröt jag direkt. "Omöjligt, kan fan inte stämma", fortsatte Barsk med hög röst. "Det var ju inte alls länge sedan vi såg henne uppe vid stenarna. Hur fan kan du påstå det?"

"Du, det kan du hoppa upp och klappa dig i arselet på att det stämmer", replikerade läkaren med bestämdhet.

"Det är ibland svårt att så här fort och utifrån likstelhet bedöma på timmen när, men i det här fallet är det solklart. Minst 24 timmar sen, troligen längre. Vi kan ännu inte helt säkert säga om hon verkligen tog livet av sig, det får obduktionen avgöra, men död det har hon varit minst ett dygn. Ni är alla erfarna i det här gamet så ni förstår nog vad jag menar."

"Jaa, men, men då, då kan det inte vara....", började Barsk stamma.

Tänk dig ett litet hus, vibrerande på klippkanten av det mäktiga Atlanten, vinden tjuter och regnet piskar. I vardagsrummet ligger ett lik i soffan med vitklädda män krypande på knäna runt golvet sökande bevis. I köket sitter en del av den nordeuropeiska kriminal-eliten, alla med flera decenniers erfarenhet av brott och ond bråd död, två var från platsen, fyra var gäster där en hängde över stolen som en skadad fågel, svart och svedd i ansiktet, med en rock så skitig att han såg ut som att han hade blivit släpad efter en bil flera kilometer, en annan helt nedsölad av vatten efter att ha legat på knä och bytt ett bildäck i regnet ute på hedmarken, de andra två med håret på ända, hålögda som zombies efter flera dagars festande och alla stirrade på varandra. Snacka om fågelholkar. Och där min vän slutar det hela."

Slutet på historien

"Ojdå, fick ni någonsin veta vem den andra kvinnan var då?" frågade jag Grahn med en liten sådan där förbryllad min.

"Nej, hon gick fullständigt upp i rök, inga som helst spår efter henne. Hon hade många timmars försprång innan en allmän efterlysning gick ut, samtidigt som signalementet minst sagt var diffust. Man kunde flyga ut väldigt snabbt, men kanske anonymare med någon av alla färjor som går till fastlandet. På en timme kunde hon nå färjan vid Tarbert på Harris Island, dit det bara är några mil med bil över bergen. Färjan där går via ön Skye till fastlandet, och fortsatte hon ännu längre söderut kunde hon hinna med färjor från både South Uist och Barra inom ett dygn. Så det var inte så konstigt att hon var som bortblåst.

"Men har dom inte passagerarlistor på båtarna", undrade jag.

"Nej, egentligen inte", fortsatte Grahn. "Man skriver sitt namn och kön på en lapp bara som tas emot av en i besättningen, men den kollas inte mot legitimation, man kan ju skriva dit vilket namn som helst."

"Jaha", sa jag.

"Eftersom vi alla är polisutredare" fortsatte Grahn, "är vi vana med lite hårda tag så vi deltog ändå i konferensen, även om det med Tosh

300

frus självmord och våra upplevelser lades en viss sordin på konferensen. Och en sak kan man i alla fall säga, trots våra intressanta diskussioner på konferensen så hjälpte varken logik eller intuition att lösa fallet med den här försvunna kvinnan. Ja du, det var faktiskt hela historien."

"Oj, oj, oj, inte dåligt, tack så hemskt mycket för att du delade med dig av den, både spännande och intressant. Men du, fattar att händelsen vid dom där stenarna var läskig, men tyckte du att du lärde dig något av det hela?"

"Nja, själva händelsen vid stenarna var väl, så här i efterhand, mer typiskt vad vi som mordutredare och poliser kan råka ut för och det är klart att vi lär oss något av varje sådan händelse. Men damen, vem det nu var, verkade ganska galen, så där tog vi väl inte åt oss direkt. Fattade egentligen inte vad hon menade, mer än att hon verkade vara en ganska rabiat manshatare. Nu var det ju så att jag inte klart hörde vad hon sa, jag var ju ganska såsig i kolan just då som du förstår, men fick det så klart återberättat av Barsk och Dunkel i efterhand."

"Kom man närmare någon lösning senare då?", undrade jag vidare.

"Nej. Nu var det så att även om Tosh fru var svenska så var det ändå inte vårt fall, utan ett fall för polisen i Skottland. Vi hjälpte till en del i början, utgångspunkten var naturligtvis att den där kvinnan hade någon slags koppling till Tosh fru. Men från vårt håll fann vi inte någon given kandidat, det gjordes en del sökningar och kollar på släktingar och bekanta till henne i Sverige, men det gav inget. Den skotska polisen gjorde också en del efterforskningar på Skottland och Hebriderna. Men det gav inte heller ett dyft. Tosh frus bekantskapskrets var ganska liten och alla väninnor, vare sig det var genom deras privatliv eller arbete, var väl kända personer. Kom ihåg att i princip alla känner alla på den där ön. Man kan tycka att om det var en bekant till henne, som mycket talade för, så borde väl någon ha sett henne, åtminstone under de sista dagarna. Men ingen kunde säga något om det. Dels verkade väldigt många lokalbor upptagna av den där festivalen och de flesta där dom bodde höll därför till i Stornoway den veckan. Dessutom kryllade det av besökare på ön, så det var inte så att en främmande människa just då stack ut på något vis.

Polisen förhörde så klart den där svenska guiden på festivalen, men han sa bara att han hade känt igen henne från ett tidigare år på festivalen, men visste inte vem hon var mer än att de hade talat om de där stenarna första gången de sågs. Han sa att han brukade bara stanna kring festivaldagarna och av lokalbefolkningen kände han mest dom som hade med arrangemanget att göra.

Dom förhörde också kvinnan i baren som hon hade pratat med innan hon satte sig ner hos mig på den där puben. Hon sa att det enda hon hade fattat var att kvinnan var svensk, eller egentligen hade hon chansat lite där. Skälet var att kvinnan hade den där typiska skandinaviska brytningen på sin engelska, tyckte hon, men hade aldrig sett henne förut. Hon kände inte heller Tosh så det fanns ingen anledning för henne att tro att kvinnan var hans fru. Bardamen själv var ursprungligen från England och förutom de som kom in på puben och morsade kände hon inte så mycket folk, speciellt inte utanför Stornoway sa hon.

Så det blev en återvändsgränd och eftersom obduktionen senare fastställde med säkerhet att det var självmord så blev brottsrubriceringen inte av det allvarligaste slaget och i nuläget, utifrån det sista jag hört, är i princip fallet nedlagt."

"Jaha, där ser man, hur känns det då?"

"Tja, i min ålder så bryr man sig inte så mycket, tycker mest att fallet var en tragisk historia", svarade Grahn med en uppgiven gest.

"Men konferensen då? Lärde ni er inte något nytt av den?", fortsatte jag lite nyfiket.

"Jo, det kan man nog säga. Den blev självfallet lite speciell eftersom det snackades en hel del om Tosh frus självmord och vad som kunde ha varit orsaken. De flesta deltagarna från Lewis kände hyfsat väl till konflikten mellan Tosh och hans fru eftersom de var kolleger till Tosh. De kände naturligtvis inte till alla detaljer, men den här typen

303

av konflikt som det verkade handla om kände många igen sig i även om det ytterst sällan slutade så drastiskt. Så vi var väl ovanligt öppna på just den här konferensen och speciellt kring den där diskussionen om dolda strukturer och om det var så att vi män på något sätt systematiskt stängde ute kvinnor, både på hemmafronten och på vår arbetsplats. Sen vet jag inte om vi gamla gubbar egentligen tog till oss något på allvar, men jag antar att de yngre i alla fall fick något att tänka på. Sen om politiker och polisledning tar till sig den diskussionen återstår väl att se."

"Ja, det vet man ju aldrig", fortsatte jag. "Hur tragiskt det än låter kan man ändå lugnt påstå att där fick ni både teori och praktik på en gång."

"Ja, det kan man nog säga", svarade Grahn med en blick lite så där långt borta, som om han åter igen begrundade vad som egentligen hände på den där resan.

"Hur som helst, historien var intressant och lärorik för mig också", sa jag med ett leende.

"Menar du verkligen det?", svarade Grahn samtidigt som hans ögon kom tillbaka till nuet.

"Jo, jag skojar inte med dig, jag tyckte faktiskt att historien var så bra så jag har funderat på att skriva ned den och ge ut den som en del av en bok. Vad tror du om det?"

"Jaha!", sa Grahn lite förvånat. "Jag är ju ingen författare så det har jag nog inte så mycket åsikter om. Men du kanske kan sådant?"

"Ja, det skulle jag nog kunna greja, har ju skrivit en hel del i mitt jobb. Men det här skulle bli något lite mer fritt, inte så bundet till vetenskapliga kriterier som vi akademiker annars är. Det skulle jag gilla. Men du, om jag nu skulle sjösätta idén skulle du misstycka om jag använde ditt riktiga namn? Skulle ge lite mer livekänsla så att säga."

"Tja, det kan du väl göra, har ju lagt av så det spelar nog ingen roll för min del. Blir det en succé blir man kanske en liten kändis på köpet, som kriminologen i TV", sa Grahn med ett leende.

"Kanon, men du, det vore ännu bättre om jag också kunde använde de andras riktiga namn, Riddle, Dunkel och Barsk, du vet. Skulle du kunna kontakta dom och höra efter?", fortsatte jag med spänd förväntan.

"Ja, det skulle jag nog kunna fixa, men då kanske du skulle behöva ge oss en beskrivning hur du tänkt dig boken."

"Det ska jag kunna ordna till nästa gång vi ses, men hur som helst, tack igen Grahn", sa jag, och gav han en snabb kram, reste mig upp och sa att det är väl dags för mig att gå vidare. Men vi hörs igen, och du, du kanske har fler historier på lager?"

"Ja, vem vet", sa Grahn.

Medan jag gick iväg en bit bort mot Hamngatan kom Grahn på en sak. "Hallå!", skrek han. "Du har faktiskt aldrig sagt vad du heter."

"Tupp", sa jag.

"Tupp, vad fan är det för ett namn?", skrek Grahn tillbaka.

"Tupp, Fredrika Tupp var namnet. Hej då Grahn", sa jag och gjorde en snabb vinkning utan att se mig om.

Jaha, Tupp ...Tupp... Tupp, men vänta nu, inne i Grahns skalle var det en liten klocka som klämtade. Det var något med det där namnet. Han hade sett det tidigare, men var. Men vänta, vad i helvete, hette inte Tosh fru något sådant i efternamn, jovisst fan var det Tupp. Inte för att han någonsin träffat henne när hon levde, fast dom trodde det, dom kallade henne bara för Tosh fru, men nu kom han ihåg. På konferensprogrammet stod det ju att Elisabeth Macintosh-Tupp skulle hålla ett kort inledningstal över sin bortgångne man som en start av konferensen.

Grahn sprang upp från bänken och ropade: "Vänta! Vänta för helvete!!!", medan han stapplade iväg efter mig så gått han kunde med sitt stukade ben.

"Aj, fan", skrek Grahn till när han snavade mot en annan man och ramlade ner på knä.

"Förlåt", sa mannen och hjälpte upp Grahn. Men Grahn struntade högaktningsfullt i mannen och rusade vidare. Men när han kom fram till hörnet vid Hamngatan var jag redan uppslukad av alla människor, ja, ni vet hur det ser ut, en vanlig shoppinglördag kring NK och Gallerian.

När jag kom ner i tunnelbanan tänkte jag att du missade mig den här gången också Grahn. Det komiska i denna tragik var att slumpen ändå skördar sina offer. Hade egentligen förträngt det som hade hänt på Hebriderna när jag råkade känna igen Grahn på den där bänken på Norr Mälarstrand för några veckor sedan. Och precis som när jag stötte på hans kolleger på den där musikfestivalen flög fan i mig. Det är också en konst, kan man säga, att kunna gripa tillfället i flykten.

Hade inte alls tänkt på idén att ge Grahn mitt barndomsnamn nu på slutet, men återigen blixtrade det till i hjärnan och tänkte att det ändå skulle vara en fin slutkläm. Trots att han egentligen, i alla fall på ålderns höst, var en ganska trevlig man, kunde jag ändå inte låta bli att jävlas lite till med honom. Jag visste ju att han inte kunde veta mitt nuvarande namn och inte exakt var jag bodde. Det hade varit en medveten tanke hos mig hela tiden. Dessutom var jag ändå på väg bort från stan. Han skulle inte få fatt i mig den här gången heller.

Har jag då själv lärt mig något av denna historia? När jag kom hem kände jag att det var dags att summera det hela. Skulle lägga allt

307

detta bakom mig och antagligen aldrig se Grahn mer. Om några dagar gick flytten, lägenheten uppsagd och det mesta redan packat. Jag tog fram min lilla laptop och så här föll orden.

Om ni kommer ihåg så började jag den här historien med att fråga mig om det fanns någon likhet i personlighet mellan Hitler och nazister och kriminalare inom polisväsendet. En ganska djärv tanke ska erkännas och kanske inte så schysst mot kriminalarna. Samtidigt är det intressant och ganska fascinerande att en person som Hitler hade en likartad karaktär som en kriminalare. Tänk er själva, han som under mycket lång tid sågs som en hjälte av stora delar av det tyska folket och dessutom upplevdes av de flesta övriga också inneha en mycket stor portion karisma, något som fortfarande tycks gälla om vi ser till det intresse som finns kring hans person även idag.

Den här delen av mina tankegångar delade jag som ni kanske märkt inte med Grahn, det var min egen lilla fråga. Däremot ledde jag in vårt samtal på frågan om intuition och rationalitet, som ledde vidare till frågan om logiskt tänkande och professionalism å ena sidan och å andra sidan känslighet och amatörism inom deckarbranschen. Detta visade sig sen också bli en skiljelinje mellan manlighet och kvinnlighet, där man kan undra om mannen i detta sammanhang för att upprätthålla sin idé om manlighet kräver en viss typ av kvinn-lighet. Detta kallar man i min bransch en genusordning, en ordning som skapar vissa typer av förväntningar på oss. En feminist skulle säkert dra slutsatsen att idén om mannens maskulinitet kräver underordning av kvinnan, även om det erkänns att det finns en och annan kvinna som överskrider denna gräns, men där det verkar som om hon då måsta anta maskulina personlighetsdrag.

Nu var det så att i en av de sista deckarna jag läste, skriven av kriminologen i TV, han Persson ni vet, stötte jag på den här typen av karaktär igen. Det var i boken *Den som dödar drakar*. Där förs en diskussion om det klassiska svenska mordoffret, som är "en ensamstående medelålders man, socialt marginaliserad med grava alkoholproblem." Lite mer förenklat blir det "en vanlig fyllskalle helt enkelt", som Persson uttryckte det via sin kriminalare Bäckström. Då slog det mig att det här låter ju också som en karaktärsbeskrivning av vår typiska kriminalare som vi stött på så ofta i den här historien.

Dock kanske man skulle kunna tro att det där med alkohol inte stämmer på Hitler. Han var veterligen ingen alkoholist. Men här behövs det inte så mycket tänjning på hans karaktärsbeskrivning för att få in honom i fållan. Alkoholen används som de flesta av oss vet för att fly verkligheten, att inte behöva se och känna den som den är utan helst förmedlad genom rusets filter. Tänkt på det här viset kommer likheten med många nazistiska dignitärer fram. Låt oss här nöja oss med Hitler själv. När Tysklands motgångar började i

Sovjetunionen 1941 vet vi att han på allvar hade börjat använda droger och att han i princip var under drogernas rus hela tiden fram till sin död. "En simpel knarkare", för att parafrasera GW Persson. En person som inte klarade av att se verkligenheten som den var utan behövde ett berusande filter för att hantera den, precis som våra kära kriminalare.

Så, hög som låg, mitt i mellan, samma typ av man, herregud, det verkar värre än vad jag trodde. En slutsats tycks bli, i alla fall i mina ögon, att den här typen av människa å ena sidan resulterar i en olycklig människa om inte sällan hamnar på samhällets botten. Men å andra sidan tycks karaktärsdragen inte heller utgöra ett hinder för en karriär i samhället. Kanske också, om vi tänker efter lite, till och med är en förutsättning och då mina vänner kan vi verkligen tala om en bred och inflytelserikgenusstruktur.

Men vänta nu. Hitler är väl den enda i den här historien som var en verklig, livs levande man, resten är ju uppdiktade män inom deckarbranschen. Så det är kanske inte så farligt som det låter. Men ändå, det verkar som det finns en viss acceptans för den här typen av män. Vi ska komma ihåg att dessa kriminalare, trots sina veka personlighetsdrag, framställs som ett slags riddare som med sina mer eller mindre blanka svärd tätar de sprickor som uppstår i vårt samhälle. Vi lutar oss mot dessa trygghetens förkämpar som stapplar fram i vår vardag och som med nästan magisk kraft, trots

310

att de ramlar då och då, alltid hamnar på fötterna. Vilka män, vilka män, dom får oss att ryckas med, att känna igen oss i. Ja, till den grad som om de fanns i verkliga livet. Och när vi väl träffat en, vill vi träffa en till, och så köper vi böckerna, igen och igen.

Epilog: Farväl för alltid Yttre Hebriderna

Med vinden i ansiktet ser jag hur konturerna av Yttre Hebriderna försvinner i fjärran. Aldrig mer, aldrig mer, tänkte jag. Farväl Hebriderna, det blir ingen nästa gång. Morgonens tunga, våta väder har nu så sakteliga övergått till lätta skira moln som de så ofta gör i detta dramatiska landskap. Färjan glider mjukt över det lugna innanhavet mellan Yttre Hebriderna och det skotska fastlandet.

När jag satt i bilen vid Callanish såg jag hur en gubbe kom springande med en brandsläckare i handen. Såg väldigt roligt ut måste jag säga, men hela grejen var minst sagt rolig. Men jag hoppades att dom satans kriminalarna i alla fall hade lärt sig en läxa. Att den där Grahn skulle dö var aldrig min mening och det var heller aldrig någon risk. Det kunde de andra två inte se där dom stod något nedanför mig, men bålen jag hade gjort var lagd ett par meter från Grahn. Lite svedd skulle han bli, men det var också poängen.

Jag hade hyfsad koll på Lewis Island och Yttre Hebriderna. Så min flykt var ganska lätt att planera. Jag åkte snabbt ner till Elisabeths hus, såg till att allt var som jag tänkt där inne. När jag bestämde mig för min plan hade jag i all hast burit ut en massa av hennes deckare till bilen. Tyckte att det skulle vara en träffande idé att använda dem till bålen. Jag gjorde det på kvällen innan för jag ville inte att någon av grannarna skulle lägga märke till det. Då såg jag att en hel del av dessa böcker hade blivit liggande på gården framför huset, men det

312

spelade mindre roll. Att koppla bålet till Elisabeth och hennes hem var ju själva tanken, även om jag i min plan insåg att de så småningom skulle fatta att det hade varit någon annan inblandad. Men denna någon annan skulle de inte få fatt i.

Den här tiden på kvällen var det alldeles tyst i omgivningarna, och många var fortfarande borta för att ta hand om festivalområdet efter avslutningen. I lugn och ro kunde jag byta Elisabeths bil mot min egen hyrbil och sätta kurs mot Tarbert och morgonfärjan över till Skye och skotska fastlandet. När jag väl kommit ut en bit på den stora heden såg jag en bil stå still på ena sidan vägen. Först blev jag lite nervös, tänkte att polisen kan väl ändå inte vara så snabb, inget som de är kända för här ute på öarna. Men det var ingen polisbil, bara en vanlig personbil. Jag såg genom vindrutetorkarnas vispande att de höll på att pula med framdäcket. Stackars jävlar, i det här regnet. Dom hade väl fått punka antar jag. De var helt upptagna med bilen och lade ingen större notis till mig. Jag kunde lugnt åka vidare. Så småningom mötte jag ytterligare en bil men vi bara passerade varandra.

När jag närmade mig den stora bergskedjan hade klockan blivit långt efter midnatt och det var en sådan där tidig morgon på Yttre Hebriderna då molnen uppe i bergen går så lågt att dimman och fukten väller in över vägarna och man bara kan se några meter framför sig. Passade mig utmärkt, ville ju inte vara direkt synlig i

313

det här läget. När jag tittade på klockan insåg jag att jag var lite väl tidig. Ville inte visa mig för länge nere i Tarbert, så jag stannade till vid en parkeringsficka uppe i bergen för att bättre stämma av med färjeavgången när jag kom fram.

Oj, oj, oj vilken soppa det här blev. När jag hittade Elisabeth hängande i takkronan i hennes vardagsrum var det som att jag sjönk genom jorden. Min älskade lillasyster. Fan också. Skit, skit, skit. När du ändå vågade dig ut på ett äventyr skulle det sluta på det här viset. Jag minns så väl våra stunder med mormor när vi var barn. På sätt och vis var hon den som uppfostrade oss när vi var små. Mamma jobbade mest hela tiden eftersom vår pappa hade dött ganska ung. Han blev inte mer än drygt 40. Så vi lekte ofta i mormors kök medan hon pysslade med mat eller satt och sydde och lappade kläder. Hon gillade att berätta gamla historier för oss där hon vävde in olika som hon tyckte viktiga moraliska värderingar. En sak hon ofta tryckte på var att män inte gick att lita på. Hon sa aldrig varför hon kände så men jag förstod så småningom när jag blev lite äldre att det hade med hennes egna erfarenheter att göra. En sak hon tydligt uttryckte för oss var orden att låt er aldrig dansa efter andras pipa. Nu är det så att jag är nästan sju år äldre än Elisabeth och hos mig fastnade verkligen mormors budskap. Men trots vår likartade bakgrund blev det något annat för Elisabeth. Hon var ju så mycket yngre än vad jag var vid den här tiden. Så jag blev den starka medan hon blev den sköra. Dessutom kom vi ifrån varandra när hon bara var fyra år. Av olika anledningar hamnade jag på fosterhem och blev senare bortadopterad på annan ort och det var först i vuxen ålder som jag lyckades återuppta kontakten med min släkt.

De sista månaderna hade Elisabeth ringt till mig flera gånger och till slut insåg jag att jag bara måste åka hit. Även om hon inte direkt uttryckte det, behövde hon min hjälp. När jag varit här ett par dagar tyckte jag ändå att hon blivit bättre, så jag frågade henne om det var okej att jag åkte söderöver en dag. Jag hade en bekant som jag träffat tidigare den gången jag hade bilat genom alla öarna. Hon bodde lite ensligt vid en vik vid södra delen av Lewis. Hade lovat att hälsa på. Elisabeth sa att det var okej och var det något hade vi alltid mobilen. Det skulle ju ändå inte ens ta en timme att komma tillbaka. Men fan, jag skulle aldrig ha åkt. Det var när jag kom därifrån som jag hittade henne. Hon hade struntat i att ringa, hon ville verkligen dö.

Jag hade inga problem att förstå bakgrunden men kände mig helt förlamad. När jag skurit ner henne kunde jag inte stanna kvar i huset. Jag kände mig fullständigt kvävd. Fick svårt att andas och kände att jag bara var tvungen att ta mig därifrån för att få luft, för att kunna tänka. Åkte först runt på ön helt planlöst för att så småningom ta mig in till Stornoway. Spenderade den sista tiden där, gick på flera pubar, tog ett glas vin här och en öl där och hamnade till slut på musikfestivalen. Skulle jag anmäla hennes död, det vore ju det rimligaste och utan snack det klokaste. Gå direkt till polisen. Fast jag kände mig inte riktigt beredd ännu, visste att det skulle bli en massa förhör och så vidare. Jag bestämde att jag måste göra det, hon kan ju inte bara ligga där. Men en dag hit eller dit tyckte jag inte spelade någon roll, men först efter sista kvällen på musikfestivalen fick det bli. Jag hade ju varit där en gång förut och jag älskade verkligen avslutningssången *Aud Lang Syne* med Red Hot Chilli Pipers. Jag ville att den stunden skulle bli mitt sista minne av min syster, en stund som om vi vore tillsammans igen.

Men ödet ville annorlunda. Väl på plats fick jag en sådan där stark impuls. När jag stod och snackade med den svenska vakten dök plötsligt de där kriminalarna upp. Det var då min plan började formas. Jag visste ju inte exakt hur det skulle bli, men det ena gav det andra. När jag körde bilen över hedensenare på natten, ni skulle ha sett. Både förvirrad och halvpackad satt jag bakom ratten. Hade jag inte haft automatväxel vet i sjutton hur det hade gått. Vinglade både hit och dit längs vägen med Grahn helpackad liggande i baksätet, först sluddrande och sen snarkande. När jag vevade ner fönstret, Grahns stank som ett bryggeri, låg heden där, så tyst och så mörk. Fan vet om jag inte såg Baskervilles hund strykande därute också.

När vi äntligen kom fram hade jag ett rent helvete att baxa in Grahn i huset och in i Elisabeths sovrum. Att jag sen hade sprutat i honom

316

lite muskelavslappnande bensodiazepiner heter det väl, kanske lite väl höga doser, var egentligen inga problem. Jag har faktiskt en sjuksköterskeutbildning i botten.

Och här sitter jag nu i dimman. Jävlar i min skäl vilken grej det blev, nu är det bara att sticka, sen kan jag lägga det här bakom mig.

När jag sakta rullade ner mot Tarbert visste jag så klart inte om det skulle vara någon koll nere vid färjeläget. Om det var det fick jag väl åka vidare, fanns ytterligare några möjligheter på öarna längre söderut och i värsta fall fick jag väl avvakta tills allt hade lugnat ner sig. Kunde ta in på något vandrarhem söderöver. Där kom och gick turister, allt från sådana som cyklade genom alla öar till enstaka naturvandrare och folk som bilade. På många av dessa ställen bokade man inte i förväg och man skrev aldrig in sig. Man bara ockuperade en ledig bädd. Föreståndarna bodde sällan där, utan antingen kom de och samlade in pengarna varje dag eller stoppade man avgiften i någon liten plåtlåda.

Tänkte också att polisen inte skulle sätta in alltför mycket kraft på detta. Även om jag hatar vissa typer av män, är jag ju ändå ingen mörderska. När de väl konstaterat att Elisabeth tagit livet av sig var det väl egentligen bara frihetsberövandet av Grahn som var mitt brott. Men vad då, den jäveln var ju så packad på kvällen att jag

317

snarare räddade honom än något annat. Nästa dag kan jag väl ta på mig. Hur som helst, jag ställde bilen på parkeringen utanför Hotel Hebrides strax ovanför färjeterminalen. Klockan var ungefär sex och en dryg halvtimme till avgång och väldigt få människor i rörelse. När jag såg att de började släppa på folk så gick jag in i terminalen och kom ombord utan några problem. Satte mig i matsalen där de strax skulle börja servera frukost. Var självklart fortfarande lite nervös. Satt så jag kunde se ut över terminalen och hamnområdet. Men inget ovanligt hände och långsamt började färjan glida ut ur hamnen.